老人与酒

李师江　作品

孟繁华　张清华/主编

身份共同体
70后作家大系

老
人
与
酒

学术策划与支持

北京师范大学国际写作中心
沈阳师范大学中国文化与文学研究所

山東文藝出版社

总序

“70后”的身份之“迷”与文学处境

孟繁华　张清华

当我们决心要把一群“70后”作家装入一个笼子的时候，发现这是一件难事。因为这些人的创作确乎很难从总体上做出涵盖与评价。除了年龄相近，他们在文学上几乎再没有更多共同之处。

这恐怕与这代人的历史与文化记忆有关。总体上，比较而言，“60后”与“50后”作家之间没有太明显的界线或差异，因为他们都有着接近的历史经验与公共记忆。至于“80后”作家，几乎可以说没有什么“集体记忆”，他们出生时社会已经开始剧变，走向差异与破碎了。而“70后”这一代，刚好处在历史的夹缝之间——对于历史，他们的印象是若隐若无似是而非；同时上世纪80年代以来急风暴雨式的文学革命与他们也几乎没有什么关系。当他们登上文坛的时候，80年代的文学革命已经落幕了；面对现实，“80后”又横空出世，遭遇网络文学大行其道，没有历史负担的这代人几乎可以为所欲为无所不能。“70后”就夹在这两代人之间，他们只能另辟蹊径展现他们的文学才能。因此，这一代的小说可以说一直游移于历史与现实之间，游移于个体的叙事与公共的记忆之间。

当然，这样的分析或许只是一孔之见。事实上，“70后”作家们用他们的方式仍然创作了许多新鲜而独特的各式小说。当总体性溃败之后，用“代际”概念来表达创作的差异性也许本身就是一个错误，但文学批评就是这样，虽然是临时性的概念，但要试图对之进行有效阐释时又不得不用之，而它的通约性也为我们提供了讨论问题的方便和可能。

或许这样表达不同代际作家的文化记忆或类型是合适的：“50后”、“60后”可以看作是一个“历史共同体”。他们有共同的历史记忆，以及大体相似的对于历史的认知方式和情感方式，在大体相似的历史经历中，完成了一代人的文化塑形。“80后”是一个以话语方式与关注对象形成的“情感共同体”，特殊的情感认同是这一代人近似的文化性格特征。“70后”如前所述，他们隐约或模糊的历史记忆难以形成明确的历史共同体，同时又不像“80后”那样没有任何历史负担。因此，他们只形成了一个代际的“身份共同体”。这个共同体并不具有天然性，而是在文学实践过程中逐渐“建构”起来的。“70后”作家曹寇说：“在早已成名的‘60后’和‘80后’作家之间，确实存在一个灰色的写作群体，说白了，他们就是‘70后’。虽然写作者大多讨厌将自己纳入某个代际或某个类别中去，但‘70后’作为‘60后’和‘80后’之间的那一代亦为客观事实。而且考虑到每代作家的成长环境、知识结构对他们写作的影响，剔除清高和矫情而接受中间代这一说法也未为不可。此外，‘70后’与上下两代人的差异也是有目共睹的。迄今没有一位‘70后’能像‘60后’作家那样获得广泛的文学认可，在‘60后’已被誉为经典之际，‘70后’仍然被视为没有让人信服的‘力作’的一群。”[①]更重要的问题是，无论是“50后”、“60后”的“历史共同体”，“70后”的“身份共同体”还是“80后”的“情感共同体”，他们都是“被想象”的共同体。一方面，这一划分方式有一定的合理性；一方面，这个合理性并

①见《曹寇谈70后作家：适逢其时的“中间代”》，《南方都市报》2012年3月30日。

没有被充分证实。王安忆曾经说：“我们这一代的人都有人进了天国，可是还没有来得及建立一个传统，所以，千万不要再说‘读你们的书长大’的话，我们的书并不足以使你们长大，再有二十、三十年过去，回头看，我们和你们其实是一代人。文学的时间和现实的时间不同，它的容量是根据思想的浓度，思想的浓度也许又根据历史的剧烈程度。总之，它除去自然的流逝，还要依凭于价值。我们还没有向时间攫取更高的价值来提供你们继承，所以，还是和我们共同努力，共同进步，让二十年三十年以后的青年能真正读我们的书长大。”[①]如果是这样的话，“70后”的身份之“迷”完全是被杜撰出来的，现在的代际划分过二三十年后也将沦为子虚乌有。那时回头看现在，原来是一场毫无意义的白忙活。

然而另一方面，“70后”作家个体的独立或分散状态，也就是今日中国文学状态的缩影和写照。文学革命终结之后，统一的文学方向已不复存在。但是，70年代出生的作家还要特殊一些，这就是他们很难找到自己的历史定位。2009年诺奖获奖者赫塔·米勒说，她的写作是为了“拒绝遗忘”。类似的话还有许多作家说过，但是，这样正确的话对中国“70后”作家来说或许并不适用。普遍的看法也认为，“70后”是一个没有集体记忆的一代，是一个试图反叛但又没有反叛对象的一代。事实的确如此，当这一代人进入社会的时候，社会的大变动——急风暴雨式的社会与文学变革都已经成为过去。“文革”的终结、启蒙主义年代的终结，使中国社会生活以另一种方式展开，经济生活成为社会生活的主体。日常生活合法性的确立，使每个人都抛却了意义又深陷“关于意义的困惑”之中；同时，自80年代开始的“反叛”又日甚一日地遍及了所有的角落，90年代后，“反叛”的神话在疲惫和焦虑中无处告别，自行落幕。不知道是幸还是不幸，不论“反叛”的执行者是谁，可以肯

①王安忆：《在同一时代之中》，见中国作家网，2013年9月24日。

定的是，这一切都与70年代无关或关系不大。这的确是一种宿命。于是，70年代便成了“夹缝”中生长的一代。这种尴尬的代际位置为他们的创作造成了困难，或者说，没有精神与历史依傍的创作是非常困难的。但是，任何事物都有例外。在我们看来，虽然很难对这代作家做出整体性的概括，但他们也确乎没有形成一代人文学的“同质化”倾向。换言之，他们生成了另一种难得的丰富性——他们之间是如此不同，除了一个“身份共同体”以外几乎很难找到他们之间任何两个人的相似性。正是这种不同，使他们在历史缝隙中的突围成为了可能。于是，我们在世纪之交或者新世纪以来，便看到了由魏微、戴来、朱文颖、金仁顺、乔叶、李师江、徐则臣、鲁敏、盛可以、计文君、付秀莹、冯唐、瓦当、路内、曹寇、慕容雪村、梁鸿、李修文、安妮宝贝、哲贵、阿乙、张楚、李浩、石一枫、李云雷、东君、黄咏梅、娜彧、朱山坡……这样一群人构成的“70后”小说家的主力群体。

关于“70后”作家的特征，宗仁发、施战军、李敬泽三位很早即发表过对话《被遮蔽的“70年代人”》。十几年前他们就发现了这一代人“被遮蔽”的现象，比如他们完全在“商业炒作”的视野之外，还有部分作家所负载的“白领”意识形态对大众的鼓惑诱导等等。但现在看来，之所以会有这些看法，一个很重要的原因，就是“50后”这代作家形成的“隐形意识形态”对他们的压抑和遮蔽。“‘70年代人’中的一些女作家对现代都市中带有病态特征的生活的书写，不能不说具有真实的依托。问题不在于她们写的真实程度如何，而在于她们所持的态度。应该说1998年前后她们的作品是有精神指向的，并不是简单的认同和沉迷，或者说是有某种批判立场的。”这些看法确乎是有远见的，上一代作家在文坛建构起的统治地位和主流形象，作为一只“看不见的手”持续压抑和遮蔽了后来者，他们被早已形成的经典化秩序规定了自己的身份与姿态——“你是一个年轻的、生于70年代的作家，你就是‘新新人类’，否则你就什么都不是。”这一描述道出了“70后”的身份之“迷”和精神的困窘。

但是，许多年过去之后，“70后”仍然以他们的创作实绩，显示了他们令人不可忽略的文学地位。假如要让我们举出例证，那么例证是不胜枚举的。

魏微——她的中、短篇小说，因其所能达到的思想深度和艺术的独异性，已经成为这个时代中国高端艺术创作的一部分。魏微取得的成就与她的小说天分有关，更与她艺术的自觉有关——她很少重复自己的写作，对自己艺术的变化总是怀有高远的期待。盛可以，她一出现就显示了不同凡响的语言姿态，她语言的锋芒和奇崛，如列兵临阵刀戈毕现，她的长篇小说如《火宅》、《北妹》、《水乳》以及短篇小说《手术》等，都不是以触目惊心的故事见长，甚至也没有跌宕起伏刻意设置的情节或悬念，可以说，其最大的魅力就在于她锐利如刀削般的语言。在她那里，“怎么写”永远大于“写什么”。李师江，他几乎纠正了现代小说建立的“大叙事”的传统，个人生活、私密生活和文人趣味等被他重新镶嵌于小说之中。李师江似乎也不关心小说的“西化”或“本土化”的问题，但当他信笔由缰挥洒自如的时候，他确实获得了一种自由的快感。于是，他的小说与现代生活和精神处境密切相关，他的小说也是传统的，那里流淌着一种中国式的文人气息。鲁敏，她的小说既写过去也写现在，既有虚构也有写实，关于“东坝”的叙述，已经成为她小说创作的重要部分。这个虚构的所在，在今天已是只能想象而无从经验的了——就像当年的鲁镇、乌镇或其他类似的地方。现代化的进程决绝地剿灭了这些力不从心或没有抵抗能力的脆弱区域，那些渺小而令人心痛的生命。中国的小镇是一个奇异的存在，它在城乡交界处，是城乡的纽带，是过去中国的“市民社会”与乡绅文化存在的特殊空间。在那里，我们总会看到一些奇异的人物或故事，这些人物或故事是带着与都市和乡村的某些差异来到我们面前的。张楚，他的小说的魅力，就在于难以一眼望穿的模糊。这是一个有巨大野心的小说家，他的作品难以用谱系的方式找到来路，他的小说有诸多元素：深受西方十八九世纪文学、现代派文学和后现代文学的影响，也受到中国现代小说的影响，甚至受到《水浒传》以及其他明清白话小说的影响。经过杂糅吸收和重新铺排，诞生了这个奇异的张楚。看来他是真的理解了小说，他的每篇作品，在生活的层面几乎都无可挑剔，生活的质感、细节和真实性几乎达到了“非虚构”的程度，但是整体来看，其虚构性甚至诗性又都一目了然。在亦真亦幻、真假难辨之间，张楚的小说像幽灵一般在我们眼前飘过。哲贵，这个擅长集中书写富人的存在与精神状况的作家也是一个特例。他所描写的这个阶层在中国是如此特殊——他们是一个“成功者”的阶层，是一个被普通人羡慕乃至仰望的成功人群，但这个人群无所归依、空虚空洞的内心世界，在哲贵的讲述中可谓令人有难以言喻的震惊。东君的小说写的似乎都是与当下没有多大关系的故事，或者说是无关宏旨漫不经心的故事。但是，就在这些看似不经意的、暧昧模糊的故事中，他表达了对世俗世界无边欲望的批判。他的批判不是审判，而是在不急不躁的讲述中，将人物外部面相和内心世界逐一托出，在对比中表达了清浊与善恶。计文君，她的小说仿佛出自深宅大院：它典雅、端庄，举手投足仪态万方。因此她是一位带有中国古典文化气息和气质的作家。另一方面，它诡异、繁复、俏丽，修辞叙事云卷云舒。她的小说有西方 20 世纪以来小说的诸多技法和元素，但是计文君却又既不是传统的也不是西方的，她是现代的。付秀莹，作为一位后来居上的新秀，起初很长一段时间，她只以孙犁式简约而又清丽的笔触书写她记忆中的乡村，乡村的锦绣年华风花雪月曾让她迷恋不已。近年来，她的创作视野也逐渐转移到了城市，但她仍然写得温婉而跳脱、节制而耐心。娜彧的小说创作，在某种程度上接续了80年代现代主义的文学传统，接受了存在主义哲学的精神馈赠。作为潮流的现代主义虽然已成为了过去，但是，现代主义文学曾经揭示和呈现的关于人的惶惑、迷惘甚至反抗的精神状态和内心要求不仅依然存在，甚至在某些方面比80年代更加普遍和激烈。娜或显然发现或感受到了这一精神现象的存在，因此，以极端化的方式表达这一精神现象，显然是娜或刻意为之的。

……

就在我们梳理“70后”创作成绩的时候，另外一种批评的声音也如期而至。青年批评家张莉认为“70后”小说家的创作，是“在逃脱处落网”。她认为：“70后作家创作遇到的困境，也是新时期文学三十年发展的一个瓶颈：从先锋写作、新历史主义到新写实主义、晚生代／新生代写作，中国文学已经被剥除文学的‘社会功能’和‘思想特质’，它逐渐面临沦为‘自己的园地’的危险。70后作家参与建构了中国当代文学近十年来的创作景观——如果我们了解，九十年代以来，中国文学一直在强调‘祛魅’，即解除文化的神圣感、庄严感，使之世俗化、现实化、个人化，那么70后作家整体创作倾向于日常生活的描摹、人性的美好礼赞以及越来越喜欢讨论个人书写趣味则应该被视作一个文学时代到来的必然结果。”[①]这一提醒并非惘然。整体看“70后”作家的创作，历史全面隐退已经是不争的事实。这虽然切合了这代人的身份，但也从另一个方面暴露了他们难以与历史建构关系的真实困境。

显然，如果从一般性的常识来看，“70后”作家的多样性是一个非常大的优点，问题就在于他们迄今“经典化”程度的严重不尽如人意。到了应该“挑大梁”的年代，到了应该登堂入室的年纪，到了应该有普

---

①张莉：《在逃脱处落网——论70后小说家的写作》，《扬子江评论》2010年1期。

遍代表性的时候，一切却几乎还在镜子里，是一个“愿景”。中国文学中占据主要地位的仍然是“50后”和“60后”的一帮中年作家。究其原因，在我们看来，当然有各种难以言喻的外在因素，但如果从内部讲，恐怕就是因为个人经验书写与共同经验与集体记忆的接洽问题。在现阶段，否认个人经验或者经验的个人性当然都是幼稚的，但一代作家要想成为一代人的代言者，一代人的生命的记录者，如果不自觉地将个体记忆与一个时代的整体性的历史氛围与逻辑，与这些东西有内在的呼应与“神合”，恐怕是很难得到广泛的认可的。

或许这与作家的“抱负”有关，也许他们会说，去你们的狗屁“抱负”吧，只不过是一些历史的幻想狂或自大狂的假象，我们就是要写局部、碎片、个人情境。那谁也没办法，但是我们想提及的一点就是，任何人想进入历史都得有代价，这个代价就是如同当代法国的社会学家莫里斯·哈布瓦赫所说的，个人记忆是必须要有“社会框架”的，否则就会产生奇怪的失忆症。或许这代人过于无序的经验书写，也是某种社会与历史失忆症的表现吧。

另一方面，90年代以后的中国文学，带着西方文学的影响和记忆开始了整体性的“后退”，这个“后退”就是向传统文学和文化寻找资源，开始了又一轮的探索。值得注意的是，这个探索是在总体性瓦解之后的探索，因此它有更多的个人性。这也是“70后”作家整体风貌的一部分。“70后”隐约的历史记忆，使他们不得不更多地面对个人的心理现实——因为他们无家可归。但是，他们在矛盾、迷蒙和犹疑不决之间，却无意间形成了关于“70后”的文学与心路的轨迹。无论如何，这代作家的成就和问题，都是我们当下中国最典型的文学经验的一部分。因此，我们在注视这代人文学实践的时候，事实上也就是在关注当下的中国文学。

2014年2月25日于北京

目　录

寂寞难耐

1

前些年的一个初冬，因为一些生活与情感的变故，我从北京消失，潜回老家。我关了手机，偶尔在半夜里打开，看看短信。那段时间我非常不喜欢跟人接触，觉得每张笑脸都是虚伪的。

在老家，一个靠着水产养殖业走向富裕的、村民见到生人第一眼都会揣度这个人的钱包厚实不厚实的海边乡村，我跟父母住在一起。他们问我不是过年过节的，怎么就回来了。我想了想，说，歇一歇。

他们也难以继续问下去。因为他们不了解我的生活，不知道我长年累月在干什么，就像我不了解他们活着到底想干什么一样。我和父母、姐妹长期就生活在这种隔阂的状态中，有血缘的关系，但没有生活和心灵的沟通。记得我大学毕业，参加工作半年后，父亲有一天突然问我："你在福州干什么工作？"我反问道："你问这干吗？"他埋怨道："唉，老是有人问你干什么的，我回答不出来。"我叹了口气，道："说给你听你也不知道。"他说："你随便说一个，应付应付，我说不知道，他们不相信，农村的人就爱打听，挺烦人的。"我知道我父亲是个孤僻的人，老有人这么烦他确实挺烦人，我说："你就说是编杂志的吧。"父亲点了点头，他根本不知道杂志是用来干吗的。

后来我从福州辞职，到了北京后他们就更不知道我是干什么的了。有一年出了几本书，带了几本放在家里。母亲根据别人的说长道短，也许猜测我是靠写字过日子，她很心酸。有一次我写部农村的小说，住在家里写了一部分，母亲看我每日不言不语、憋闷的样子，有一天走到我身边，道："别写这东西了，去找个安稳的工作吧。"我突然间很生气，发作道："你以前都不管我，现在和以后能不能都不要管我。"这话一出，我们都有点心酸。我的嚎叫呛得她很无趣，讪讪地出去了。父亲有点幸灾乐祸又有点事不关己，对母亲道："就你多事。"

从小到大，比如说从小学到大学，他们都不知道我在学校里是个优等生还是个劣等生，也不知道在社会上，我是个好人还是个坏蛋。我以一种绝对自由的姿态生长，如今一旦他们想约束我或者想介入我的生活，我都会有一股无名怒火冒上来，不知道这是什么道理。

因此我住在家里，就像一团谜跟另一团谜住在一起，或者说，像一派卧底和另一派卧底住在一起，只是并不想揭开对方的谜底。先前几天过得很愉快，生活从未如此干净，不受任何人的干扰。有一天，突然感到莫名的孤独，于是我对父亲说，要去北京开始一个稳当的工作了。他们很欣慰，开心地把我送走。我离开家，在小县城里找了个地方住下来。

这个小城里有我的许多中学同学，还有非常要好的。我想联系他们中的一个出来聊聊，但是又忍住了这个念头。联系上一个同学就相当于联系上大部分的同学，我的生活又会变得喧嚣起来。我必须珍惜这难得的寂寞时光，虽然孤独有时候是如此磨人。我在楼上睡了一个很不踏实的午觉，拉开绿色的画布窗帘，窗前有个工厂，依稀可见质朴勤劳的女工正在干活，我不能确定在干什么，也许不是拖鞋就是领带，或者是加工黄花鱼，这个小城市没什么重工业，只能是诸如此类的活计。我想，我应该也干点什么，要不然，空虚会让一个人哭起来的。

去街上走走吧，也许能碰到奇迹的。我一向耽于幻想，大学的时候，没饭票了，我一般都会在周末起床后上街捡钱去，从铁狮子坟走到新街口豁口，一无所获之后，便会到新街口书店看会儿书，有机会还会顺一本回来。那时候书店没有电子设备，松得很，我又很迷信书本上的话，偷书不算偷，觉得这个道理很硬。渴望奇迹能够使人容易度过困窘的时光。

我穿过城市的主干道，多多少少有些记忆浮现起来，但想碰到一件让我兴奋的事，那是不可能的。到了车站，看见一些人背着包袱进进出出，我停了片刻，观察了几个人的相貌举止，猜测他们去干什么，是好人还是坏人，甚至我还猜到有一个可能是扒手。这个游戏也没什么意思，没有人会告诉我谜底，搞了几分钟后，索然无味，我便从崇文街穿向城市的另一头。崇文街热闹但狭窄，长年累月回荡着靡靡香软的闽南歌曲，两边齐整而密集的发廊里，晾着一身白肉的熟女少妇们探出头来，她们一点儿都不冷，很热情地叫道："小弟，进来嘛！"

他妈的，从十几岁到现在过了三十了，都被人叫小弟。就这副鸟样子，估计到了六七十岁还是被人叫小弟。我有些郁闷，不理会她们的热情，表情严肃地穿街而过。突然有个嘹亮而腻人的声音叫道："大哥，进来玩会儿嘛！"我心中一动，看到一张似曾相识的脸，是个穿着花色背心露出壮硕的胳膊和雄伟的半球的少妇，有张还算姣好的面容。

我果断地走了进去。她把半截烟头一丢，领着我，揭开一个帘子，里面是个小间，有一张按摩床。她用手指了指按摩床，动作之程序化，犹如一个老医生叫病人检查身体。

"多少钱？"我问。

"五十，要套子的话，加五块。"

好公道的价格。早听说这里是民工的天堂，确实名不虚传。

我递了五十块给她，道："我不用套子。"

她有些意外但坚决地接过票子，道："脱了，快。"也许她很少先收单后干活，因此决意用最快的速度完成这桩交易。

"我不搞，我只想聊聊天。"

她略显意外，揣度了我的意思后，坚决道："来吧，别害羞，来一次以后就经常来了。"

"真的，我只想跟你聊天，半个小时吧。"

"聊天？半个小时？半个小时我都干几单活了。"从她表情上看，聊天应该是世界上最痛苦的事。

"别吹了，这么多发廊，竞争这么惨烈，我看你一天也接不到一两单。"

被我揭穿了真相，她有点尊重起我来，讨价道："从来没有一个单干半个小时的，要不你多加点，我陪你多聊会儿。"

"要不你把钱退我，我跟别人聊去。"

她很不情愿地坐了下来，道："那就开始吧。"

这可把我为难住了，经过一番讨价还价，此刻聊天的兴致跑得一干二净了。我努力使自己心平气和，回到初衷的状态。

"这么说吧，你觉得我熟吗？我们是不是同学过，小学或者初中？"我问道。

她看着我，想了想，又摇了摇头。

"再想想，我叫李师江，同学都叫我绰号李师师，你那时候应该是坐在后面几排。"

她还是摇头，反问道："你在哪个学校？"

"小学在一小，就是人民影院那边，初中在一中。"

"哦，我不是这里的，我是福安的。"

"不会吧，说句福安话我听听。"

她说了句福安话。我没听懂意思，但确信是福安话。

“为什么会这么熟呢？我们肯定在哪里见过。”我沉思道。

“你就是想问这个？”

“对，我想找个熟人，你一定是个熟人。你有没有在福州工作过，七八年前？”

“不，我是今年才干这个的。”

“我是说，干其他工作的时候。”

“没有，我从来没在福州待过。”

“这就怪了。”我心想，也许确实只因她是大众脸。

“别猜了。”她说，“如果是熟人，那多不好。”

如果就聊这几句话，五十块也确实太贵了点。于是我就像那些充满人文关怀的嫖客一样打听起小姐身世，说着说着，她就说到一个相当悲惨的故事，父亲得了绝症，她身无所长，只好干这个攒钱治病。

“真没劲，连你都不说实话。他妈的，一定要说谎才能活下去嘛！”我听到漏洞百出的故事，总是很生气。

我气冲冲地离开发廊，小姐还拉着挽留我，道：“你看你进来了也不搞一搞，没见你这样的人嘛，以后常来，还有更年轻的小妹！”

我赌气道：“你一点儿诚意都没有，以后我不会再来了。”

我穿过崇文街，又沿着一个巷子绕了一圈，然后往后岗走，决定走到郊外。路过一家汽修厂，我鬼使神差地走了进去。从一辆正在检修的解放牌货车下探出一张沾了点油渍的脸，轮廓瘦长，鼻梁细直，单眼皮，眼睛小但精神。他朝我笑了笑，眼神是探寻的。我也朝他笑了笑，他从车底彻底爬了出来。

“你是李师江吧。”他谦卑地问道，似乎怕我装作不认识他。

“是呀，你还好吧！”我点了点头，但确实记不住他的名字了。这两年记性坏得厉害，特别是有些特熟的人，一到跟前就忘记名字。有些医学知识的朋友猜测，要么是脑袋开始衰老了，要么是从小手淫过多，要么是精神受到过刺激或者心事太多。如果是多项选择的话，这几个答案我全选了。

“在哪儿发财呢？”

“搞公司呢。”我随口道。搞公司是两年前的事，现在已经不搞了。

以前有次回来时，路过一家理发店，理发师也是小时候的校友。当时天特别热，满头大汗的，他比天更热情，非要去打水给我洗脸。他打了水，给我去找一条新的毛巾，边找边问我在哪儿发财，我告诉他，什么都没干，闲着，待业呢！他一听，毛巾也不找了，把打来的热水自己洗了手，对我的态度急转直下。我心里一痛，在这小小的事件里感受到深深的世态炎凉。

后来那些半熟不熟的人再问，我长了心眼，就会随口答道，在电视台呢，央视。哦，是在非常六加一吗？不，那是搞娱乐的，我专门搞国家领导人。哎，那肯定经常出国呀，看看，就你有出息。诸如此类，没有办法，我只是不想让自己心痛，或者说，想让自己感受一点儿人情味，尽管这人情有点虚假。

“哦，当老板呀。”他眼睛闪烁了，觉得我们之间有很远的距离，“我们同学过，记得吗？”

“当然。”因为忘记了他的名字，我也不知道该说什么。

然后是一种尴尬的沉默。毕竟事隔多年，中间隔着太多的陌生。他有些不好意思，熟悉的气氛像闪电一闪就过去了，他又钻到车底下了。

我只好走出汽修厂，路边有一家“大世界”面馆，热气腾腾的牛肉汤蒸汽吹过来，牙根痒痒的，我走了进去，坐在空荡荡的椅子上。老板问我吃什么，我说：“随便。”我集中精力，把思维凝成一把锥子，扎进记忆的深处……有了，终于想起一个字，信。他的名儿有个信，对了，叫史信文，我们叫他阿文。阿文……多么熟悉的称呼。

2

我们年级有六个班，按照成绩来排，我们三班应该排在最后一名，凡是别的班不要的学生，最终都会集中在三班。班主任朱老师并不在乎，那一两年他忙着相亲，一轮又一轮，长年累月地约会，想找个有靠山的岳父，为此孜孜努力，班级的名次不是什么大问题。但是差生差得太离谱，也说不过去，他趁着相亲的间隙想了个主意，把差生和好生一对一搭配起来，同桌，形成互帮互助的一对。于是，我有缘与阿文成了同桌。

我是寄宿生，八个人一个宿舍，照理来说，日子应该过得挺热闹的。但我继承了父亲孤僻的性格，不是很兴趣集体生活，相反，还有点反感，因此比较孤单而空虚，把每一门感兴趣和不感兴趣的功课都考好成了我精神上的唯一寄托，于是我成了优等生。阿文跟我同桌，意味着我要帮助他。阿文平时并不需要帮助，唯一需要是考试的时候，把答案给他偷看就行了。我在学生时代是个很条条框框很有原则的人，作奸犯科的事是沾不得的，偷看不行，被偷看也不行。于是每次考试又多了一项任务，不但要考高分，还要抵挡住阿文尖锐的目光。阿文对此很不开心，谴责我道："老师说要互帮互助，你帮到哪里去了。"我辩驳道："平时可以帮忙，考试的时候可不能帮。"阿文不屑道："平时我什么都会，帮什么帮，我就是图你考试帮一下嘛！"

尽管如此，阿文的成绩还是提高不少，原来一二十分，现在都弄到四五十分了。两个人同桌跟夫妻同床一样，太密切了，要完全挡住肯定不可能。阿文被自己取得的进步鼓舞，下决心把成绩提高到及格线以上，考试前对我疯狂地进攻，采用各种各样的方式，哀求、威胁、利诱，他嘴巴特能说，而我的嘴巴特别不能说，经常说不过他。但我是个有原则的人，坚持把他挡在及格线以下。我想要是让他及格了，那就是我的罪过，因为及格与不及格能确立你在地狱还是人间。学校的氛围对差生特别歧视，我们不可避免地沾染上等级思想。

除了公布成绩能让人兴奋一下，学校的生活很无聊，我发明了一种乐趣，猜拳，一下课就跟同学在走廊上猜拳，不仅是数学游戏，而且是心理学游戏。我痴迷于这种活动，手段相当高明，与获得的乐趣成正比。但有一回被年段的段长发现了，他厉声制止了这种活动，道："这是社会不良习气，敢带进学校？以后不允许猜拳！"段长是能直接管理到我们的权力最大的人，有一副威严的面孔，嘴边齐刷刷长着威严的短须，目光凌厉，不苟言笑，唯一的缺憾是个子矮小，我们叫他坦克。坦克在众人面前扼杀了我唯一的乐趣，我从被严厉批评的惊恐中镇定下来后，开始恨他。阿文目睹了这一切，笑着问我："治一治坦克？"

我摇了摇头。阿文跟我属于两个集团，一个是好生集团，几乎我每年都是三好学生，胳膊上三条杠的标记挂到手软，阿文属于差生集团。就如政治课本上说的，我是社会主义，他是资本主义，落后一个阶段的批判对象，我们是对立的两种人，即便有共同的敌人，也是不能同流合污的。

阿文看段长走到长廊的另一头，大声叫了声："坦克。"走廊上的学生都笑了。段长回头停了一下，把我们吓了一跳，以为要算账，但他随即就进了办公室。那一瞬间阿文很得意，特别是在众人的目光中，他成了英雄。我虽然没接受他的帮助，但也感觉吐了一口气。

除了考试像个孙子，阿文在其他方面都像个大爷，挺引人注目的。他跟细兵、陈冲和刘小军混在一起，后面几个都是大个子，坐在后排，跟老师发生冲突时敢于站起来，铁着脸，直视老师的目光，直至把老师逼退。我真不知道他们怎么有这种胆量和能量，只觉得他们和我是两个不同世界的人。阿文虽然个子不大，但在他们之间有着举足轻重的地位。所以敢于跟坦克叫板，并非阿文最牛的举动。

3

下课的时候，卖马蛋的阿姨便准时出现在楼下，提着洁净的竹筐，筐里是金黄脆软的马蛋。这是一种糯米做的食品，一个个苹果大，中空，甜腻，吃起来有一种腾云驾雾的感觉。作为口味偏酸甜的福建人，我极爱这种食物，马蛋开启了我美食的第一课。但是一个两毛钱的马蛋对我来说太奢侈，我们在食堂里早餐一碟小菜才五分钱，中午通常吃一份一毛或者两毛的菜。零食是不可能占据这么重要的位置的。不仅对我，对于一般的同学来说，如果能天天在下课期间吃一个马蛋，在走廊里咋着嘴巴，那种炫富的层次，不亚于现在天天开着奥迪去上课的学生。

有时候我会想，如果那个卖马蛋的阿姨是我妈，生活就太美妙了。

阿文的小集团通常能弄到一两个马蛋，他们在一起互相抢着吃，其乐无穷。有一次，阿文独自搞了一个，问我吃不吃。我摆了摆手。阿文把马蛋撕成两半，递一半给我，道："吃吧，不吃就被那帮狼抢走了。"这个时候我要是再拒绝，就有点装了。我克服住一种扭捏心理，果断地吃下半颗马蛋。

下节课刚好是政治的单元考试，我习惯性地把填过答案的部分遮起来，不让阿文占便宜。但阿文理直气壮用肘部顶了顶我的肘部，示意把答案张开。我不予理睬。阿文道："你刚吃了我的马蛋，难道忘记了？"我突然很愤怒，觉得这种人太无耻了，居然把吃马蛋和偷看联系在一起。这更让我确信，我跟他是两个不同世界的人。如果能吐出来的话，当时我肯定把马蛋吐出来还给他。

但毕竟吃了人的嘴软，如果我一点儿表示都没有，那确实也是说不过去的。我出示了几个选择题的答案。他几秒钟就把答案一口气抄了过去。在抄答案这种事情上，确实没有人比他更利索。他得寸进尺，接着要我把下面的填空和问答题都奉献出来。这让我很愤怒。

“我只吃你半个马蛋，难道要把整张卷子都给你抄吗？”我咬牙切齿轻轻道。

“既然抄了，就多抄点嘛，小气鬼，你又没有损失什么！”

“我不能干这种坏事，你明白吗？我是三好学生。”

“如果你想吃更多的马蛋，你可以跟我说嘛，一颗也可以，两颗也可以。”

“我再也不吃你的什么狗屁马蛋了，你知道吗，偷看是犯罪，给人偷看也是犯罪。”

政治老师站在最后一排监考，也许听到前面有窃窃私语，便警告了一声。

“我不会抄你整张卷子的，我只要及格就行了。”他继续磨道。

“反正你每次都不及格，及格一次有什么用。”我无比鄙夷道。

“有用的，如果我及格一次，我的待遇就不一样，很有用的。至少我能拿到钱，你想吃什么都可以。”

在他的哀求下，我放松了戒备。更主要的是，如果这样跟他纠缠下去，很有可能影响我考高分。当然，我也知道他不会全盘照抄，如果他也抄出个高分，那就全露馅了，这一点他有自知之明，也明确向我表白过。我想，既然及格那么重要，就施舍他一个及格吧。

这次在我看来肮脏的交易，在阿文看来，却是一次成功的模式。虽然他并没有因此及格，但已经离及格不远，他相信好日子就在后头。他很兴奋，手里有马蛋的时候，还是递给我吃。我一而再再而三地拒绝，但很难抵挡住阿文的热情。他说：“又吃不死你。再说了，给你吃，又不是非要偷看你。我真要偷看，现在还会不及格吗？还不会跟你一样九十来分吗？”我咽了咽口水，也觉得有道理，也确信吃马蛋只是朋友之间的一种奢侈的交往，跟偷看并无太大瓜葛。

“你们哪来那么多钱买马蛋？”我问道。在我的印象中，一个中学生是不可能有存款的。

“嘿，我们吃马蛋还要钱？哈哈，真是笑话。”阿文很豪爽地笑道，好像我连一个基本的常识都不懂。

“为什么呢？”我怀疑他装腔作势。

“这一带是我们的地盘，我们吃东西是不花钱的，懂吗？”

我坚决不信。对我来说，这是天方夜谭。

“跟我来吧。”他深藏不露地带着我下楼，走到小卖部门口，对我说，“等着瞧！”

他径直进去，与买东西的学生并排挤在柜台前，只一眨眼工夫，他就出来了，兜里装着一些塑料袋包装的零食，道：“我没花一分钱！”

我目瞪口呆，惊问道：“偷的？”

“切，”他不屑地冷笑道，“这是社会，你不懂。”

4

我堂哥那时候刚刚分配到学校当历史老师。他的宿舍里有一大书架的书，我挑了一本，叫《查拉斯图拉如是说》，尼采写的，放在自己书包里。随时翻出来看一看。我几乎看不懂，或者似懂非懂，但我必须看，这样才能与傻乎乎的同学区别开来。

我对生活抱着强烈的怀疑。我很怀疑老师讲的那一套并非真实的世界，怀疑课本上成天强调的社会主义制度优越性，在我背诵那些理论的时候，我甚至能感觉到撰书的人抱着可疑的目的。我甚至怀疑化学方程式是否靠谱。我相信自己看不懂的书上所写的东西。

清晨起来我会到教师宿舍楼的墙角去背政治，或者英语单词。学校的各个角落里遍布着晨读的学生，他们之间为了互相不影响，会适当拉开距离，因此均匀分布，像棋感很强的棋手布下的定式。他们大多是来自农村的寄宿生，如果考不上大学，就必须回到农村去喂猪。因此他们怀有简单的目的，通过孜孜不倦的学习，背叛农村。因此，即便在深夜，路灯下、厕所里也聚集着学生，死记硬背是学校里的头等大事。

我也属于这群寄宿生里的一个。我早上背政治，还带着《查拉斯图拉如是说》，背诵的间隙看一下，就像吃馒头配点咸菜。我一般不吃早饭，背到七点半以后，我就直接去教室早读了。如果吃早饭，你得排队买一碗粥或者馒头，还得再排一次买一碟小菜，浪费时间而且麻烦，我在生活中省略了这一道程序。这个习惯使得我患上了胃病。中学时代我一直保持着胃疼的习惯，一般是饿的时候就疼，吃了东西就不疼了。我不知道这种疼痛是一种病，以为是一种与生俱来的身体属性，每个人都会有的。胃疼保持了三年，最后发展到凌晨空腹的绞痛难以忍受，我才确信是一种病，才回了一次家。妈妈带我到一个熟识的由乡下搬到城里的赤脚医生诊所里，医生用简单仪器检查了一下，断定是十二指肠溃疡。给我开了一个月的药，并且吩咐我如果空腹疼痛时，可以身上准备一些饼干或者光饼充饥。医生问我疼了多长时间，我说三年了。医生说，怎么不早说。妈妈说，这孩子，什么事都不告诉我。我嘴里没有回答，心里冷笑道，我怎么知道疼痛是不是身体的属性！

很长时间内，身体的疼痛和心里的苦闷，我都认为是人的一种属性。就跟女人的痛经一样，他人无法帮助，自己以忍为主。

三年的疼痛使得我青春期营养极为不良，我看着原来个子比我矮的同学一个个蹿上去，而我不为所动，停留在一个被定位为三等残疾的高度上。我不以貌取人，也不以貌取自己，唯一的遗憾就是为日后的泡妞带来极大的不便，特别是对于高个子的姑娘，我几乎一点儿办法都没有，而高个子的姑娘又是我的至爱。

人生的遗憾都是在青春期就种下了种子。

那天上午第二节课，教数学的段长在四班缴了两本武侠小说后，第三节课在我班上乘胜追击，下令从每个人的抽屉里搜查课外读物。段长的这个突击行动取得重大成果，就整个年级而言，我们班武侠和言情小说藏量最大。段长只耽误十来分钟，就缴获了五六本，不幸的是，包括了我那本《查拉斯图拉如是说》。当段长令我把书都掏出来时，我当时很坦然，认为这种书不是段长收缴的对象，但他毫不犹豫就没收了。我争辩道："这不是小说，这是对学习有益的书。"这句话把段长惹毛了，他翻了翻这本厚厚的绿皮书，冷笑道："你说，对哪一门学习有帮助？"我小声说："政治！"段长哧地哼一声，胸有成竹地嘲讽道："你是不是以为我教数学就不懂政治？这是反动的书！现在不缴，将来你整个人都要毁掉。"我没想到段长的学识这么渊博，我知道的他知道，我不知道的他也知道。段长这次缴获的原则是，凡是与学习无关的，都必须缴，所以另一个同学的汪国真的诗集也遭了殃。我们只知道段长的老婆爱看武侠小说，所以认为武侠书是最危险的，没想到这次打击面如此之广，也许他老婆的阅读范畴扩大了，这是我们始料未及的。

我情绪极为低落，不仅仅是因为被缴获了一本书，更重要的是，这是一种耻辱。因为偷看课外书被缴，基本上属于差等生的专利。长年累月，我一直以优等生的面目存活于世，没想到现在一个差等生的标签冷不丁就贴我身上。在学校里，如果你年年都是三好生，你就被优越感笼罩着，就会生出脆弱而敏感的自尊，在情绪上你可能会成为一个玻璃人，来不得半点打击。如果你是个中下游的学生，那就再好不过了，你会拥有顽强的意志和获取机会的能力，将来的社会就是你施展拳脚的大舞台。

阿文看到我沮丧无比，他反而兴奋了。他能感觉到这是个机会。下课后，他劝我道："别不开心了，被坦克治一下都成这样，来来，猜拳。"他知道我喜欢猜拳。我根本没有心情，便找了个借口道："坦克来了。"坦克抱着一摞缴来的书理直气壮地离开办公室，还特意从我们面前经过，向我们表明，他的举止是合法合理的，都是为我们好。我们都知道他是迫不及待地想搬到家里去。

阿文道：“坦克来了，我们才要猜拳，要敢于作对你知道吗，不作对他以后老欺负你。”

那一瞬间，我也不知道脑袋瓜怎么想的，举起手来很来劲地猜拳。坦克慢慢地走过来，眼睛盯着我们，嘴角露出貌似残忍的微笑。我忍着内心的恐惧，把坦克当成空气，继续吆喝着，内心一种复仇的快意在升起，那种感觉太舒服了。我瞟了瞟阿文的表情，他脸上有一种真正的肆无忌惮，这是我的恐惧所依赖的。

坦克靠得很近了，我们才停下来。坦克像黑社会老大一样引而不发，道：“继续，继续呀。”我忐忑不安，不知道他下一步怎么发飙。阿文似乎丝毫不懂他的潜台词，道：“你走开，我们就猜。”坦克忍耐不住了，道：“我说了多少遍了，不准把社会习气带进学校，你们俩是不是不长耳朵呀！”我无话可说，坦克的警告历历在目，在我看来那是必须遵守的。但阿文不为所动，道：“猜拳怎么啦，哪里有规定不准猜拳？”坦克道：“我规定的，我是段长！”阿文道：“我又不是你儿子，为什么要听你的！”

走廊里围观的同学越来越多。学校里的娱乐太少了，这种冲突绝对值得一看。坦克的脸气成猪肝色，同时也下不了台了，他觉得应该先把这件事解决掉，再把书搬回家里去。我指着我和阿文道：“你们两个，跟我到办公室。”

阿文不吃这一套，道：“凭什么叫我去，我又没杀人放火！”

段长决定先拣个软柿子捏，指着我道：“你，跟我走。”

我觉得这时候不能离开阿文。有战友和没有战友的战斗，完全是两码事。段长见我学着阿文，死猪不怕开水烫的感觉，厉声叫道：“你是不是想变成坏学生？”便伸出手来拉我。这时候如果连我都治不住，他可真没面子。从为老师着想的角度，我真想跟他走，给他一个台阶。

阿文却把拉过去，对着坦克道：“你别欺负他好不好，谁老实你就欺负谁，好意思当老师呀！”

我一下子脱离了坦克的手，内心有一种突然涌上来的温暖。坦克一下子说不出话来，在说不出来的间隙，他倒冷静了，权衡了一下形势，冷笑道：“好，连你们都勾结起来顶撞老师了，我不管这事，我叫你们班主任管。”

他给自己找了个台阶后，哼了一口气，留下一个冷峻的背影，走了。他给我们造成了一个暴风雨还在后头的印象。

后来班主任过问了此事，但没有更多的纠缠，因为在我们班，比猜拳更严重的事件比比皆是。我也突然感觉到，做人如果坏一点儿，很爽。

5

现在，我理所当然地享受阿文为我巧取豪夺来的食品，马蛋、口香糖、话梅、李子。

阿文理所当然地偷看我的试卷。有一点我很放心，他把分数控制在及格线上，造成以自身的条件通过一番努力后取得进步的假象，骗过家长和老师，得到班主任数次毫不怀疑的表扬。阿文很坦然地接受这些表扬，似乎确实是他努力的结果。可不是，偷看也是一种努力呀！

为了表示对段长的反抗，我不但重读了尼采，还继续读了叔本华、克尔凯郭尔，还看了康德的三大批判，那实在是读不懂了，才作罢。从此喜欢读似懂非懂的书，那种第一遍就被我读懂的书，我会很瞧不起作者的。那时候金庸和古龙的小说我都没有看完，没看完的我已经不想看了，觉得大家都抢着看的，太没品了。有品的人应该读谁也看不懂的哲学。

一些唯心主义的观念在我心里生长，成为我与孤独做斗争的利器。

我相信某些孤独的古人留下一些著作，只不过是为了让后世同样的孤独者与之倾谈。他们在不同的时间里发出同样的感慨，哦，世界不是我们所看到的那个样子，在深邃的地方我们的心灵不期而遇，真是有缘呀。

但在周末，特别是晚上，那种压抑的寂寞一下子爆发，这是上天规定的可以不做功课的躁动不安的时间。对我们而言，最大的娱乐在于录像厅。去看录像，这也是一件大事，因为宿舍楼在十一点关门，意味着学校是不允许看录像了。既然不允许，这事就更来劲了。那些对录像厅了如指掌的同学，在周五的中午就会端着饭盆，如数家珍地转告那家录像厅会放什么片子，他们似乎早就侦察过了。对特别好的朋友，他们会窃窃私语，并且发出不怀好意的笑声，这是他们在谈论哪一家有放三级片。叶玉卿、叶子楣、李丽珍，这是他们嘴里经常提到的名字，也是我们耳熟能详的明星。在我们嘴里谈论的其他明星还有小虎队、郑智化、泰森、霍利菲尔德、荷兰三剑客、周润发、四大天王，这些都是可以明着谈的。

对于看录像，我也是矛盾重重。这时候，我的脑海里就有几个声音在打架，一个是我爸爸的声音："录像是社会上的东西，诲淫诲盗，还违反校纪，怎么能去看呢？"

另一个是妈妈的声音："看录像？那是坏学生干的事，如果你变坏了怎么办？再说了，你花得起那钱？"

还有一个是我自己的声音："周末了，该放松一下，虽然学校不允许，不过那么多同学都去了，不妨入乡随俗吧。不会专门去看三级片的，如果碰上了那也没办法，总不能闭着眼睛，那多浪费钱呀。"

实际上，爸爸和妈妈从来不会管我这些事，更不知道有这回事。我脑子里则是一个臆想的家庭，这个家庭有着一个会管我的爸爸和妈妈。我是我自个儿的爸和妈。

那一次，他们问我要不要去。我的脑子里正在打架，犹豫了，摇了摇头，他们便成群结队往校外开去。最后我自己战胜了爸妈的声音，我无法忍受周末宿舍里的寂寥，我决定自己去。实际上，跟着大家一起有好处，比如说带头的学生会把大家的钱搜集在一起，跟检票的通融，会以半票甚至低于半票的价格进场。但也有坏处，要看哪些片子，大家意见不统一，迁就他人，要是个烂片，往往有遗憾，觉得这个周末白过了，有时候自己想看的片子，又不好意思说出口去说服别人。

我有我自己的选择。据说现在查得紧，不太可能会放三级片，如果是三级片，那倒是不好意思进去。我能根据片名的意味，判断哪些片子是有看头的。我最后选定了人民路的一家，放三部片子，其中第二部和第三部估计很有看头。

我低声对检票的说："半票行吗？"

这是相对无理的要求，低声下气是应该的。

检票的小伙子是个人来熟，他摸了摸我的头，道："看看你自己的个头，还以为在吃奶吗！"

我没有再要求，只是站在边上等，等到录像开始，那就有机会了。老实说，检票的也要看你有没有诚意看录像。

我低着头，以免被熟人同学看到，你要等待这种有情色意味的片子，总是有些不好意思。录像没有开始，但录像厅里传来了喧闹的流行歌曲，来来往往的人看着片名，权衡着哪家的片子更值得看，这一切构成了周末的放纵的氛围，足以令人心醉神迷。多年以后，我想起此情此景，但发觉，没有任何一种场景能比拟当时跃动的心情。

啪的一声，一个巴掌打在我肩上。我吓了一跳。

"你怎么在这里？"阿文道。后面跟着细兵他们，嘻嘻哈哈的。

我的脸红了，嗫嚅着说不出话。

"想看录像吧。"阿文笑道，"你也出来看录像呀？"

好学生是不应该出来看录像的。我否认道："不，我就瞧瞧。"

“想看就看呗。”阿文看出我的意图，道，“怎么不进去呀？”

阿文把我推到门口，检票的小伙子对阿文道：“他想半票呢！”

阿文道：“他是小孩，要什么票。”一把将我推了进去。

我趁机钻进人群回头看，阿文正点根烟跟检票的套近乎呢。检票的看见阿文像个混社会的，对他还比较尊重。看录像厅的人对混社会的都比较尊重。

那一瞬间，我觉得阿文很有能耐，甚至有发哥的风度。一出学校，他就像一棵大树，他的世界无限宽广。

凭着我的直觉，果然看到一部理想的录像，那是一部讲述上海滩的故事，片子里有一个女人乳房的特写镜头，很唯美，这是我第一次看到带有情色意味的录像。我一直看到深夜，回到学校，翻过围墙。宿舍里其他同学都睡了，发出均匀的呼吸，我静静地躺在床上，让心跳渐渐平息，那个乳房的特写镜头，像个月亮浮悬在脑海。

很长一段时间，那个乳房也像个秘密的朋友，在我孤寂的时候，拿出来想念。

6

我已经不可能只把阿文当成一个死皮赖脸的偷看的家伙。至少在精神上，我对他有依赖了。我觉得只要出了教室，就是他的天下。而我是个只有在考场上才有自信，一出去就什么都不知道的人。

有了考试偷看的保障，阿文越来越懒得听课。像阿文这类人，对听课有天然的反感，就如他对混社会有天然的好感。

上课期间他喜欢做各种事，甚至喜欢假装听课做笔记，唯一不喜欢的就是听课做笔记。他在笔记本上写了几行字，貌似认真做笔记，趁着老师转身的时候，他就撕下来，卷成纸条，交给身后的谢秋霞。谢秋霞会低声训斥他，然后打开纸条看内容。那时候阿文总是一副嬉皮笑脸的样子。

他跟谢秋霞有不明不白的关系。在他们的圈子里，早把阿文和谢秋霞看成一对了。阿文经常和谢秋霞打情骂俏，谢秋霞则经常劝他不要这样不要那样，他们有点像姐弟恋的感觉。

我对这件事不屑一顾。第一，早恋是可耻的，即便发生在你身边，也要敬而远之。其次，我觉得阿文品位有问题。既然冒着风险去早恋，应该找最好的目标，而谢秋霞在班上，成绩中下，相貌也不是最好看，个子也不高，还喜欢像个妈妈一样教育别人。唯一能看的就是皮肤够白，白有什么用，又不是粉笔。我认为阿文对早恋就想对学习一样，采取很草率的态度，不值得关注。

更要命的是，像谢秋霞这么平凡的女孩子，还不止一个人喜欢。另外一个更执着的追求者，就是林少聪。少聪是个高个子，坐在最好一排，皮肤白皙，眼神聪颖，留着郭富城式的发型，客观地说，是个美少年。少聪知道阿文喜欢谢秋霞，也晓得他近水楼台，他采用一种冷静的执着追求谢秋霞。我也对少聪的趣味感到不解，班上早恋的风气极少，大概只有两三对吧，还有大把值得追的目标，为什么会集中在谢秋霞身上？

这个问题困扰了我很多年。直到三十多岁后的某一天，我突然想通了。谢秋霞不是班上最漂亮的女生，却是最有女人味的女生。这一点在对女人毫无研究的那时的我而言，是无论如何都感受不出来的。

谢秋霞对他们两个都不错，也从不确定自己是谁的女朋友。阿文与林少聪一直在明争暗斗。

少聪很安静，甚至有点腼腆。下课的时候，他揣着一个小盒子，大概里面是香水吧，不用说也能猜出这是他爸爸出差带回来的，也许是送给他妈妈的。他将它放在谢秋霞的桌前，低声说了句什么。

谢秋霞很有礼貌地推辞一下，然后接纳。不论是阿文还是少聪的献殷勤，她总能做到恰到好处。这一点别的女孩子很难做到，她们要么会接纳一个，要么会两者都拒绝。

阿文带着冷笑把盒子看了一下，英文他一点儿也看不懂。他随手一扔，道："什么破玩意儿，要我给你买嘛。"

谢秋霞带着怜爱的责备道："阿文，不要这样，少聪是一番好意。"

谢秋霞捡了起来。少聪带着冷冷的愤怒，和阿文带着挑衅的目光对峙。

他们一般不会在教室里动手。这样只会两败俱伤。

这种斗争延续到他们所在的团伙。

少聪是公安局长的儿子，也有一个铁哥们组成的团伙，团伙成员是公安局宿舍楼的子弟，分布在其他班上。

阿文有一次试探我道："加入我们'四通八达'吧？"

四通八达，就是他们的团伙，意思就是混社会人脉要广，阿文是一通，细兵是二通，陈冲和刘小军是三通和四通。这是四大金刚，后面还有八个罗汉。阿文说，如果我进来了，就把一达的位置给我。他挺希望四通八达里能有成绩好的，将来大有用途。

我拒绝了。有些事情我可以跟他们合作，但是如果加入这个团伙，那就证明我真的变坏了。后来直到阿文离开学校，也没有把八达凑齐。

阿文没有勉强。不过他在周六特意到教室，叫我去滑冰。之前我有跟他聊过小学的时候滑旱冰时兴高采烈的情景。

我正在教室里自习。大多数来自农村的寄宿生，不会放过周末的时间，加班加点地学习，以便在中考或者高考的独木桥上多一份把握，把别人挤下去。

在这样阳光灿烂的下午，少年宫滑冰场上肯定非常热闹，大批青少年在风驰电掣，这是当时最流行的运动，可以学到很多花样。

我犹豫了片刻，跟着去了。细兵他们已经在溜冰场等候，他们是这里的常客，跟待在自己家里一样自由而熟悉。这种气氛让我很有安全感。

让我始料不及的是，谢秋霞也混在他们之间，她朝我们招手道："文，在这儿。"

她已经不是叫阿文，而是叫文，这种称呼让我内心一动：我没有想到一些称呼可以包含这样亲昵的关系。当时我甚至希望有人也叫我一声这样的称呼。

阿文带我进了场。他们好像玩什么都有钱，而且是共产主义，这点让我颇为羡慕。我说："你哪来那么多钱？"阿文很兴奋，道："我的钱你也有功劳，只要我及格，很容易弄到钱的。"

我永远忘不了在溜冰场里那种躁动的情景。秋天的阳光还很热烈，玩一阵就必须把外衣脱掉。每个人都金光闪闪，兴奋挂在脸上，炫技的少年玩着倒退。一些少年玩累了，靠在金属栏杆上，眼睛里带着骄傲，期待着对手的挑衅。

陈冲停了下来，细兵也停了下来，靠着栏杆指指点点，阿文和谢秋霞也与他们聚集在一起。从气氛中我能感觉到有什么事。我跌跌撞撞地停靠在他们身边。

"妙良撞了我一下，他说想不想干一架，我说没问题。"陈冲道。

他说的妙良是隔壁班的高个子，是少聪的死党。从他的口气来看，少聪一伙也应该在滑冰场上，但我一时间从人群中没能看出来。

"文，别惹事了。"谢秋霞劝道。

不劝还可，一劝阿文就更来劲了，道："切，他们敢惹我们还不敢接招，不是在搞笑话吗？你说是吧，细兵？"

细兵已经不是在考虑打不打的问题，而是敌我双方的形势了，道："先看看他们有几人。"

谢秋霞还在娇滴滴地嘀咕，但阿文的英雄气概已经百分百被激发出来了，他推了一把谢秋霞道："你先回去。"

这种山雨欲来的形势对我而言，有点恐惧的铁锈的味道。第一，我不是他们一伙的，根本不想卷入这种争风吃醋的斗争；第二，我既没有靠打人扬名立万的欲望，更没有被挨打的准备。我对自己的定位是：旁观者。我要做的就是逃脱。

“那我呢？”我问阿文道。

阿文用一种大人看待小孩的目光看着我，确定了我的意图后，道：“你也走吧，对了，你保护秋霞回家去。”

送一个女孩子回家，对我来说这个任务再合适不过。这一刻我也对秋霞心生好感，要是没有她，我也没有更好的借口脱险。

7

这是一间洁净的房间。床上的花被子叠得整整齐齐，有一股香味，温馨死了。阳光从西窗透进来，落下一层金黄色，有梦境之感。

这大概是我第一次见到闺房。

我把谢秋霞送回她的闺房。我并不急着回去，这个下午发生好多事，让我又惊恐又好奇。特别是，你刚从一个凶险的地方出来，而这样的房间特别有安全感。

“你爸妈呢？”我问。如果她爸妈在家，我就不敢来了。

“我爸妈分开了，我跟我妈一块住，她经常不着家。”谢秋霞轻描淡写道，好像她才是这个家的女主人。

当时“离婚”这个词太惊心动魄，一般不会说出来的，但“分开”一词足以让我震动了。

我在房间里无所事事，或者翻本书看，或者摸了摸布娃娃。课外书不多，只有两三本言情的，秋霞说是她妈看的，布娃娃倒是有几个，每个都有一股香味。

“你说，他们会不会打起来？”我问道。

“不知道，”秋霞漫不经心道，“他们老是为了我打架，真没意思。”

这话除了有一种忧愁，我居然还能听出一种骄傲。我突然间断定，秋霞属于社会上的坏女孩，至少是这个坯子。

“他们两个，你到底喜欢哪一个？”我问道。以我的逻辑，这是个单项选择题。

“什么喜欢不喜欢，那不是变成早恋了！”秋霞不满道，“他们都挺好，我谁也不想伤害。”

她居然不承认自己早恋，还“文”叫得那么亲热。

她靠着我，指着我的衣领道：“你这衣服也太脏了吧。”瞧她那语气，似乎干净是一件很时髦的事。

我被她说得有些不好意思，道：“刚洗的呢。”

“切，还刚洗的呢，你这洗的什么呀？你看这污渍，陈年的，洗跟没洗一样，你是不是自己洗衣服呀？”

我点了点头。通常我会把脏衣服泡在桶里，积攒一桶后，花十几分钟就洗完。做这些事的时候我很烦，觉得浪费时间，总之，人类发明了穿衣服是自找麻烦。

“你成绩好，但不会洗衣服。下次我去学校帮你洗，你该学一学。”她似乎找到了她的特长，非常热忱而且好为人师。

“那怎么行，要是被其他人看到不知道会说什么呢！”

寄宿生里爱嚼舌头的多的是，一点点小事都会成为谈资的。

“切，那有什么，就说你是我弟弟，真是的。”

“可人不信呀，你又不比我高。”

“姐姐不一定要比弟弟高，我比你成熟就行。”

聊着我感兴趣和不感兴趣的话题，我就这样磨蹭着，这个下午很新奇，不着急回到按部就班的校园。就在我觉得该走的时候，楼下传来阿文的叫唤。我有点后悔没有提早一步先走。

谢秋霞下楼，我跟在她后面。阿文见了，道："你怎么还没走？"

我语无伦次，道："我……我不是要保护她吗？"

他们都笑了，嘲笑的笑。细兵道："不如来保护我们。"这引起他们更猛烈的嘲笑。

谢秋霞道："别开他的玩笑，人家没见过什么世面。"

谢秋霞接着问发生了什么情况。阿文微笑着，不回答，那表情似乎在表明，刚才经历了大风大浪，但对他们来说，也只是轻描淡写。

这种气氛我格格不入。我一言不发地离开了。

8

有一段时间我特别心烦意乱，我想这是接触了太多校外的生活。

偏偏在那时，我收到了一封约会来信。那封信是匿名的，用信封，没有邮票，很显然是本校学生的。字迹不太好看，但比较认真，一笔一画写得郑重其事。

> 师江：
>
> 我看了你的诗《孤独》。写得很好，你的诗令我感动。我觉得我也很孤独。
>
> 能和你交个朋友吗？如果你愿意，周六中午2点在学校门房见。
>
> 一个女孩

这是我第一次收到这样的信，心里怦怦乱跳，趁着别人还没注意，把信藏了起来。

一两个月前，我在教师宿舍楼下晨读，捡到了一本被露水打潮的《中国现代抒情诗》选。大概是哪个老师窗户里掉出来的。我毫不犹豫读完了。在我看来，这也属于有品位的读物，因为诗歌是百分百的似懂非懂的东西，符合我看不懂才是好的标准。戴望舒的《雨巷》令我深有感触，于是我模仿那种感觉，写了一首极为颓废的自哀自怜的《孤独》。写完后，我觉得有一种解脱，内心有空明的喜悦，我领悟到文字是极妙的药物。

后来，漫长的青春期，写诗与手淫成为我排遣忧郁的两个妙方。若不是它们，也许我早得了抑郁症。

校园文学报《大海》向我约稿。他们向每个班上作文写得好的学生约稿。我把《孤独》给了他们，很快登上了校报。

这封信让我失眠了两个晚上，脑子里几个声音又开始打架了。如果赴约，明摆着是一场早恋，这是绝对不允许的。

于是下定决心，不接招。但是，一丝好奇又像是泉眼搅动着沙子，在夜里涌动着，特别是“一个女孩”的署名，令我难以平静。那是多么美好的字眼。

理智与情感大战三百回合，最后双方做出妥协：如果她只是个热爱诗歌的，那么就鼓励她走上文学的道路；如果是个不错的女孩，那就劝告她不要早恋，但可以交一般的朋友；如果实在太漂亮了，那就见了再说，即便早恋，也可以控制在很文明的对双方学习都有帮助的份儿上……总之，还是见一见，不然对女孩太残忍。

我记得带着忐忑兴奋期待的心情，在阳光照耀的中午，走到离门房远远的地方，朝传达室里看去。由于传达室比较幽暗，我必须定睛看，才能看得清人的面目。我确实看清了，一个女孩正坐在那里，静静地等待，笃定我必来的架势。我看清她后，心跳加速，急速往校外走去，以免让她看见我。

那一瞬间，我心里一阵苦涩，难受得简直令我眩晕。

那个女孩也是个寄宿生，她腰身像个木桶，个子矮矮的，脸上肉多而紧，发怒的时候表情特别横，总之浑身都是圆的，没有一丝曲线。由于营养过剩，周身有一种往外溢的趋势，像随时爆炸的导弹。她是女生中的领袖，大嗓门，有男孩子的气概。我在食堂排队的时候就收到过她并不媚的媚眼，但我没有放在心上。我根本想不到“一个女孩”就是她。如果她写“一个像男孩的女孩”，我可能会想到她。

虽然我没有损失什么，但是我真的很痛苦。这个令我辗转反侧两个晚上带来无限遐想和勇气的女孩，居然是全校最丑的女孩。这不怪她，多丑都有示爱的权利；也不怪我，任何人都有情窦初开的时刻。怪的是命运。

这就是宿命。在我漫长的青春期，几个主动向我示爱的女孩，都是拿不出手的；而我喜欢的，都是追不到的。难道世间真的有“丑女杀手”这一款？

我的审美趣味被活生生地扼杀着，使得我对爱情倒不抱有幻想。如能在视觉上满足一下，已经算是上天的眷顾了。

9

偶尔我想会想起谢秋霞的房间，洁净的被单，散发阳光气息，她不厌其烦地讲述干净的妙法。这有什么好想的呢？也许它代表一种“家”的气息，于我来说，这是陌生，遐想是可以理解的。

阿文和少聪的明争暗斗一直持续着，是班里涌动的一股暗流。人人都知道，人人都不愿意明说。其实，这已不单单是两个人的战斗，这还涉及“四通八达”集团与公安子弟集团谁搞得过谁的问题，甚至关系到社会草根能不能搞倒公安系统的问题，总之，问题很复杂，即便阅历不深，我们都能感觉到。

对于这种庞大的对立，最担心的人应该是谢秋霞。她即便不是根源，退一万步来说，也是导火索。事实上最不担心的人就是她，不但不担心，似乎还享受两边规模庞大对立，也享受着两方的示爱。当然，这种享受也只有我这种敏感的人能觉察出来。表面上，她还是经常会说“文，别闹了”、“少聪，算了，别为我这样”诸如此类的话。

周末的时候，我在校园里待不住了。我习惯性地看了一会儿书后，不自觉地溜到校外，往少年宫方向走去。在旱冰场看了一会儿，找不到一张熟悉的面孔，便吹着口哨漫无目的地向太尉巷走去。我听过一盒磁带，叫《战地口哨》，是军人无聊或者高兴的时候用口哨唱歌，非常悦耳，从此我就对口哨情有独钟。经过一个僻静的转弯，一对青年男女骑着自行车与我擦肩而过，但男子随即转过身来，对我喝道：“停住！”

我吓了一跳，看见男子把自行车架好，女孩也从后架上下来，两人朝我逼近。我慌了，不知道发生了什么。

男青年扬了扬碗口粗的胳膊，道：“小子，刚才是你要的流氓？”

刚才我确实朝那女的看了一眼，但我没想到扫一眼就落下麻烦，我脸色都变了，辩解道：“不，我不要流氓。”

他抓住我的胳膊，道：“不要流氓，那为什么朝我女朋友吹口哨？”

天哪，原来是口哨落下的麻烦。我倔强道：“我是吹口哨了，我不是朝她吹的……我是搞音乐……”

女孩子，比我大不了多少，也很愤怒，道：“这么小就要流氓，妈的，这个世界还有没有好人！”

男的对我的辩解很愤怒，把我胳膊往后扭道：“你他妈的还不承认，鸡巴还没毛就调戏女人，我搞死你。”

我的胳膊被扭得很疼，恐惧和屈辱紧紧攫住我，我挣扎着不吭声。男青年问女孩子：“要不要揍一顿？”

女孩子慈悲道：“算了吧，我这人心软，你看他眼泪都出来了，饶他一次。”

男青年朝我屁股上踹了一脚，我踉跄着差点摔个大马趴。他们坐上自行车扬长而去，我真想骂出声来，但始终没有骂出来。我就是这样一个被吓破了胆的家伙。但我内心充满屈辱，一时间想死的念头都有。

我坐在市政府门口的马路牙子上，失魂落魄。后来谢秋霞终于路过了，好像是我期待中的一幕。她惊奇地看着沮丧的我，我也惊奇地看着出现的她。后来我想明白了，原来我下意识坐的这个地方，在她住所的楼下，而且，潜意识中我是在等她出现。

我一言不发，跟着谢秋霞上楼。她已经发觉到我失落的情绪，我在考虑是不是如实告诉她。但很快否决了这个想法，这是我难以启齿的屈辱的经历，如果她知道了，那么阿文也有可能知道，甚至全班同学都有可能知道，我在大家的眼里，成为一个怂包。

“说说嘛，是不是谁欺负你了？”谢秋霞本来就有姐姐范儿，一回到家，又升级了，像个妈妈。

我点了点头，碰上倒霉事这一点是躲不过去的，便含糊不清地咕哝道：“跟人打架了。”

“你怎么能跟人打架呢，你是好学生，不能这么学坏。”她关切地谴责道。

“可是，他先打我的。”我把事端说了一遍，道，“那个家伙很想在女朋友面前表现，所以就朝我动手了。”

“那是社会上的人，你可以不理他呀。难道你跟他动手了？”

“是呀，我也是个男人，我总不能在他女朋友面前丢脸吧？”

“切，人家女朋友关你什么事？你不会躲开嘛，非要打架，让学校知道了，你三好生非要丢掉不可。”谢秋霞说。

“总之，我也有手有脚，不能当孬种不是？”

“行，你行，以后你就跟人打架，我不劝你了。”

我刚在语言上获得了一点儿自我满足，羞愧就随之而来了。我说：

“行，我以后不打架了，咱们能不能聊点别的。”

“这才叫乖，我就喜欢听话的孩子。”谢秋霞用手指在我脸上刮了一下。

阳光依旧从窗玻璃上透进来，光柱中有些灰尘在舞蹈。我的心情终于从屈辱的泥潭中拔了出来，回到正常的情绪中。

谢秋霞开始把扎着的头发松了下来。房间里很燥热，谢秋霞道：“我想换件裙子，你要不要出去一下？”

按照常理我是该自觉走出去，不过在那一瞬间，我看到谢秋霞的眼神，从她的眼神中我能读懂：没必要出去。他妈的，在男人的拳头面前，我是如此惊慌失措，而对付女人的意图我却有通灵般的天才，难道我是个适合吃软饭的家伙？

“你换吧，我不出去。”我替谢秋霞说出这样的答案。事实证明，这个答案完全正确。

谢秋霞把长裤脱了下来，并欣赏自己的两条长腿，接着她转向我，征询道：“怎么样，我的腿？”

我点了点头，道：“太白了，我从来没见过这么白的腿。”

“除了白呢？”

“除了白就没有别的特点了，真是白腿，为什么会这么白呢？”我喃喃自语。

“难道就不好看吗？”

“还可以吧。”我说。我当然还没有欣赏人体的审美眼光，无从说起。

谢秋霞还舍不得把裙子穿上，不满足道：“你还小，真不懂，别人都说我的腿特别漂亮。”

即便我懵懂，但还是看得有点来劲，我想起录像厅里看过的特写的女人的乳房，突然间提出大胆的要求，道：“不如你让我看看上面的，看看是不是看过的那样。”

“这怎么好意思。”谢秋霞娇嗔道，“你又在哪里看过了？”

“录像厅里。”

“哦，你肯定去看色情录像了，你做的坏事还真多。”

“让我看看嘛，”我请求道，“我还没看过真的呢。”

“你要答应以后别看色情录像，我就给你看。”

“好吧，以后只看枪战片。”

谢秋霞把胸罩往上移动，让我瞅了一眼。

“看到了吗？怎么样？”谢秋霞自信地问我。

“太小了。”我很失望。与录像中那个浑圆的玩意儿相比，她这个简直还没成型。

“讨厌，不理你了。”谢秋霞突然黑下脸。

我赶忙亡羊补牢，安慰道：“不，你还会长的，你最终会长成录像中那样的。”

“切，你还小，根本不懂女人，我不跟你计较。”谢秋霞自我解嘲道。

谢秋霞穿上一件裙子。由于话不投机，我们转而聊了一些班上的琐事。但谢秋霞显然对我的评价耿耿于怀，一会儿又旧话重提道：“嘿，你不觉得我漂亮吗？”

“你就是白。”

我那时候还没有学会恭维女人，而且老实得很，说话力求准确，口说我心，更不可能撒谎。

“白就不漂亮了吗？”

“你全身上下就像一张白纸，白纸呢，谈不上漂亮或者不漂亮。”

“切，你不懂，”谢秋霞鄙夷道，“当然也有不白的地方了。”

我不明白谢秋霞为什么老在意这个，为什么一谈到这个就对我不屑。我不置可否。

“你不信吗？”谢秋霞挑衅道。

我摇了摇头。我摇头的目的是表示对这个话题不感兴趣，但是谢秋霞误会了，她认为我不信她的话。她冷笑着带着挑衅的眼神，把裙子和内裤缓缓褪下，我看到一小片油亮的黑色。

我的心砰的一声，像遭了一记重拳，叫道："你怎么能这样？"

"谁让你不信！"谢秋霞的脸上是一种复仇的快意。

"你真流氓！"我大声叫了出来。

"滚，你给我滚！"谢秋霞变了脸色，朝我大喊道。

我不知所措地逃离她的房间，后面传来了她的哭声。我沮丧极了，那一抹黑色一直在我脑海中挥之不去，几乎令我想呕吐：他妈的，在少女白皙的身体上，怎么能长出那么粗鲁的毛发呢？这与我幼稚的美学背道而驰。哦，造物主，你真是个蹩脚的角色！

而且，我觉得，作为一个好学生，我根本不应该看到这些东西。

我仓皇回到学校，饭也吃不下去，我好像看到了世上最美和最丑的东西结合在一起，令我心中又堵又疼。

10

谢秋霞已经不理我了，在班上对我臭着脸。我知道伤害了她，但不知道具体伤害在哪一点。我也不懂得道歉。多年以后，我还是保持老毛病，把女孩子无意得罪之后，总要经过一段时间才悟出得罪在哪一点。总之，对于处理诸如此类的问题，我像个白痴一样任其发展，虽然我时时想念跟谢秋霞在午后的房间里相处的时光。

决战终于爆发了。我没有经历过现场，但后来不断地听人说起，也有历历在目的感觉。地点在体育场，决战是有预谋有准备的，类似于法国火枪手式的决斗，不同的是群殴。"四通八达帮"和"公安子弟帮"互有受伤，总体上，"四通八达帮"略胜一筹，他们更有江湖斗争的经验，准备得充分一些，下手也更狠一些。阿文跟我讲起战斗的场景，热血沸腾，他说："我把匕首这么挥舞一圈，唰唰唰全是鲜血喷出来！"我听了心惊胆战，庆幸我没有加入任何一个帮派。而且这个事件让我下了决心：天哪，这辈子甭想当英雄好汉了，就安心做一个孬种吧！这个决心一下，心里舒服多了，觉得自己因吹口哨被人欺负也是应该的。只不过孬种如何在女孩子面前保全面子，倒是我一辈子必须研究和攻克的难题。

双方战斗的核心阿文受了点轻伤，胳膊上缠着纱布，那成了他炫耀的标志。少聪住进医院，躺了将近一个月，才脸色苍白地回到学校。

在少聪回到学校的时候，阿文、细兵等"四通八达帮"的主要成员已经被开除出校了。这个斗殴事件震惊了本市的教育界，不仅令学校受到严厉警告，也让家长们心有余悸，追问自己的儿女们跟这两个团伙有无瓜葛。学校动了狠刀子，前所未有，把"四通八达帮"开除以后，我们班上显得空荡荡的，上课时安静得要死，别说没有人用粉笔扔老师的后脑勺，就是想找个人聊天，也都很难。班上纪律好得让人不适应。我旁边的座位是空的，考试的时候，没有人哀求偷看了，让我考得很空虚。坦克来上课，更加轻松自如，他知道没有人捣蛋，所以又恢复了用粉笔头扔打瞌睡的学生的习惯，且更有准头了。看到坦克飞扬跋扈的表情，我不由怀念起阿文来。

在被开除的过程中，"四通八达帮"的家长纷纷来学校做老师的工作。我还帮助把细兵的爸爸带到班主任的宿舍。但没有用，"四通八达帮"在学校里干的坏事很多，积下了诸多宿怨，比如偷老师自行车上的铃；对于讨厌的老师，把他的车胎扎破；经常偷小卖部的零食，老板苦不堪言；甚至厕所打扫卫生的大嫂听说此事，也由衷地感到兴奋，因为他们见到大嫂要来男厕打扫卫生，就故意在厕所里聊天……退学令下得很坚决。"四通八达帮"也知道大限将至，一个个有些沮丧，沮丧之后也有兴奋，他们相信自己有混社会的经验，不怕比我们更早地进入社会。

阿文最后一次跟我谈话，也算是一次告别。

他说："以后没人偷看你考试了，你可以放心了。"

"不，我从来不介意你偷看。"人之将别，其言也善，我发誓道。

"以前好像没这么慷慨吧。"阿文有点讽刺道，"以后就是送到我家来，我也懒得看了。不过，我走了，你必须帮我做一件事。"

我拍了拍没有几两肉的胸脯。

"帮我看好谢秋霞！"阿文坚决道。

"啊，怎么看好？"

"别让少聪靠近她。"

我的心一沉，他妈的，这个任务太艰巨了，可以肯定我无法做到。

"可是，怎么不让他靠近呢，我没有这个能耐呀！"我皱着眉头道。

"别啰唆，看住她，如果他们好上，我找你算账。"阿文不耐烦道。

我从来没见过阿文这么浑，内心生起一种恐惧。

"可是，我要是做不到怎么办？"我哭丧着脸道。

"你他妈的，我求你的事你从来就没有爽快答应过。"阿文越发暴躁了，"她是我的女人，你帮我看住她！"

他几乎声嘶力竭。我噙着眼泪答应了。我真怕纠缠下去，他会从裤袋里掏出一把刀子。

那一瞬间，我明白了一件事：一个人对你有多好，就有可能对你有多坏。

我真怕那些无缘无故对我很好的人，太可怕了。

11

谢秋霞作为双方争夺的导火索，虽然没有被开除，但受到班主任的口头严厉批评。她郁郁寡欢，又楚楚可怜，如果“四通八达帮”还在，班主任绝对不敢对她如此，“四通八达帮”的报复手段防不胜防。

我忧心忡忡，每天观察谢秋霞。我总怀疑谢秋霞跟被开除掉的阿文等保持着联系，一点儿也不敢得罪她。偶尔少聪过来跟她说一两句话，我就紧张起来，我觉得自己的命握在阿文的手里。由于阿文的警告，让我背上沉重的包袱，我再也无法专心致志地学习了。可恨的是，少聪这个情种，从他的表现来看，好像从来没有放弃对谢秋霞的追求，虽然他追求的方式从不热烈，慢吞吞的，但很坚定。天哪，他如果得手，我就完蛋了。

我甚至梦见阿文带着匕首，恶狠狠地对我喊道：“谢秋霞的身体你都看到啦，你这个坏蛋！”又道：“少聪今天又跟谢秋霞说话了，你他妈的怎么不给我看紧点！”恐惧，忧虑，警惕，各种情绪夹杂在我脑子里，逼着我想出法子，最后做出人生中第一次对女人的选择：只有我跟谢秋霞好上，才能够杜绝她跟少聪的关系。

但是，一想到好上，我就想起早恋这个词。这可是很大的罪名，如果戴在我的头上，不但什么三好生之类的称号跟我绝缘，而且还会被警告、开除，乃至在同学中抬不起头。我想，只能是跟她好上，但不早恋。不早恋的概念就是，没有身体接触，不拉手，当然绝对不能接吻，再也不看她的裸体，不跟她在私人场所见面，等等。但可以跟她心灵沟通，乃至说服她绝对不能跟少聪好上。我想，如果在技术上下功夫，是可以把握这个分寸的。

谢秋霞对我的得罪还是放在心上，这一点我能看得出来。但是通过一段时间的消化，我已经悟出我在哪一点上得罪她了：当她展示身体给我看的时候，我没有说“漂亮”。我决心做补救工作。

我写了一张纸条，可以说是一封道歉信，也可以说，是一封赞美信。我在下课的时候，在无人注意时偷偷塞给谢秋霞。传纸条是一件不光彩的秘密的事。谢秋霞也不敢放肆，偷偷地在抽屉的位置展开看。我斜着眼睛看谢秋霞，天哪，正碰到她的眼光，天哪，那一刻她如此迷人。她的眼中是欣喜、接受、幸福和企盼，流转着动情的涟漪。我的心一动，情窦霎时绽开，热流从内部涌出。那一刻，我知道为什么谢秋霞会成为男人争夺的焦点了，她身上的女人味妙不可言，势不可当，但凡你感情上开窍的，是躲不过的。那一瞬间，我突然有一种预感：我不早恋是不可能的了！

一种复仇的快意像闪电一样从我脑海中掠过：跟谢秋霞早恋，一件不道德的刺激的事，却可以报复阿文对我的要挟。那种快意也让我明白了一件事：我对阿文有恨，我恨他对我那么好的目的原来是为了对我那么坏。

我们用眼光交流了片刻，上课铃就响了。我内心充满被原谅的放松，与一个女孩内心交流的甜蜜，时不时往谢秋霞处瞟一眼。从她的姿势和脸上的表情来看，那张纸条被她双手握着，藏在抽屉口，她时不时重复看着，脸上洋溢着被赞美的满足。

班主任的讲话突然停了下来，他严肃着脸，两条鹭鸶一样的长腿迈了几步，就到了谢秋霞的边上。

“交出来。”他面无表情道。

谢秋霞，这个正在接受批判期间的红颜祸水，她没有丝毫反抗的意志，乖乖地交出纸条。班主任迅速读完，接着问：“谁给你的？”

谢秋霞眼含歉意，指了指我。我的脸瞬间烧了起来，脑袋轰的一声，差点昏了过去。我仅有的一点儿神智感觉到班主任勃然大怒道：“刚开除了一批捣蛋鬼，你又接着要流氓了，这个班级是不是烂透了。啊，李师江，你可是个好学生，不早恋就会死吗？”

他边吼着边把纸条撕成碎片。从某种意义上来说，那是我人生中的第一封情书，也是我人生中的第一次花言巧语，其文如下：“谢秋霞，对不起，我以前的看法错了。我觉得你的身体很漂亮，雪白就是漂亮。还有，瘦小的乳房其实也很漂亮，你不用长成丰满就很漂亮了。原谅我之前的幼稚，希望跟你成为知心朋友。”

我的脸丢净了。整个年级的老师和学生都知道，表面上我是个好学生，其实是个正在早恋或者想早恋的家伙，还看过女生的裸体，总之，是个道貌岸然的学生。惭愧、羞耻，使我淡忘了对阿文的恐惧，淡忘了对谢秋霞的承诺。我每天缩着脖子，遮住脸，更加不要命地学习，像个守财奴敛财一样不要命地搞分数。接着，中考接踵而至，填志愿，复习，冒着炎热紧张考试。我由于没能被一所中专学校录取而继续读高中。中考结束后，谢秋霞不知所终。两个月的暑假把这段往事生生截断。

12

回忆到此，我在“大世界”面馆刚好把一碗牛肉面吃完。抽了一根烟，心中涌动着渴求倾诉的欲望。我不由得又转回汽修厂。阿文已经从车底出来，手在一张抹布上擦拭，看样子，那辆车的问题已经被他搞定。

“怎么，有事？”他笑着问我。

“哦，没什么，来根烟。”我递了根烟过去，他接过。

“这个汽修厂是我开的，以后要修车什么的，就过来。”他介绍道。

“那肯定打折了。”我没话找话，开玩笑道。

“老同学，说什么折不折的。”他吸了口烟，道，“你肯定把以前的事都忘了吧？”

“以前，哪些事呢？”

“在学校的时候，我可能还欺负过你，我真想问问你，你有没有恨过我。”阿文笑道，“不过你肯定忘了。”

“嗯，是呀，记性越来越差了。”我点点头，挥手道别。

在离开的瞬间，我很想问“谢秋霞怎么样了”，这句潜伏了许久的话，到嘴边又活生生咽了下去。回想往事譬如手淫，煽情而无用。哦，寂寞，你这个婊子，难道非得要我从不可重来的往事中捞出一个嫩芽般的少女，捞出一段烟花般的爱恋，来满足你的饥渴吗？天生孤独，就此打住！

廊桥遗梦之民工版

沿海高速公路修到青石桥跨海大桥的时候，正逢阴雨季节。工程队原来计划以牺牲少于五个民工的代价把这座桥搞定，但是断断续续修到一半的时候，发现死了六个人。一时之间好多民工都想打退堂鼓，工程队只好提高 20% 工资来挽留，并且鼓励加班。一个月来，水泥工钱仁发心里在不断打鼓。这个来自湖北大别山山区的农民以前没见过海，这次随着高速工程的推移来到闽东，第一次见到青石桥海峡的时候，心里不由叫道：我的妈呀，这哪里是海，简直是断魂谷，瞅一眼人没掉下去魂魄已经先掉下去，瞅第二眼脑袋就要晕，不拔腿走就觉得自己已经死了。百来米高的垂直的悬崖下，海浪掀起来就能把你揪下去。钱仁发在悬崖上抄水泥的时候，一阵微风吹来，就觉得自己像一片羽毛要被吹下去。而一阵稍大的风吹来的时候，他就不得不蹲下来。民工叫喊，嘿，你又要拉肚子啦？

他的恐高症比常人要厉害，有一次梦见自己掉下悬崖，慢慢地飘下去，屁滚尿流地飘，醒来后胯下凉飕飕的，觉得自己都废了。照这个进度下去，按照这个死人的频率，估计还要死六个，自己保不准就是这六分之一。于是他会在悬崖边上像哲人一样思考：他妈的，到底是谁把我送到这上不着天下不着地的地方来的呢？他朝着海浪喊：他妈的，到底是谁呀？没人能回答这个问题，大家都在忙自己的活，都在防止自己变成第七个。悬崖底下有时候会传来回声：谁呀谁呀。但是我们的哲人钱仁发听出弦外之音：命呀命呀！哦，他在刹那间便想通了有的人一辈子想不通一辈子在抱怨的问题，想通了腐朽的文人们论证了几千年没论证出来的问题。每阵风吹来，他就看见自己的命被吹走了，从裤裆里溜走了，像一只海鸟在海浪与雾气间飞呀飞，一会儿看得见，一会儿看不见，你知道它是活的，但掌握不了它。直到收工铃响，跑到窝棚里吃饭，一口热气腾腾的汤下去，才感觉命从海面上飞回来了，从裤裆里钻回来了，哦，自己的裆部又恢复了生机。

钱仁发还真怕有一天命溜走后飞不回裆部，跟表弟刘福利商量，为了避免成为第七个烈士，是不是该卷铺盖回家？刘福利一万个不答应，当初俩人出来的时候是借了路费出来的，好不容易进了施工队，现在每个月有七百块钱的收入，要是回到大别山，掘地三尺每月也掘不出七百块。刘福利说，回家能干吗，你还想回家再操一个孩子出来吗？钱仁发不说话了，在家里确实闲得慌，除了干老婆好像没有什么值得一干的事。老婆的肚子一刻也不能闲，四年内生了三个，整个大别山，也只有这块地有收成。生了前两个女儿后，家里的锅碗瓢盆被计生人员砸了一遍，一间破茅屋被砸出八个洞，其中有两个是在屋顶。所以第三个男孩是在树林里搞出来的，终于搞出个男孩了，搞出来后兴高采烈，觉得这个地方风水真好，又没有计生人员来骚扰，索性把破茅屋扔了搬到林子里过野人生活。当野外性爱在欧美时兴的时候，我们这个好了伤疤就忘了疼的大别山农民一点儿也不落后于时尚，唯一不同的是别人在汽车里、沙滩上、海底，而他在土坡上、草丛中、树杈间，除了设备不够先进之外，刺激和惊险程度一点儿也不逊色。这个已经演了帽子戏法的农民还想继续高歌猛进超过郝海东和王涛成为中国最佳射手的时候，被守门员刘福利及时止住了。刘福利责怪他道，孩子整出来时倒是人，可是越长越不像人，你他妈的真不是人。刘福利把这个爱射门的农民带出来，转为一个贪生怕死的民工。

钱仁发忧心忡忡道，你看这么修下去，死人是免不了的，要是哪一天轮到我，那可怎么办？刘福利冷笑道，生死有命，富贵在天，你女人也有了，孩子也生了，死了也值得。我除了我娘，连女人都没摸过，死了才冤枉，我都不怕你还怕什么！钱仁发想想也是，男人该经历的事情自己都经历了，确实比刘福利要幸运。但掉头一想，又觉得不对，刘福利要死了，一个人赤条条就走了倒是干净，自己要是走了，老婆和孩子怎么活下去呢？这个问题一冒出来，就复杂了，原来自己那条飞来飞去的命不光是自己的，还有老婆孩子的份儿。一想到这里，钱仁发的胯下突然沉重起来，好像一家子人都挂在胯下了。

钱仁发决定请刘福利吃碗牛杂粉。牛杂粉是宁德一带最诱人而普及的小吃，汤是用牛骨头和牛杂熬的，你一闻到香味，牙根就发痒，一万只蠢蠢欲动的牙虫就会催你来一碗，再来一碗，最后来一碗，最后再来一碗，那些贪嘴的牙虫根本不管你肚皮是不是已经撑破了呢。钱仁发第一次吃了牛杂粉后，才发觉世界上还有比干老婆更爽的事，嘴巴上的爽居然还可以超过胯下的爽，哦，世界真奇妙，老躲在山沟沟里还真不知道。那么，还有什么比吃牛杂粉更爽的吗？肯定有，只是目前还未发现而已，牛杂粉之后必然有一个崭新的世界，等着钱仁发去探索，去开发，去实现。

钱仁发三十秒内干掉一碗牛杂粉后，让老板再来一碗免费的汤，一边把牙缝里的牛肉剔出来就汤喝下去，一边盯着刘福利。由于今天是他请客，所以他装出一副大爷的样子。一个民工拿着根牙签装出一副大爷的样子，可笑死了，他慢条斯理地对刘福利说，吃了这碗牛杂粉，你的责任就不一样了，万一我要是掉进海里，老婆孩子以后你可得帮我养着呀！刘福利跳起来，差点把刚吞下去的牛杂粉吐出来还给钱仁发，说，你想得倒利索，我吃你一碗牛杂粉一块钱，你就把一家烂摊子搁我肩上，你当我是白痴呀！钱仁发胸有成竹道，你这就不对了，我现在不是没死吗？你看这里有几百个工人，要轮到我死也未必有那么容易。我只是假设，知道吗，万一这桥要修好了我还没死，这碗牛杂粉不就让你白吃了。这好比一次赌博，我赌一块钱，你赢了这一块钱就是你的，你输了呢，就帮我照顾老婆孩子，而且你输的可能性还非常小，是万一。刘福利把碗里的最后两根粉夹进嘴里，说，这样吧，明天我也请你吃一碗，咱们这个赌就不用打了。

钱仁发想起那个噩梦，叹了口气说，刘福利你这就不对了，你是我表弟，平时你还骂我没把孩子当人来养，还怪我不送孩子去上学。我要是死了，只要你还是个人，关照一下不是很正常吗？刘福利说，关照是一回事，可是我要是答应你呢，就不一样了，将来你要做的事，我都要替你做，说不准还要搬到你那破茅屋里去，你欠老婆孩子的债，全要替你还！钱仁发白了他一眼，说，我老婆的债，你就不用还了。 刘福利窃笑起来，回击道，放心，你那黄脸婆，我没兴趣的。

钱仁发没想到这碗香气四溢的牛杂粉根本不起作用，转念一想，是自己高估了牛杂粉的作用了。不管它怎么好吃，毕竟只值一块钱，一块钱只够买一卷劣质卫生纸，可以把一屁股屎擦干净。可是老婆孩子是一屁股更麻烦的屎，岂是一卷卫生纸能对付得了的！钱仁发权衡了一会儿，转换思路商议道，这样吧，要是你死了，我给你介绍个媳妇；要是我死了，你给我养孩子，这样公平吧？刘福利说，你又说昏话了，我死了你给娶个媳妇有屁用，给你自己用？钱仁发解释道，不是那个意思，就是我死之前一定要给你说个媳妇，我死了后你照顾我孩子！刘福利嘲笑道，你每天脑袋躲在裤裆里，还能给我说媳妇？钱仁发道，你可别小看我，村东头王贵仁家的小闺女怎么样，现在是不是村里最俊的姑娘？出来打工，见过世面，身上还攒了一笔钱才回去的。我跟王贵仁关系很铁，写封信跟他说说准成！刘福利大笑起来，说，你还不知道呀，她是出来做鸡的，得了淋病才回家休养。你要把她介绍给我，将来生孩子准是烂耳朵塌鼻子的。钱仁发感叹道，原来是做鸡呀，他家房子原来是做鸡搞起来的，哎呀，原来做鸡比咱们修桥挣钱多了！

连续阴天之后，瓢泼的雨天终于来了，工程被迫中断，民工们聚集在增坂村的出租屋里打牌、睡觉、讲段子，然后吃饭，吃完后接着打牌、睡觉，一派过年的热烈景象。要是休息日有工资算，民工们恨不得老天不停地下雨，他们愿意在增坂村瞎混下去，每月拿着工资睡到死。

钱仁发睡了一天，本来睡得很舒服，但头痒，双手一遍遍地抓头，每抓一次就醒一次，最后彻底把自己抓醒了。院子里有一拨民工在打牌，原来不赌钱的，每个人都吵着要来，后来只好来赌钱的，几个胆大的来，身上没钱的围着看。这阵子那个叫大头的手气没得说，一人赢三人的，众人都围着大头看大头的牌。钱仁发像一颗钝头的钉子往人群里钻，从汗臭十足的屁股丛中钻进去。大头突然停止手中的牌，用鼻子吸了吸，从一堆屁股中把钱仁发的头揪出来，叫道，哎哟，怎么有这么臭的头呀！每个民工都闻到钱仁发的臭头，都叫起来道，这么臭，还不快点把头砍了。钱仁发被轰出来时嘴角有一丝冷笑，那是他得意的样子，他根本不是去看牌，因为他不懂打牌，也不想懂，他只不过去捡牌桌下的两枚一块钱的硬币而已。

现在他把两枚硬币抓在手里，决定去理发店理个发，并洗个干净的头，让头发散发香味的那种。他在增坂村三百米长的街上绕了一圈，找到三家理发店，两家是老式的，理发师一个是瘸子，一个是老头，均手艺娴熟，面无表情，把客人摺在一张老旧的木椅上，两眼看也不看，像刮一只死猪的毛，但刮得井井有条。还有一家是崭新的门面，叫“彩霞发屋”，两个小妹开的，有可以随便伸展角度的皮椅，但价钱比前两家要贵两元。雨已经停了，屋檐上的水滴偶尔会钻进钱仁发的脖子里，他在街上来回走了三遍，最后一咬牙，怯生生踏进彩霞发屋，并决定这个月要少吃两碗牛杂粉。

名叫彩霞的姑娘闻到钱仁发头上的臭味，便叫道，彩虹，你过来给这位师傅洗头。彩虹比彩霞小，细皮嫩肉的，两个女孩你乍看上去知道是姐妹，但你若再细看，就更像母女，因为彩霞脸上弥漫着世故的气息，显得相当苍老，好像已经过完一辈子了，那一辈子的经验都刻画在每种表情里。而彩虹，这个一脸稚气的姑娘就不一样了，她跟彩霞相差两岁，但她脸上写着“青春”二字。勤快的彩虹对每个客人都客气，她没有把钱仁发的臭头当成一颗必须砍掉的头，而是很麻利地清洗了一遍。钱仁发的头皮感受着纤细灵活的手指，鼻子都闻到彩虹身上的香味了，当然，也许是香波的味道，但总是从彩虹身上散发出来的，一丝丝地钻到鼻子里，哦，沁人心脾，当然钱仁发想不出沁人心脾这个词，但意思是一样的。他觉得多花这两块钱很值得，为了更好地享受这两块钱，他让彩虹把椅子放得更平些，以便他能够很悠闲地躺着去享受这短暂的幸福。

幸福是越来越短暂了，只要再把鬓角收拾干净，幸福就完了。彩虹问，你想做按摩吗？钱仁发没听说过按摩这个词，不懂，彩虹在他肩上揉了揉，做个示范，告诉他按摩就是这么帮他全身揉。钱仁发张大了嘴，想象着一只天鹅在癞蛤蟆身上揉呀揉，天底下有这事儿吗？他不好意思地问，要……要钱吗？彩虹伸出两根白花花的手指。钱仁发问，两块？彩虹摇摇头，说，二十。钱仁发吓得一屁股弹起，生怕兜里的几十块钱被彩虹掏空。

头发胡子都搞干净后，钱仁发觉得自己挺像个人了，对着刘福利感叹道，按摩真爽呀！刘福利问，怎么，你去按摩了？钱仁发没拿正眼瞧他，点了点头，说，你想想呀，小姑娘的小嫩手，在你全身每个地方都揉一遍，能不舒服吗？做人就得这么享受，死了才瞑目呀！刘福利不屑道，你他妈的三个孩子还穿一条裤子，还有闲钱去按摩，我看你良心是够黑的了。钱仁发皱了皱眉，说，你懂个屁，你以为我按摩要花钱吗，我跟她们熟，那两姐妹，一个叫彩霞，一个叫彩虹，彩虹比彩霞要可爱，对我说话都细声细气的，我这俩胳膊，酸得不行，就是她给我免费按摩的。花钱？只有你这种愣疙瘩才要花钱呢！刘福利被一顿抢白，半信半疑道，行，你真行，在家没见过你有这好手段呀！钱仁发道，你就别跟我谈这个了，女人都没碰过，当然不懂了，要不改天我跟彩虹说说给你做个按摩！刘福利不说话了，他觉得这方面确实是钱仁发的强项。

大雨稍歇，继续开工。上头传来指令，希望在“五一”前竣工，为国际劳动节献上一份厚礼。按照这个进度，得用马不停蹄这个成语，得用日夜兼程这个工作密度，得用风雨无阻这个劳动强度。工地潮湿，一片泥泞，要命的是有时候会起雾，雾弥漫了海和海岸的交界处，人在雾中像鬼若隐若现，有时候真成鬼了也没人知道。听说又有三个人死了，也有说是五个人的，也有消息说根本就没死人。确实有些民工是卷铺盖临阵脱逃，你说他死了，也许这时候可能正在家里搂着老婆孩子呢！当然也许你认为他正搂着老婆孩子的时候，他的尸体正被礁石砸成八瓣喂鱼呢。

每天不可避免地谈论到死亡的话题，从远谈到近，从别人谈到自身，天哪，钱仁发和刘福利这两个农民越谈越透彻，人生观居然发生了翻天覆地的变化。表现之一就是两个抠门鬼已经开始不要命地吃牛杂粉了。为了吃得爽，两个人轮流请客，一到小吃摊前就不说话，像两只水牛默默地拼命地吃，不断地加辣椒酱，边吃边流眼泪、鼻涕和汗水。钱仁发好几次把鼻涕抹在桌沿而遭到宁德土著老板娘的臭骂，骂声清脆嘹亮，像花腔女高音，但钱仁发一句也听不懂，即使听得懂他也懒得回应。看上去他好像在享受人生中的最后一次饕餮，人世间所有的欢乐也将浓缩在饕餮之中，你知道吗，他已经由节衣缩食者变成了享乐主义者了。吃撑了后他会边剔牙边叹道，爽呀，明天死了也值得。刘福利说道，瞧你那点出息，世界上好吃好玩的多了去了！

真正一谈到死人的话题，钱仁发就没有谈按摩那么拿手了。上次有个民工报废了，死后只拿到一半的抚恤金，死者的一个亲属也在工地，一心一意争取剩余的赔偿，但未遂。这个消息传开后，在民工中引起很大的反响。因为这个工程的难度和险度，开了好多次慷慨激昂的动员大会，讲话的有当地的官员，也有工程队的头目，他们在台上很有蛊惑力，把民工的工作提高到中国的交通事业能否跟上国际水平的高度。这一番话把民工们听懵了，没想到自己的差使具有那么深远的意义，热血冲上脑袋以后，就是脑袋瓜当场掉了也不在乎。开会把民工们从怕死开到不怕死，当不怕死的人过阵子又怕死的时候，再开会，又不怕死了。一句话，动员大会已经使民工们的神经越来越坚强了。但抚恤金老不到位，又把民工从不怕死拉回到怕死的境地。钱仁发屡次与刘福利商量这个事，立下唇齿相依的承诺，万一有一个死了，另一个一定帮助追回赔偿，否则死者变成鬼也要来找麻烦。这个承诺就像个保险公司，俩人都觉得自己的命有依靠了。

在这个过程中，钱仁发还萌生了个理想，这个理想不是他自己的，自己就这德行了，这辈子最牛逼也就当个危险系数小一点儿的民工。他的理想是希望他的儿子将来能当个包工头，这个职业是最棒的，神气不说，还挣钱，是他见识过的最挣钱的职业。钱仁发从小就认识钱这个字，可光认识这个字有啥用，真正的钱压根儿不认识这个姓钱的人，所以这个姓算是白姓了。钱仁发在思考这个问题的过程中，猛然醒悟到传宗接代的真正含义：自己不能实现的任务，由儿子来完成，儿子完不成，孙子再来，子子孙孙，总有当上包工头的时候。甚至，别说包工头，就是皇帝最终也能当上。想通了这个问题，钱仁发顿时意气风发，自己不但跟包工头挂上钩，而且跟皇上也挂上钩了，当然，将来没有什么皇帝了，那就总统吧。只要你拼命地生，不要断代，就像李宁牌广告说的那样，一切皆有可能。怪不得中国人老爱拼命生孩子，原来是想操出一个崭新的世界。

钱仁发胸有成竹地对刘福利说，万一我要死了，你照顾我儿子不会吃亏的，不但不会吃亏，而且还会捡个大便宜。你猜为什么？我儿子将来当了包工头，到时候你想巴结都来不及呢！刘福利笑道，去你妈的，你以为就你能弄出个儿子来，我要是生个儿子，将来专门管包工头，你别看包工头就冲我们厉害，他上面还有更厉害的管着呢！钱仁发不屑道，得了，女人是圆的还是方的都没弄懂，就以为能生儿子，我看你还是先找个女人练习练习再说吧！

一谈到女人，钱仁发便有充分的发言权，他只摸过老婆，但他的自信已经达到了对全天下女人了如指掌的地步。墙上有一幅很旧的明星挂历，很有可能是十年前就贴上去的，那个八十年代的美女身上沾满了灰尘以及各种污点，但依然是个凹凸有致的美女。钱仁发睡觉前都要揣摩几眼，或者索性当教材对刘福利指指点点，好像这个美女是他养的。只有这样，钱仁发才有自信进入梦乡，把梦做得栩栩如生。见刘福利不吭声了，他便以过来人的口气说道，这样吧，改天我叫彩虹给你按摩，全身按摩，你就知道什么是女人了。她给我按摩呢，不要钱，但给你按摩呢，肯定要钱的，我来出，请你，怎么样。一次至少四十块，可不是一碗牛杂面这么简单，我要大出血的，可我这大出血后，你就得发誓好好照顾我儿子。刘福利听了一愣一愣的，问，怎么按摩呢，舒服吗？钱仁发眯着眼捶捶胳膊道，舒坦着呢，下次仔细告诉你吧。哎哟，我的胳膊又酸了，要是彩虹在这儿给我揉几下多好呀。

收工后钱仁发又跑街上溜达，做贼般在彩霞发屋门口转来转去，里面人多他不敢进去。后来见只有彩虹一人了，他一个箭步跨进去，花了一块钱洗头，哦，先让头皮再次享受幸福的滋味吧。钱仁发支支吾吾地问，我有个朋友想按摩，能不能先让我看看按摩是怎么回事？他湖北口音重，又不好意思说，说了两遍彩虹才听懂。彩虹让他看了看里间的按摩室，两张黑色的长条按摩椅，一个男人像死猪一样卧在按摩凳上，彩霞则坐在他屁股上给他揉。男人虽然像睡过去似的，但两只爪子却搭在彩霞的大腿上呢。虽然钱仁发的脑海里想过一万种关于按摩的情形，但没有一种能与此对号入座。钱仁发扫了一眼，心里怦怦直跳，忍不住看了第二眼后，便落荒而逃。在公共场所居然有这么淫荡的姿势，这是为什么呢？这个问题深深地困扰着他，在困扰中下身屡次勃起，同时内心火光一闪：难道这就是做鸡？如果是，那么花二十块钱就可以当上嫖客了。嫖客，一个多么风光的身份，简直可以让自己从农民中脱颖而出。村东头的刘德华是唯一当过嫖客的人，他在广州打工，曾经用十块钱嫖过一个很漂亮的四川籍打工妹，刘德华回到村中绘声绘色地描述消费过程，男女老少都听呆了，连他老婆也流露出崇拜的眼神——老公已经成为村里的明星了。这使得没见过世面的男人都相形见绌，希望有一天能够骑在一个不是老婆的女人身上干对老婆干的事，多新鲜多风光多牛逼呀！另外一个同样风光的人物是钱栓柱，他在广州看过俄罗斯女人跳钢管舞，还摸过人家的光屁股。他没有嫖，只是摸，但是这一摸与国际接轨，钱栓柱当之无愧地获得崇高的荣誉。虽然有人对俄罗斯屁股提出怀疑，因为钱栓柱只花五块的门票钱，这好像与国际级的屁股不太相称，但没有人能够证明他摸的是中国人搞的假货，他说俄罗斯的就是俄罗斯的，他要说美国的也就是美国的了。不管是哪个国家的屁股，但摸肯定是摸了，因此一举成名也是有含金量的。钱仁发想，如果跟刘福利一起嫖一次，那么刘德华、钱栓柱、刘福利和自己就成为村里的四大天王了！

钱仁发以天王的姿态回到住处后气定神闲，对刘福利说明全身按摩的诸多享受，不但女的在按摩你，你也可以按摩女的，想什么姿势就什么姿势，手想摸哪里就摸哪里，想怎么摸就怎么摸。钱仁发颇有口才和想象力，把刘福利说得火急火燎，要叫钱仁发立马出血请客。钱仁发一把将他摁住，说，瞧你急的，真没见过世面，这事要等闲下来，歇工了，好好玩一趟，好好享受。到时候我叫彩虹给你按摩，彩虹手嫩，舒服，彩霞也不错，但手糙了点。你看你今天累了一天，明天还要出工，这么搞没劲。我答应过你的事，不会不兑现的，将来我还要吩咐我儿子，等他当包工头了，天天请你按摩，去北京、去上海按摩，请外国女人给你按摩，好日子有的是，你着急啥呢？最后他指着墙上的美女问道，假如这个女的骑在你身上，给你揉呀揉，是什么感觉？刘福利叫道，你他妈的就懂得假如，我不想假如了。他一把将挂历扯了下来，美女刚好也真人大小，连钱仁发也凑过来看。刘福利闭上眼睛，叫道，出来吧。美女就从挂历中走出来，在两个人中含情脉脉地选择一番，最后钱仁发看见她钻进自己的被窝，刘福利也看见她钻进自己的被窝，两个人都开始演习自己的嫖客生涯啦！

二十二岁的刘福利就是带着按摩的期待消失的，在工地上像蚂蚁一样的民工堆里，他的消失譬如沧海一粟。收工的时候有人才发现刘福利不见了。钱仁发开头还想肯定背着自己去干好事了。如果刘福利独自熟谙了女人之道，自己就毫无优越感可言了，所以他闷闷不乐。一天，两天，刘福利还没回来，钱仁发更加闷闷不乐。此闷闷不乐与彼闷闷不乐完全不同，此闷闷不乐简直让他发狂。他在民工群中到处打听，有人提醒他是不是刘福利找媳妇去了？钱仁发说，不可能，媳妇儿我还没给他介绍呢？那会不会掉海里边去了？如果掉海里边去，尸体也会浮起来呀？下面有一条专门负责打捞尸体的船，有个人专门在船上盯着有没有人掉下来呢！不管怎么样，刘福利消失得不彻底，因为钱仁发每天都在等着他回来，甚至一见面怎么臭骂一顿的话都准备好了。

终于有一天刘福利从桥墩里跑出来，他对钱仁发说，我就住在第九个桥墩，钢筋水泥，住着太憋，还是你那八个洞的茅房透气些。我身体被凝固了，灵魂经常跑出来溜达，有时候骑在海鸟上飞呀飞。哦，对了，你答应过要请我去按摩的，你要是不守信用，迟早我会拉你过来做伴的，我让你住在第十个桥墩里面。钱仁发争辩道，我是要请你去的，谁知道你怎么去得那么快呢！刘福利咬牙切齿道，我死了也要按摩，也要舒服一把！说着就来卡钱仁发的脖子，钱仁发醒来后撕心裂肺地叫了起来，护着脖子满屋子游走，好像真的有鬼追他。这下子把其他民工都吵醒了。有人骂道，钱仁发你是不是疯了，又不是只有刘福利一个人没了，有什么大惊小怪的。

后来钱仁发精神恍惚地去了彩霞发屋，彩虹问他要理发吗？钱仁发双目无神地摇摇头，掏出二十元钱给彩虹，彩虹心领神会，说你终于想通啦，到里屋去吧！钱仁发摆摆手说，我不按摩，你给刘福利按摩！彩虹问，刘福利是谁呀？人呢？钱仁发指了指窗外，说，在青石桥，第九个桥墩，住在水泥里面。他想了一会儿，临走又吩咐道，他二十二岁，比我高比我瘦，穿着蓝上衣，脸上都是红疙瘩，他会来找你们按摩的。彩虹和彩霞看见钱仁发像一只风筝飘在街上，脚步真的飘忽不定，你根本不能断定他是要走回家还是要进路边的某个铺子里。彩虹对彩霞说，这个人脑子好像有点不正常，要把钱还他吧？彩霞说，还个屁，我们挣点钱容易吗！

妈妈

1

如果换成今天，我想我也许会和她一起过下去。

但那毕竟是十年前，我还是个二十出头刚刚混社会的小子，满脑子为自己的前途着想。带着她生活？想都不敢想。

想起来恍如梦幻，印象最深的一幕却是她抱着我的头，哄着我，让我叫她妈妈。

后来和她在一起的日子，我一直叫她妈妈。

2

那是一个阳光明媚的下午。因为酒店中午 12 点前要退房，所以我早早到机场候机室，有点百无聊赖。若不是有碍观瞻，真想躺在椅子上睡一觉。不过从我人模狗样的一身装扮来看，你想我也不会做出这样的举动。

我翻看一本叫《点石成金》的励志书。这本书的作者自认为是眼光独特的人，能够为你发现生活中一切稍纵即逝的机会，帮助你走向成功。

他在书中举了很多名人成功的例子，不过明眼人都能看出是马后炮。但是你要理解我当时刚混入社会，对这类玩意儿还是蛮好奇的，所以我不得不用很有修养的姿势看着，这种书很像迷幻药，那一瞬间我已经化身为成功人士了。

一个红色的小皮球滚到我脚下，我脚尖一挑，皮球垂直跳起，我用脑门停住，皮球在我脑门上磕了两下，然后停在我头上。我在大学时期因球技超群而有三个女孩子同时喜欢上我，并且还窝里斗，如果她们中哪怕有一个长得还过得去，也许我大学就有恋爱经历了。

皮球的主人，一个三四岁的小女孩，跑到我跟前，被我花哨的动作迷住了。盯了我一会儿，然后居然为我鼓掌。她一个人鼓起掌来，在偌大的候机大厅，别提多可笑了。

我把皮球一边立在指尖上旋转，一边递给她。

她妈妈——你不用眼睛看就能知道是她妈妈，尤其是眉宇之间的一种妩媚，像极了，妈的，你不能不佩服基因这玩意儿的复制能力——左手拉着一个滑轮旅行箱，右手提一个黑色的小皮箱。

她对小女孩道："谢谢叔叔。"

小女孩并没有接妈妈的话茬，而是说："你玩得真好，给你糖吃。"

她接过球后，递给我一颗糖，像是奖励我。实际上她手上一丁点糖也没有，但那逼真的手势，你怎么忍心说她手中没有糖呢。我接过糖，实际上是接过空气，忍不住在她脸蛋上亲了一下。那一瞬间也许我把她当成自己的孩子了。

她妈妈把箱子一撂，就在我边上坐下来。她应该是三十来岁，脸蛋、脖子、手，细腻得不像是天生的，处处显出精心保养的痕迹。她让你觉得可能是哪个似曾相识的明星，但细看又只是一个寻常少妇。要不是带着孩子，你也很难判断她是个少妇。总之，她是个精致的人儿，处在一个关键的年龄段，必须天天跟时光对抗。要是让我挑瑕疵的话，只能说，她的眼光好像过于严肃些。

“有小孩吗？”她问。

“哦，我吗？还没有。”

“喜欢小孩？”

“是呀，跟小孩在一起，什么烦恼都没了！”我像一个很有阅历的男士，实际上我他妈的很少接触小孩。

“如果真有一个小孩，可能会很麻烦。”

“苦中有乐，应该还是乐趣多吧。”跟一个少妇聊天，我不得不装出成熟的样子，好像我已经参加工作十几年了，对家庭生活了如指掌。我也不知道为什么要这么装着。也许我意识到，如果我说其实我只是刚刚参加工作，对家庭毫无经验，她指定懒得再跟我聊下去。嘿，你总不能让一个这么精致的女人失望吧。还好我长得蛮成熟的，真他妈成熟，我一上高中，学生家长都把我当成老师。

“出差？”她看了看我左胸还贴着爱心志愿团的标签。

“嗯，参加一个爱心演唱会，为受灾的孩子募捐。”

“那你是？”

“嘿，我是报社的，同时也是志愿者。”我的口气让人觉得我是报社领导，我总不能让她知道我是个实习生，鬼知道三个月后报社会不会录用我。

“哦。”她看了看表，跟我说道，“帮我看下小孩，我得去趟洗手间。”

这是顺理成章的事，没有人会拒绝的。她把小孩子拉过来，交到我手里，并且亲了一下。她把小箱子放在我的座位边上，然后她拖着大箱子，往洗手间去。我想也许她的大箱子里有贵重物品吧。我看了一眼她的背影，优雅得一塌糊涂，你简直看不出她去上厕所。臀部伴随着高跟鞋的声音，很有节奏地小幅度摆动，我再多看一眼就很色情了，所以我忍痛割爱把眼光收回来。

“你叫什么？”我问小女孩。

“小 SHI。”她稚嫩的声音真惹人疼爱。

“什么 SHI?”

“就是鹅鹅鹅，曲项向天歌，白毛浮绿水，红掌拨清波。”

“好名字。”我夸奖道。

“你有名字吗？”

“有呀，我叫老李。”妈的，从中学开始同学就叫我老李，连老师都叫我老李。

“是叫老李叔叔，还是老李呢？”她挺会来事的。

“嗯，老李吧。”

“老李，你还会玩什么呢？”她很有兴趣让我再露一两手。

“嗯，我会玩的太多了，多到我想不起来了。”

“那你想一想吧，你真笨。”她教训我道。

我边聊天边表演球技给她看，从小到大根本就没有女孩子这么欣赏过我。在我和她调侃中，时间一分一秒地过去。等我醒悟过来的时候，我突然觉得不对劲了。因为这段时间即使上个四五次厕所，也绰绰有余了。而这时，我离登机的时间也不远了。

我拉来一堆行李，带着小诗，就往厕所小跑去。一路上根本就没见少妇的影子。

我把行李和小诗放在门口，一头就往女厕所里冲进去。你知道，我当时一门心思只想着快要飞走的飞机，一门心思只想把那个女人拽出来。

不到五秒钟，我听见砰的一声，自己就从女厕所里飞出来了。真的，我一点儿都不夸张，我一头撞到的那个女人，他妈的，我不知道她用的是哪一门派的功夫，我才不管她是柔道还是擒拿，总之她确实有两下子，我飞了出来。我敢发誓，这是我生平第一次进入女厕，第一次就碰上高手，我他妈还不如买彩票去。而且，那个高手女人，说实在的，她长得实在不咋的，要不是头发长你可以当她是男的，这辈子我绝对不会有非礼她的想法，但她还不依不饶，从厕所里冲了出来，我只不过进入女厕所，又不是进入她的身体，但是她好像认为我操了她一百次了，所以决定等我一起来马上再教训我一顿，那咄咄逼人的愤怒的眼神让我发慌。

“抓流氓！”我边爬起来边叫道。

保安倒他妈的利索，那两个保安，除了一身制服像个样子，其他部分都长得傻乎乎的，跟他妈的有钱捡似的，应声而到，顺势把刚刚爬起来的我扭了起来。

我指着强壮女人道：“你们搞错了，流氓在那儿！”

那个女人还没开口，保安就呵斥我道：“贼喊捉贼，当我们白痴呀！”

我倒没当他们白痴，不过他们确实是白痴。他们只知道讨好女士，却不知道这时候我才是弱势群体。你要知道大庭广众之下，女厕门口，被两个保安扭住，是一件多么惭愧的事。我又怒又气又急，我都说不出话了。

“叔叔，不要抓他！”小诗从两个保安身下冒出来。

总算这两个保安不至于愚蠢到底，倒是相信了小诗的话，问我和小诗的关系。我赶紧三下五除二，把事情紧要说了一遍。两个保安才把我扭着的双臂放了。

那个高手女人大概看出，我被小诗保护着，绝不至于是坏蛋。她马上从打手变成一个好人，帮我去厕所里重新找了一遍，小诗的妈妈杳无踪影。

我心中的预感似乎被印证了。

3

我重新坐回椅子上，心里跟自己说要镇定，镇定。小诗像个小狗一样尾随着我，乖乖地坐在旁边。

我把她留下的小皮箱打开，很早我就注意到这皮箱是没锁的。里面满满的都是小诗的衣物，最上面有个塑料夹袋，袋里有个信封。我打开信封，傻了眼，里面是一叠厚厚的钞票，大概五万吧，钞票上面是一张纸，上面写着小诗的出生证明，我已经无心细看了。

慌乱中，我张口想向小诗问点线索，但是我一碰到她的眼神，话就说不出来了。她眼神有点惊慌，显然大略明白事情的经过。还好我没问出“你知道你妈妈为什么把你抛弃了”这样混账的话。

我走到离小诗七八米远的地方，确信她听不见，我打了110。妈的，这种事，恐怕八辈子也遇不上一次，我怎么知道该怎么处理，我只好问警察。

很快机场派出所的两个警察就来了。他们建议我到办公室做笔录，好像他们的办公室风景如画，每个人都想参观似的。

我对小诗说：“走，我跟警察叔叔去谈点工作。”

到了办公室，还好，不算寒碜，我把小诗和行李放在外面一个房间，然后到里面去做笔录。做笔录的阿SIR，好像他这辈子就喜欢做笔录这件事，从八百年前的事，比如我的身份、籍贯、来这个城市干什么，这些无关痛痒的开始问，瞧他慢条斯理而又无动于衷的样子，你真恨不得抽他两鞭子。他的样子也让我相信，机场里可能每天都会遇见一两个被抛弃的小孩。

我说：“你能不能快点，飞机都飞走了。”

他好奇地看着我：“飞走了？这里飞机多的是，飞不完的。”

他还是不紧不慢，字写得工整，我估计他每天做的就是这功课，其他事都不干。我耐着性子等着他把功课做完。

“那我可以走了吗？”我一心想甩了这档子麻烦事。

“嗯。”

“那孩子呢，就交给你们了。”

“嗯。”

那个民警如果能用一个字回答，绝不会用两个字。我知道有一种人叫性冷淡，现在明白还有一种人叫话冷淡。

不过话说回来，如果阿 SIR 也像我一样遇见一点儿麻烦就跟天塌下来似的，他上两天班就得疯掉。不过不管如何，我还是不喜欢他那面无表情的态度。

“你们会怎么处理？”

“送民政局。”

“现在去吗？”

“明天，现在去人家都下班了。”

“那她今晚住哪儿？”

“就在这里待一宿吧！”

他的口气，说实在的，好像我交给他的是一块木头，而不是一个活生生的人。

虽然我对他的回答不太满意，但也没有办法。我走到外间，看见小诗正斜靠在椅子上睡了。见我出来，她就醒了，眼巴巴地看着我。我提了自己的行李，对她说：“你在这里等我。”

她显然被我的决定搞懵了，愣愣地看着我。为了能够尽快脱身，我强调一遍，道：“等着我哟。”然后我狠了狠心，出了门。

在门外我听见小诗胆怯但充满期望的声音：“老李，我等你。”

我飞也似的跑起来，我害怕这声音在后面追到我。不管我怎么着急，我的航班早他妈飞走了。这个死阿 SIR，他说这里飞机多得不得了，可他妈的又不是我的玩具，我想什么时候开就什么时候开。

只好签到明天的航班了。当我一切办妥，心情平静下来的时候，突然嗡的一下，像苍蝇一样的声音游丝般钻进我的耳孔，然后进入我五脏六腑，搅得我整个人又狂躁起来。我强行静心屏息，而后辨出这个声音居然是小诗的“老李，我等你”。她那稚嫩的期待又胆怯的声音，此刻居然如此清晰，比他妈的我听到的时候要清晰一百倍，或者说，我当时根本没有心思听她的话。不得不承认，人的感觉系统真他妈神奇，有些话听过一百年之后你才在意它的意思。

你能忍受一个无辜的小女孩在一天内两次被欺骗，两次被抛弃吗？即使我是一个畜生，不，我不能侮辱畜生，总之如果我是个活物就受不了。

我又一次跑到办公室。阿 SIR 让小诗一个人待着，自己在玩不知道什么的弱智游戏。连陪孩子玩都不会，唉，他的特长就是做笔录。

“我回来了。”我厚颜无耻地对小诗叫道，好像我根本就不曾有过甩下她的念头，好像我刚才只是去拉了一泡屎。

小诗愣了一下，并没有像我想象中那样高兴起来，而是有些狐疑地看着我。妈的，她太聪明了，所有的细节她都能感受得到。

“老李回来接你了。”我像白痴一样做兴奋状又说了一遍。

我悄悄对阿 SIR 说：“我能不能自己带她到民政局？”

“为什么？”阿 SIR 反问道。

“我不能让她在这里待一个晚上，你看看你这里，什么都没有，乞丐都不愿意在这儿待一个晚上。”我为了说服他，不得不夸张一点儿，“总之，我不能这样。”

“可以，你签个字。”他说得很轻松。谁都想让自己轻松点儿。我松了口气。

我领了小诗，又回到市区宾馆，你很难在机场那种鬼地方待一个晚上。

4

从她的情绪上看，明显她已经感觉到我伤害她了，所以在车上她闷闷不乐，不像原先问七问八的样子。而我，想到今晚也只是权宜之计，明天还是要跟她分手的，这让我不知道怎么办才好。我再也装不出很兴奋的样子了。

晚上我特意带她去麦当劳，希望她的情绪能好起来。但是说句实话，她一点儿也没有兴奋起来，当你不对劲的时候，想讨好女人，不管是两岁还是二十岁还是两百岁，都一样困难。她在麦当劳里居然睡着了，是的，这一天对她来说也太累了。我把她背回宾馆，我觉得很对不起她，想让她和我待在一起的最后一个夜晚过得很快乐，但是她已经睡着了，也许她睡梦中最快乐。

第二天，一过上班的点，我就带着小诗出了酒店，我想这一次铁了心要把她送出去了。我悄悄跟司机说去民政局，在出租车上，我们也没有说话，我想这样最好，毕竟我是在做一件残忍的事。

小诗突然开口了，认真地问："老李，你要丢下我吗？"

听那口气，她想问这个问题很久了。

她的声音不大，于我听来却如石破天惊，谁能替我回答她的问题？

我没有回答她的话，我只是在内心做了个决定。我说："师傅，掉头回去。"

小诗问："回哪里去？"

我说："我们一起回北京吧。"

她的眼神瞬间自信起来，不由自主地拉着我的手，紧紧的。我能感觉到其中的乐趣。

这可能是我做的一个最重要的决定：我把她带回北京。

5

我把家里的所有玩具都掏出来，其实也没几个，就是一个麦当劳里免费赠送的小熊，还有一个房东留在房间里的猴子，连房东都不要了，你可以想象它确实是个不怎么好玩的玩具。小诗都说太小，大概她以前玩过很大的玩具。我没有办法，只好把衣柜里的充气娃娃拿出来，是够大的，小诗看了好喜欢。必须说明一下，这个充气娃娃可不是我的，我没这么无聊，她是我大学同学王智国出国前放我这边的。王智国说："你刚来北京，日子不好打发，实在无聊了，就跟她过吧。"他想得真他妈周到，我都不好意思拒绝了。不过不是我伪君子，每当想拿出来试一试，又会想到充气娃娃被王智国用过一万次了，我的兴趣瞬间就消退了。我怀疑我自己是不是有处女情结。

不过不往那个淫荡的方向去想，给小孩子当玩具她倒蛮合格的，因为她比很多玩具都逼真，都接近人的质感，只差不会说话了。

总之，我把所有能称得上玩具的东西都搬出来了，然后把电视调到少儿频道，对小诗道："老李要去上班了，你就跟家待着。"

小诗问："你回来吗？"

"当然回来了。"我很放松地笑着说，"不回来我就没地儿去了！"

"那我就放心了。"小诗说。

出门前我还对她说："如果电话响了你就接一下，还有，千万不要出门，就跟这个姐姐在一起。"

小诗抱着充气娃娃点点头。她确实很聪明。

这是第一次我出门的时候心里有所牵挂。我在排版室盯着排版员小丁做版，一会儿就打个电话回去，响了很久小诗才接。

我说："我是老李呀，你在干吗？"

她略微迟疑一下，说：“你是不是逃走了？”

“不会的，我一会儿带饭回来给你吃。”

“那你快回来吧。”她那口气，好像是个管家，听起来真可笑。

“好吧。”

过了半个小时，我又打了个电话，还是重复那几句。最主要的是，我知道她在家里平安无事，就放心了。小丁看在眼里，突然冒出一句：“你跟你女朋友真有意思。”

“你怎么知道是我女朋友？”

“初恋都是这么腻。”他很有经验地评价。

中午我买了两份肯德基套餐回来，我一开门，她就像小狗一样扑上来。那一刻我觉得她好像是我生的。她孤独了一个上午，显然闷坏了，腻在我身上，恨不得把我当成汉堡啃光，还把我脖子上的办公室门禁牌拿起来耍。

“这是什么，为什么不给我挂？”她问道。

“如果没有这个牌子，我就进不了办公室了。”

我把她放在桌边，跟她一起吃午餐。她嘴里发出很大的吧唧吧唧的声音，欢快极了。

“吃饭的时候不要吧唧。”我对她说。

“我喜欢吧唧！”她吧唧得越大声了，其乐无穷，可真他妈的有主见。

“那就吧唧吧！”

“你也可以吧唧，我不会说你的。”她反客为主了。

“嗯，那我就学你吧。”

我学她吧唧起来。她很高兴，仿佛吧唧嘴巴是一件酷得不得了的活动。总之，我们在其乐无穷的吧唧声中吃完了汉堡。

“我还要去上班。”我说。

我一说上班，她的兴致就蔫了，不说话，显然很讨厌这个话题。

“我会早点回来的。”我补充道。

出门的时候我发现门禁卡没在脖子上。

“小诗，你把门禁卡还给我。”我说。

她摇了摇头。

“门禁卡呢，你放在哪里？”我看见她手上并没有门禁卡。

她还是摇头，似乎说不知道。

“小诗，好像在你的屁股底下。”我看见她屁股底下露出一截门禁卡挂绳。

她发现露出马脚了，赶紧把那一小截藏到屁股下面。对于这种明目张胆的谎言行径，你真不知道怎样揭穿她。

她严肃地问道：“上班那么好玩吗？”

这个问题我倒是头一次被提问，大学还没毕业我们就削尖脑袋找个上班的地儿，可从来没想过为什么要去上班。所以把我问傻了。

“不上班我能去干吗？”我只好反问了。

“可以跟我玩呀，楼下有花园。”她指了指窗户外头，显然上午她已经勘察过。

“可是，如果不上班，我们就没有肯德基吃了。”

“你就懂得吃！”她训斥我道，“难道你就不懂得玩吗？”

总之，她司马昭之心让我一点儿办法都没有。我只好不拿门禁卡，开门出去，并且轻轻关上门。我正要进电梯的时候，屋里头传开敲门声。

我掏出钥匙把门打开，小诗从里面探出头来，把门禁牌递给我，严肃道：“早点回来哟！”

“遵命。”我亲了她一口，那一刻她可爱极了。

6

做版最烦人的不是排版本身，而是校对和审查。主任老孟一个下午要审二十四个版，他看得又认真，完全是秃子头上捉虱子，蚊子脚上剔精肉的架势，所有编辑都得排队等他看完。为什么很多人一定要当领导，这样就有权利让别人来等他了。

我一共做了六个版，等着老孟的审查，如果有一处明显的错误，老孟就会得意而又严厉地训我一顿，然后拿去重排，这样反复折腾，通常要到晚上七八点才能回去，版面多的话还得到半夜。老孟经常以加班为荣，这样年终鉴定的时候，他就会洋洋洒洒写上一大笔，一年加班三百六十八天之类的。在改版的间隙，我给家里打了个电话，响了很久，居然没人接。又打了一次，还是没人接。我心里咯噔一声，我的想象力一直很好，这时候各种小孩从窗户掉下来的场景一起浮现出来。

“孟主任，我家里有个两岁的小女孩，不知道怎么样，我得回去看看。”

老孟抬头哦了一声，然后点点头。今天他真他妈的开明，也许他意识到自己以往的政策太法西斯了。

我走到门口的时候，老孟说：“小李，你以后找借口高明点。”

我几乎晕倒，但是真不想接他的茬，因为辩解实在是一件太麻烦的事。

老孟见我没有反驳，以为被他说中，又补充道：“哎，年轻人，连撒谎都这么马虎，真不知道现在的大学都教了什么！”

最聪明的做法是不要和老孟交锋。你只要一跟他交锋，他就获得一个教育年轻人的机会，他是个工作狂，也是个教育狂，这两样活儿让他活得是够充实的。

我跑到门口打了一辆车，内心是不安焦急又加了点好奇。车上我接到钱月心的电话，妈的，我已经回来两天了，她都不跟我联系，偏偏在这时候，她说："过来接我吃饭吧。"

听那口气，好像接她吃饭是一件很光荣的事情。

说起这个妞，可真让我烦恼。跟她交往之后，我就明白什么叫若即若离。说她是我女朋友，她好像一点儿也不上心，从没正儿八经地亲昵过，或者给我一个明确的表示；可是每当我决定不搭理她，把那颗受冷落的心收回来时，她就会来个电话，叫我陪她吃饭，陪她去朋友的轰趴，完全是一副女朋友的范儿，我的心一软，又开始找恋爱的感觉。总之，跟她在一起以后，我就变得特别贱，关键是，我还真迷恋她漫不经心的样子。总之，我希望朋友们引以为戒，不要像我这样喜欢上一个介于靠谱与不靠谱之间的女朋友，让自己每天处于淹死与救活的煎熬中。

假如说我殷勤点，腻着她，她就会像打发叫花子一样随时拒绝我，搞得我毫无尊严，所以我基本上不腻着她，连出差回来，也不打电话。这个时候接到她的电话，说实在的，有点激动，但是真不是时候，我正火急火燎地想知道小诗到底怎么了。

"现在呀？恐怕不行。"我说，"我家里还有个小女孩……"

"哦。"她一点儿也不惊奇或者追问，就挂了电话，这是我们通电话的常态，无事不多说一句。妈的，她一年四季都在装酷。

我把钥匙捅进孔，几乎是撞开了门，小诗抱着充气娃娃，好像正在自言自语呢。她真是一点儿也看不出来有什么问题。

"你为什么不接我电话？"我气急败坏地质问。

她抱着娃娃，无辜地看着我，好像我冤枉了她似的。

"为什么不接电话？"我为自己的虚惊一场暴跳如雷。

"我想让你回来。"

"你不接电话我就能回来？谁告诉你的？"

“她。”她指着充气娃娃说。

“她，她会说话吗？”我为她的狡猾而抓狂。

“会。”

“你让她说给我听。”

“你生气了，她不说。”她虽然有点胆怯，但还是在找理由。妈的，我根本想不到她这么狡猾。

“你生气了吗？”她放下充气娃娃，用一双小手摸我的脸，试探我有没有真的生气。

“当然生气了，你忽悠我！”我认真对她说。他妈的，我老是被女孩子忽悠，简直恼羞成怒了。

“忽悠是什么？”

“你连忽悠都不知道，就懂得忽悠我！”我真不知道该当她是小孩子还是大人。

7

第二天我带她到北海公园玩儿。也不是周末，不知道公园里为什么这么热闹，只能说咱们中国要不是人多就是闲人多。但小诗就是爱人多，看到热闹她就兴奋，东跑跑西窜窜，明显昨天把她给憋疯了。

有个小贩正在卖电动狗，黑白相间的小狗们开动起来，纷纷蹒跚而行，还蛮卡通的。他边操纵着电子狗边吆喝道：“瞧一瞧看一看，十块钱一只带回家里，不用喂不用养，从沈阳跑到海南，跨越黄河和长江，不但会跑，还会叫，把消息报告给党中央……”小诗被小贩的吆喝吸引住，蹦蹦跳跳地看着小贩的表演。也许她从没见过这么生动的叫卖。

小诗回过头来，拉着我的手，仰头认真道：“老李，我最近手头有点紧！”

我懵了，我说："你说什么……什么意思？"

"笨蛋！"小诗骄傲地说，"手头有点紧，就是我没钱了，你要给我钱！"

大爷的，一副二奶相，简直要吓死人，也不知道是跟谁学的。

"以后不要这样说，你就说你要买小狗狗了。"

"那你买吧买吧。"她根本不搭理我对这种语言方式的反感，她的注意力全在狗上。因为她已经厌倦了充气娃娃这样静态的玩具，况且第一次带她到这种人来人来的地方，她几天来压抑的神经兴奋了。

总之，她对狗的兴趣远甚于我，所以把我甩在一边。我站在垂柳之下，斜靠在汉白玉栏杆前，望着眼前满满的一湖被风吹皱的水，突然间就想起钱月心。那个谁，贾宝玉说得还蛮准，女人天生就是跟水有关系，要不然怎么一看到水就想起女人了呢。

我拨了她的手机，响了一会儿，突然说"对方通信正忙"，显然是对方掐断了。

我又拔了一次，结果同上。她肯定对我生气了。

我心里一喜。

妈的，她终于对我生气了，这才有点女朋友的样子。

我兴奋之下，继续拨打她的手机。以前我从来没这么疯狂过。我知道这样只会导致两种结局，一种好的，一种坏的。

终于打通了，这是好的结局。

当然，如果她真的不想接我的电话，就会关机，这是坏的结局。

"嘿，晚上一起吃饭吗？"我问。

"你叫我吃我就来吃？你当我什么人！"

靠，简直是强盗逻辑，以前不是她一个电话我就屁颠屁颠地过去了吗？世界上最蛮横的逻辑其实是女人的逻辑。

"那，上次你给我电话，我不是没时间吗，今天补上嘛！"

“又不是个洞，补什么补！”她冷冷地说，“没事我就挂了，忙着呢！”

“我可没惹你呀，用不着对我这样，晚上我去接你吧。”

“用不着，跟你的什么小女孩一起去吧。”她终于把小醋坛子甩出来了。妈的，瞧她那咬牙切齿的劲儿，可爱死了。

“是呀，有个小女孩会跟我们一起吃饭，不过她只有两岁。”

她愣了一下，大概觉得吃两岁女孩子的醋有点无聊了，不过她那鸭子的嘴壳可不会轻易软：“哼，两岁？你当我是两岁的女孩子？”

“不是你两岁，是她两岁，真的。”我说，“我出大事了，正要跟你商量呢！”

“德行。”她语气一软，挂了电话。这样的女人即使认输了，但是也要有胜利者的姿态。很多女人的这种姿态保持到结婚之时，因为这时候她基本上退出市场，失去待价而沽的优越感了。

小诗操纵着小狗玩具爬行了几圈，就有点兴味索然了。小孩子对玩具，就如嫖客对小姐一样，新鲜感是最重要的。我们沿着走廊在湖边走，哪里人群密集她就往哪里钻，这么说吧，如果她是一只泥鳅的话，好像人群就是泥巴，她只有钻进去才有安全感。她拉着我这样钻，我他妈的就像一个跟班的，狼狈极了。

突然间，她尖叫一声：“妈妈！”

我说：“哪里呀？”

她指着弧形走廊的远处，说：“在那里，就在那里！”

我把她抱起来，让她站在栏杆上，说：“看清楚，是不是看错了？”

她说：“我真的看见了，我要去找妈妈！”

我拉着她往前跑，她那小步子跑起来别提多可笑了，就好像一只蚂蚁在匆匆赶路。她跑了几步，小气喘得像跑了十万八千里，然后停下来眼珠子盯着我，说：“老李，你应该抱着我！”

她可真聪明。

我只好抱她起来，大步往前走，她说："不是走，应该跑！"

抱着特别扭，真是没法跑，我说："你骑我肩上吧，看准你妈妈在哪里给我指路。"

她骑在我肩上，一副高瞻远瞩的样子。我说："看见你妈妈没有？"

她没有回答，只是催我："快点，快点！"好像我真的是一匹马，还是她养的。

我跑了二三百米，就上气不接下气了。大学毕业以后，除了床上运动，就停止了任何体育运动，那床上运动还不是性交，只是自慰而已，运动量小到极点。小诗对我还是极不满意，我停下来的时候，她居然说："你真没用，我妈妈被你跑丢了。"

我把她从肩上取下来，喘气儿劝道："肯定是你认错人了，你妈妈怎么可能在这里？你看，这里像你妈妈的女人这么多，要是真有你妈妈我们早该找到了。"

她东张西望，还数落我，说："你就是没用，你这没用的男人，呜！"

"你妈不要你了，找到也没用。"那一瞬间我有点生气，我想原因可能是她的指责让我恍惚觉得她是个成年女人。话一出口我就后悔了。

她哇地哭起来，第一声声音还正常，第二声、第三声，声音越来越大了，简直是歇斯底里，周围人的注意力都吸引过来了。他们的眼神都在问：这哥们儿用什么办法虐待，能让小孩哭得这么惊天地泣鬼神？

我赶紧蹲下来，道歉道："老李说错了，向你道歉！"

她换了一种更为凄厉的哭法，比原来的哭声更恐怖。也是，跟我这么久，她一直没为自己的处境哭过，这次可劲儿发泄了。我手足无措，当一个人在狠命哭的时候，你劝她不哭，是非常愚蠢的举动。这个道理我明白。除了无为而治，我也想不出更好的办法了，我看着来往的人群，也想看看能不能找到她妈妈。如果能找到，我真想把她强奸一顿，不，那太便宜她了，雇个头上长疮脚底流脓的流浪汉把她强奸一顿。够狠吧，妈的，不狠怎么能解去我心头怒火呢。

小诗见我不理她，哭声才渐渐平息。真是个小贱人！

“回家吧！”我说。

“不，我要找到妈妈才回家。”这可给我出难题了，谁知道她那被流浪汉强奸的妈妈在什么鬼地方。

我突然想起一个问题，我说：“小诗，你怎么老是想找妈妈，没有想到找爸爸呢？”

她盯着我说：“我没有爸爸！”

我心里咯噔一声，真是个怪胎，那一瞬间我居然有了打听别人隐私的兴趣。

“也就是说，你从来没见过爸爸？”

“有的人就是没有爸爸的，笨蛋！”她很严厉地指责我，我连这种基本的问题都不懂，她简直有点愤怒。

“那，怎么找你妈妈，你说，你来指挥我。找不着可别怨我。”我把球踢到她身上了。领教了她的厉害之后，我说话可得小心点，决不能托大了。

她又骑在我背上，指挥我往前走，往左走，往右走，总之，我真把自己当成一匹任劳任怨的马，连给她提个建议都不敢了。绕来绕去，终于绕到门口了。再这样找下去，我想我会昏倒的。但是她根本不知道做牛做马的滋味，又叫我从门口绕进去再找，好像离开了这个公园，她就没有希望了。

我把小诗放下来。我突然有点绝望，跟她斗肯定是斗不过。我突然晕倒，口吐白沫，眼睛紧闭，靠在墙边。小诗用手拨弄我的眼皮，问道：“老李，你怎么啦？”为了演得更逼真，我继续闭着眼睛，妈的，我敢打赌，这是我生平第一次装死。等小诗的注意力被完全吸引过来后，我才悠悠醒来，眼皮已经被糟践得不像话了。我说：“我累得晕倒了。小诗，我们去吃饭好不好，再不吃我又要晕倒了。”

小诗点点头，说：“你这没用的东西！”

8

下午必须要去采访一个叫晶晶白骨精的明星。N 年前参加歌手大赛的时候，这个原名不知道叫什么的歌手取了个晶晶白骨精的艺名，哗众取宠，让人印象深刻，居然一路过关斩将，得了冠军，一时间红得发紫。大概是因为在中国没有一个女的敢自称白骨精，她吃了螃蟹，这一招鲜让她吃了好几年，稳居一线歌手之列。但是这两年没什么新招了，关注度有所下降，又被曝出隐瞒实际年龄 8 岁，装嫩也装不出样子，一下子进入中年歌手行列，等着退休了。但是晶晶白骨精居然又出了一招，今天竟然以普通歌手的身份再去参加新一届超级歌手比赛，观众被她恬不知耻、愈挫愈勇的精神感动，她一下子又成为二手老红人。

我对小诗说：“吃完了我先送你回家，下午我还是去上班。”

小诗说：“上班很好玩吗？”

“不好玩。”

“那你还那么喜欢上班，你就不喜欢和我一起玩吗？”

“不是喜欢，不上班我们就没饭吃了。”小时候大人都是这么教育我的，没饭吃那可是个大问题。

“那，我们可以不吃饭。”

“不吃饭那吃什么，会饿坏的。”

“就是不吃嘛，就去玩。”她沉吟了一下，“也可以吃巧克力呀。”

我觉得跟她说道理肯定是说不过她的。最要紧的是说服她回家，让我去采访白骨精。我说：“反正我下午得去采访一个明星，如果去不了，我就会失去工作。失去工作了呢，就没有钱，我们就什么都没得吃。没饭吃，没巧克力吃，想吃屎都没得吃。到时候肚子饿了，只能眼巴巴地看着别人吃饭，懂吗？”

“就懂得吃。”她说，“你去哪里，我就要去哪里，我就不想待在家里。”

看来一个人待在家，对她来说，跟坐监狱没什么两样。

吃完饭，我打了个车回家。在车上，她很快睡着了，有过孩子的人都知道，汽车是小孩子最好的摇篮。下了车，我抱着迷迷糊糊的她上楼，把她放在床上，然后蹑手蹑脚地拿了背包、相机等，准备溜之大吉。就在我悄悄开门的时候，小诗突然从卧室里光着小脚冲出来，冲着我喊：“不准走！”

我哀叹一声，说：“你不是人！”

“那我是什么呢？”

“你是妖精！”

“你骂我？”

“不，我在夸你！”

“不许你走！”她像拉救命稻草一样拉着我。

这样我就带着她去采访了。在车上她又睡着了，这可让我真的既当爹又当妈，一把鼻涕一把泪。到了昆仑饭店，同行见了我，都好奇得很，因为谁也没见过抱着个昏昏欲睡的小孩子来参加发布会的娱记，而且这个娱记还是男的。鉴于礼貌，他们倒没问我是从哪里搞来的女孩子。发布会即将开始，主持人见我和小诗抢了大会的风头，有些不高兴了，拿着麦克风大声喧嚣几句，把记者们的注意力吸引过去。这几声喧嚣也把小诗给震醒了，我对她说：“你醒醒，老李要工作了。”小诗好奇地看着闹哄哄的人群，她倒不认生。

晶晶白骨精亮相，先是矫情地吹了一把牛皮，然后是记者提问。这种群访一般都是坐在前排的娱记，问些很二的问题，比如说是什么力量让你这么大年龄还参加选秀之类。白骨精就会说一些比如人的一生应该怎样度过呀，我这个人跟普通人不一样在哪里呀等等，总之她是个老混混了。

我是跟她约了专访的，是在群访之后，在一个客房里。我带着小诗进去，把小诗放在靠近门口的地方（放在外面怕她跑到哪里去，跟在身边又怕影响采访），还好客房很大，我能够遥控小诗。

“请问你当年年龄造假，隐瞒了八岁，你是怎么做到的？”由于预约采访的时间只有十五分钟，我不得不拣最重要的问题发问。

晶晶白骨精饶是见多识广，也还是被这个问题震了一震，但是她毕竟是不说人话混过来的，她振振有词：“这种编出来的东西你能相信吗？”

“不是吧，上次记者都有证据拿出来了，你也都承认了。”

“我是承认了，我承认是六年但不是八年呀，你们就喜欢造谣！”

“六年，哦，那也够了不起了，你是如何做到的？”

“天生丽质！”晶晶白骨精就是以骇人听闻的词语来吸引读者眼球的，善于把丑闻转化为美谈，这是她惯用的招数。我被雷得都不知道再提什么问题了。哪知她居然自己说开了去，道：“长得年轻呀就是没有办法，自己不虚报年龄别人还不相信你有那岁数呢。我再告诉你一点，在我们这个圈里，像我这样虚报六岁，太正常了，你没见过更邪乎的。”

晶晶白骨精突然话题一转，对我说：“我们的采访就到此为止吧。”

我吃了一惊，他妈的，要是就问这么一个小八卦，没法做版呀，刚才的问题肯定是得罪她了。

我说：“时间还没到呀！”

晶晶白骨精说：“我觉得你跟我没什么共同语言。”

这话倒是实在。要不是为了饭碗，还真没有沟通的必要。不过这只是八卦的工作，又不是谈恋爱，还扯到共同语言上，也太事儿了。

“那……共同语言……”

我突然看到晶晶白骨精目光越过我的肩膀往后看，原来是小诗走过来了，她终于耐不住一个人待着的无聊了。她径直走上前来，问晶晶白骨精：“你认识我妈妈吗？”

“你妈妈？哦？”晶晶白骨精转向我，好像我是这个问题最权威的回答者，只要有一只眼睛都认为我是她爸爸。

“她，找不到她妈妈了。”我解释道。

小诗走到晶晶白骨精面前，玩弄着她的裙摆，说：“你和我妈妈一样漂亮。”

这话倒有点道理。要是撇开晶晶白骨精散发出来的一身卖相，撇开一身三流艺人的浅薄孤傲，总之，撇开成见当她是个邻家少妇，说实在的，她确实是个长得不错的女人。跟小诗的妈妈，嘿，看起来有几分神似。

晶晶白骨精握着小诗的手说：“我，没看见你妈妈。”

“你家里有我这么大的女孩吗？”小诗显然对长得像她妈妈的人很有好感。

“没有。”晶晶白骨精摇着头，警惕地但是又对小诗有歉意地说。

“你当我妈妈好不好？”小诗问。

晶晶白骨精突然被小诗的诚意打动，抱起小诗，那一瞬间，靠，这个晶晶白骨精，真他妈的动人不少。我敢打赌，散发着母爱的女人，不论是泼妇还是母猪，都一样动人。

她附在小诗耳边说：“阿姨家里有一个宝宝了。”她只想让小诗听到，但是我也听到了。

小诗有些失望，她原来抱有的鸠占鹊巢的愿望，看来破灭了。不过她还是很享受晶晶白骨精这样抱着她，像个真正的妈妈一样抱着她。

门外在等候的记者举着相机，晶晶白骨精索性抱着她摆起 POSE，这种图片做头条确实蛮有关注度的。

小诗突然从她怀抱里滑下来，也学着摆起姿势，一副打牌的样子。记者们都忍俊不禁了。

我继续提问：“你刚才说，你已经是妈妈了？”

晶晶白骨精明显有些惊慌，变成一副可怜的样子，道：“你能不能就当没听见这句话？我们可以谈点其他问题。”

我犹豫了一下，点点头。那些疯狂的粉丝们总是不愿意让自己的偶像是个妈妈的。

9

晚上和钱月心一起吃饭。这妞见小诗果然才两岁，那点醋意才彻底消了，转酸为喜，这么小的女孩子，在你没见识到她的厉害之前，总是很喜欢她的。

看来，不论看上去多么冷血的女人，有了醋都是要尝一口的。

小诗对钱月心也很感兴趣，两个女人在一起，话题总是比跟男人在一起多，这是肯定的。吃完饭，钱月心还主动到我家里去陪小诗一起玩。

我租的是一居室，这很奢侈，本来应该跟人合租，这样可以节省不少钱。但是，我想，你他妈的老跟人合租，什么时候才能泡到妞？在大学，在以前的单位，我受够了集体宿舍的气，我把几次恋爱失败归罪于没有独居的空间。总之，舍不得孩子套不着狼，这个道理硬得很。

小诗来了之后，我就睡客厅沙发，看她比较早熟聪慧的份上，还拉了一帘子遮住沙发。我一进卧室，她就说：“你怎么不打招呼就进来，真不礼貌。”

我怀疑在任何一个女人面前，我最终都会沦为奴隶。妈的，不知道谁给我塑造了这么面的性格。

进了门，我就悄悄对钱月心说："你可别问她爸爸妈妈的事，别招她伤心！"

钱月心道："嘿，没见你对我这么呵护过呀！"

我说："你又不是两岁的孩子——再说了，这世界上有哪个人伤得了你，大概只有你伤别人的份儿。"

小诗朝我们道："你们嘀嘀咕咕什么呀，快来我房间玩！"

妈的，什么时候变成她的房间了。

小诗搬弄各种玩具和准玩具给钱月心玩，钱月心呢，她大概从没接触过这么小的女孩，把小诗当成宠物来玩了。两岁的孩子你可以当她是小人也可以当她是宠物甚至是小人兼宠物，总之好玩极了。

小诗要留钱月心和她一起睡觉，钱月心居然同意了。妈的，以前我有好几次不怀好意地留钱月心过夜，还没开口她就拒绝，还把我当流氓训了一顿。那时候，你真的可以认为她是个不食人间情色的处子，搞得我自己都觉得龌龊。但是，你回过神来一想，钱月心是那种纯得一塌糊涂的人吗？不像，绝对不像。总之，在怎么把女人搬上床这个问题上，我他妈的太不拿手了。上次请钱月心到家之前，我还特意百度了一下如何把女人搬上床，确实得到不少理论，老实说，那些洋洋洒洒的理论到了那节骨眼上，一点儿都帮不上忙。我得承认自己是个雏儿，搬了二十来年也没搬上去一个，有时候碰到几个淫荡的男同事，他们热衷于谈性生活，我都不好意思承认自己是处男。他们问我搞过几个女人，我羞答答地说，一个。然后轻声自语，充气娃娃。因为我这人还是比较老实，老觉得说谎是犯罪。

所以，当听说钱月心要在这里过夜之后，我心里窃喜了一下，但随即又想，小诗这个小鬼在这里，你能干吗？

累了一天了，我洗漱完毕就在沙发上睡了。反正小诗在这里，把我的杂念也给驱跑了，俗话说，无杂念，一身轻，所以很快就睡着了。等我醒来的时候，我发现钱月心坐在沙发上，压着声音哧哧笑着在拍我脑袋。也许她刚从洗手间出来，手上湿漉漉的，穿着我的白衬衫，在幽暗的光线下，她像个开心鬼。

“她睡着了吧？”我问。

“睡……睡了。”她边笑边回答，真不知道有什么玩意儿那么好笑，“嘿，你不觉得她有问题吗？”

“你是指？”

“她妈妈干吗要抛弃她？”

“那是她妈妈的问题，不是她的问题。”

“你个死脑袋……你想想，她这么可爱，当父母的怎么会抛弃她呢？所以呢，我怀疑她有问题，比如说是不是得了什么不治之症。”

我一听，也有道理，但是凭直觉，我还是否定了她的看法：“我觉得没问题，健康得要命，问题在她妈妈那里。”

我边说边把钱月心轻轻揽住，开始下手。因为以前有好多次失败过，所以我下手很小心，生怕引起对方的反感。也许是这样的夜晚造就了奇妙的气氛，钱月心稍稍挣扎，但没有愤而反击。

“你说她妈妈是个什么样的女人？漂亮吗？你觉得她像做什么的？……”钱月心还在不停地问，我边敷衍着回答她边上下其手，难度系数越来越高。终于，她再也问不出问题了，因为她的嘴被我的嘴封住，又被我压在身下。这一刻我脑袋无比清晰，这是有生以来第一个被我压在身下的女人，我以前呢，只是玩乌托邦的高手而已。

“你们在打架吗？”小诗的声音从身后冒了出来。

我们像被烫了似的惊叫起来。不知道小诗什么时候已经悄悄开门出来，在沙发背后看着我们厮打了。妈的，我怎么这么粗心，不，怎么这么投入呢！

钱月心从我身下匆匆起来，披了白衬衫拉着小诗进去。

“你们为什么要打架呢？”小诗还回头问我。

未遂。

我叹了口气。小诗简直是一只鬼。

10

钱月心之所以在我这里住，原来是她同居的女孩子有男朋友来，她当了很多天灯泡了。不过，也许当灯泡的经历让她解放了思想，开拓了眼界，所以她就在我家里扎根下来。

我对自己说，这么好的机会，再不拿下，你就不是人，把你割掉鸡鸡送到紫禁城还穿越到古代去！

我也给小诗找到了一个好去处，我们在楼下散步的时候，得知小区里有个“宝宝之家”，那些没上幼儿园但父母又没时间带的孩子，可以在早上上班前送过去，晚上下班后接回来。里面有大小不一的小朋友玩耍，小诗对这个环境比家里要满意得多。

这样，我一个刚刚出大学两三年的人，就过起有家有口的日子来。

家里花开两朵，咱们各表一枝。先说说我的阴暗心理，我想趁这个机会和钱月心的关系进入实质的一步，怎么说也老大不小了，在这个周围布满了嫖客的时代，当个处男实在没脸混下去。每晚睡觉的时候，我都守株待兔，睁着眼睛等待钱月心上洗手间，然后一把拉住她过来亲热。但是，小诗居然惦记上我们打架了，一有兴头了小诗就冒出来喊你们不要打架了。我觉得太奇怪了，为什么她对我们这事这么上心呢。对于人的直觉，你很难解释。我只能说，小诗是个妖精，妖精的灵敏是人所不能媲美的。好几次我想，他妈的给她弄点安眠药算了。但是你也知道，我是什么狠话都能说出但心肠跟鼻涕一样软的人。有一天又把钱月心逮住了，我们已经习惯了玩半途而废的游戏，所以她也不拒绝。但很奇怪，这次小诗在该出来的时候却没有出来，我对钱月心说：“机不可失，快点。”

“失你妈个头！”钱月心见要进入实质了，开口骂人了，“人家今天不干净呢！”

“什么意思？”我对女人生理的了解还处于一知半解的状态，我怎么知道不干净是什么意思。没洗澡？

“人家还没流干净。”

我急了，道：“你他妈的能不能说明白点，流什么呀？”

钱月心扑哧一声笑起来，说：“就你这咬牙切齿的劲儿，总算像个男人——流不干净都不知道，有没有文化？”

我承认我当初脑袋已经不冷静了，我说：“我就没文化，他妈的这时候还需要文化？”

事实证明，这是英明之举。我在钱月心的伪拒绝中长驱直入，完成了人生的一次飞跃。这幕喜剧的亮点在于，宛如处女的钱月心不是处女，而装作老手的我却是个货真价实的处男，比较这个当然毫无意义，权作一笑吧！虽然我是初哥，但效果还可以，在这之前我已经查阅了无数资料，防止作为初哥能够出现的笑料。

我们跟做贼一样做完之后，钱月心稍微洗了一下就进去了，我本来想接着进去洗洗，但是实在太累了，想睡一觉再说吧。正满足得刚一脚踏入梦乡，突然听到钱月心叫我，我进屋打开灯一看，小诗居然泪流满面，抽抽噎噎的。钱月心朝我眨了眨眼，吐了吐舌头，指一指门口，意思是可能刚才的一幕她都看见了。

我装傻问：“怎么啦小诗，谁欺负你啦？”

小诗抽噎完毕，突然睁着眼睛冲着我：“你！”

我说：“老李最疼小诗了，怎么可能欺负你呢？”

小诗又哭了，道：“你们不是打架！”

我吃了一惊，果然是这事闹的。

“是打架呀，你看我们都打出血了！”我的第一反应是只要我们是打架，她就不哭了，我看见大腿边有血的痕迹，便拿出来滥竽充数。钱月心看了看血迹，皱了皱眉头。

“就不是打架。”小诗哭得越来越厉害了。我根本没明白，是不是打架为什么她这么上心。

“别哭，那你说我们不是打架，那是干吗呢？”我追根溯源。钱月心掐了一下我的胳膊。

“是玩。”她说。

“是呀，我跟姐姐打架玩，你又为什么哭呢？”

“我就要哭！”

我只好采取冷战，撤了出来，这时候越理会她就越不讲道理。

就在我上厕所拉了半泡的工夫，我只听见房间里噼里啪啦一阵响声。进来一看，小诗把床头柜上的东西扔了一地，还把玩具扔出来，嘴里道：“你走，我不要你了，呜！”

她完全像一个泼妇，把钱月心都吓坏了。女人没有最泼只能更泼。

这下我没辙了，我相信如果她力气大一点儿，会把桌子掀翻的。我只好拉着钱月心跟她道歉，我们向她保证以后一定不玩了。总之，就好像我们刚刚屠杀过人类似的。

她要跟我们拉钩。我们都跟她拉钩。如果她识字，肯定要我们写保证书。过了许久，我才低声下气地回到沙发上睡着。

再说另一头。钱月心认为小诗有问题的说法，我一开始没在意。在我看来，小诗的身心比普通的孩子要健康一百倍，像妖精一样健康。当然，我也并非一丁点儿都不相信她的说法，确实如她说的，有些症状你可能当下看不出来。正是因为这一丁点儿的怀疑，从我的耳缝里钻进去，潜伏在脑子里，越来越大，于是，我不得不带她去体检了。

我花了两天的时间，带她检查了全身的指标。她似乎不愿意去医院，有抵触情绪，总之一到医院，就蔫了，用狐疑的眼光看着我。在她看来，我因为对她又有新的举措，最后一项检查完毕的时候，我对她说：“好了，明天可以不用来了！”

她突然冒出一句：“是不是姐姐让你来的？”

我吃了一惊，说：“不是呀，小朋友都要做个体验，知道自己健康不健康呀！”

她没有说话，显然她越来越不信任我的话了。而恰巧我这个人呢，说了谎之后，在表情上都会表现出来，那种哄骗的不自然的表情。所以我觉得再多说下去肯定越来越拙劣，就不说话了，两个人默默无言地回家。

过了一周，整个检查的结果都出来了，各项指标健康得一塌糊涂。我松了口气。

11

由于现在很像一家三口的样子，我们不能老在外边开伙，因此我把家里的厨房收拾一下，自力更生起来。按理来说，厨房里该是钱月心为主力，但是她自称自己有一种病，闻不得油烟味，一闻就晕。我不知道世界上有没有这种病，反正她说有就有。总之，从买菜到端上桌子整个流水线全我一人，真是不干不知道，一干吓一跳。比如，在我印象中猪肉是一斤两三块的事，如今才知道猛涨到十几块了。

我把这事告诉钱月心，她说：“啊，那不如我们自己养猪。”

我说：“也难怪，现在什么肉都贵，以前找个小姐只要几十块，现在长得跟猪似的也要两百以上。”

钱月心道：“这么清楚——你找过呀！”

我分辩道："听说的，绝对道听途说！"

"哼！"钱月心说，"谁信呀，没一个好东西。"

我他妈的真是嘴贱！

我和钱月心的关系处于史无前例的美好时期，美中不足的是小诗总在盯着，不让我们成其好事。由于上次向她做了保证，不敢造次，因此行事极其困难。我不知道她为什么惦记这事，她可比那些居委会的老太太要强多了。

我对钱月心说："晚上不行，要不我们白天来，你提前点儿下班！"

钱月心说："流氓，你脑子里就不能琢磨点别的吗？"

我差点恼羞成怒。

我想起一个农民的故事。说那哥们特勤劳，每天天不亮就出去干活，天黑了才回家。终于到了娶媳妇的年龄了，给她娶了个媳妇。嘿，这哥们居然一改习惯，每天太阳还没落山就早早回家，吃饭上床。人家问他咋这样呢？他倒实在，说，一下地干活，就想着睡觉的事呢，得紧着回来。

我觉得我就是那个农民了。

这种日子太不人道了，不能这样过，我想，必须跟小诗摊牌，把自己解放出来。

下午我早早回来，从"宝宝之家"把小诗接出来，我们像一对父女一样在小区散步，跟很多带孩子的老太太都熟了，小诗兴高采烈地打招呼，她可真是自来熟。

我指着一对情侣，问小诗："你知道这两个人，他们是什么关系吗？"

小诗摇摇头，也许问得太文绉绉了，她不懂我葫芦里卖的什么药。

我说："告诉你吧，他们是男女朋友的关系，男的可以拉着女的手，女的可以拉着男的手，懂了吗？"

小诗点点头，她总是很好学的。

“那么，到了晚上呢，他们就会在一起睡觉。为什么一起睡觉呢，因为是男女朋友的关系，懂了吗？”

小诗又点头，这次不知道听懂了没有，反正绕得有点远。

“那么，老李和姐姐呢，也是男女朋友的关系，所以，老李晚上呢，也必须和姐姐一起睡觉。”

“不，姐姐和我睡觉！”

“小诗怕黑，所以姐姐以前和小诗睡觉。现在呢，小诗不怕了，就跟老李睡觉。”

“为什么呢？”

“又绕回来了，因为姐姐是老李的女朋友呀！”

“不！”

“为什么不？”

“那，我也要做老李的女朋友！”

“那可不行，你太小。”

她生气了，不说话，突然眨了眨小眼睛，振奋道：“我可以长大！”

“嗯。”我摇头，“等你长大，要过很多很多年，老李都变成老爷爷了。听着，老李现在就要一个已经长大的女朋友。”

“你闭上眼睛。”她命令我。

我闭上。她用小手遮住我的眼睛，嘴里念念有词：“小诗乖，小诗很快就长大。”

念了两遍，然后让我睁开眼睛，问：“你看，小诗是不是长大了？”

按我以前的暴脾气，我真想说，长你妈个头。不过这两年脾气被磨平了。

“没有！你要长成叔叔这么高，那才是长大！”

“我已经长大了，你没看见。”小诗自信地说，“你看呀看呀！”

她逼着我看，好像我不说她长大她就不罢休。

我岔开话题，说：“走，我们回家去，可能姐姐回来了。”

“不。”她说，“你得说我已经长大了！”

又出强盗本性了！我说：“好吧，你已经长大了一点点了。”

“不，我已经长大，可以当老李的女朋友了！”

“啊，不会吧！”

“你不说我就不回去。”她要挟我。

我生气了，这么惯着，我以后还有活路吗？但是我也说不过她。我也拉下脸来，和她一起对峙，哼，看谁扛得住。她看着我，突然脸部扭曲起来，转头对着路边的人群哭了起来。两个老奶奶的注意力被吸引过来，她的哭声加大了一倍，好像受了虐待似的。

我招架不住，赶紧哄她：“别哭别哭，你说什么我都答应！”

她抹着眼泪，说：“小诗是你女朋友，姐姐不是你女朋友！”

“行，你说什么都行！”

她瞬间破涕为笑，拉着我的手，显然想学先前看到的那对情侣的姿势。她神气活现地命令我：“你蹲下。”

我蹲了下来，她凑在我耳边说：“这是秘密，不要告诉姐姐，知道吗？”

“你说了算！”

她摆出一副胜利者的姿态，牵着我蹦蹦跳跳地回家。我知道跟她斗心机，简直就是引火烧身。

12

三个月试用期后，老孟并没有把我开掉。其实在报社，所谓的试用期只是个形式，因为工作了三个月，大家都混熟了，你只要不是特别二，领导是不会把你扫地出门的。但是老孟同志比较鸟，在正式录用我的同时也不忘把我教育一顿。他是从体制单位出来的，身上永远有甩不掉的官僚习气，即便是跟我开个玩笑也忘不了摆个上级的谱。他每时每刻都要让你记住，他是某个方面的上帝，能主宰你的职业命运。

老孟说："小李呀，你的工作能力呢，还算可以，能够运作独立的选题。但是有些方面尚待提高，比如听说采访的时候带着个两岁的小孩去，这个就很不职业，娱记圈都传为笑谈了，说我们报社怎么会出现这么可笑的事——以后一定要注意形象！"

"以后我一定不带两岁的小孩去，至少带三岁的去。"由于已经被录用，心情愉快，我想给老孟培养点幽默感。

"严肃点，在我这间办公室，我们就是上下级，只能谈工作，不能开玩笑的，你走出这间办公室，那，这个玩笑就可以开了。这叫政治。"靠，他反而给我上了一课。

我觉得孺子不可教也，只好俯首称是。老孟很满足，给年轻人上课是他的癖好，那一瞬间他都觉得自己是伟大的导师了。

"不过，老听说你捡了个两岁的小女孩，到底是怎么回事，什么时候带过来瞧瞧？"他一得意，好奇心也冒上来了。

"这是私事，好像不该在你办公室里谈吧？"我用意念抽他一嘴巴。

"我允许你谈，我允许了就不一样了，只要领导允许，就可以打破常规，这，也是政治！"他很得意地又上一课，继续道，"俗话说，主席也是人嘛，只要主席同意，那家长里短，与民同乐，都是政治。"

看他那张长得跟政治似的鞋拔子脸，我忍不住用意念把他祖宗十八代给问候了一下。

"嗯，她还老闹着要跟我来上班呢，回头带给你看看。"

"带一次过来看看可以，但不能老带过来，影响工作。记住，一切以工作为重心！"

小诗确实多次缠着要一起来上班，她根本不知道上班是什么，就是要跟我玩。其实单位里排版室的主任阿姨经常把女儿带来上班，让别人玩来玩去，都省了保姆了。我想自己还没站稳脚跟，别让她给我搅和了，这是一直不愿意带来的原因。既然老孟开口了，我就得带来看看，免得有时候因为小诗请个小假老孟还不相信。

小诗一直很讨厌我去上班，但是却很愿意跟我去上班。有一天必须全天待在单位做版，我带着她去，她兴奋得不行。到了门口，还对门卫说警察叔叔好，把门卫都逗乐了。

“这是孟主任。”我给小诗介绍。

“孟主任叔叔好！”小诗人兴奋嘴巴也甜，简直像交际花。

“叫孟叔叔就可以了，主任是虚职，可以忽略。”老孟笑哈哈地打着官腔，仔细地端详着小诗，像欣赏一件青花瓷，“不错，不错！小李，真的不错！”

我问：“什么不错？”

老孟点头道：“确实不错，要是多长个二十岁，你不就白捡一个女朋友，省了一大笔钱了嘛！”

我几乎晕倒。

说实在的，老孟人倒不错，热心肠，爱张罗事，跟你关系好的时候还特爱帮你，但你受不了的就是他那封建、官僚习气酝酿下散发出来的二逼气息。当然，如果你习惯了，把他当成一个喜剧人物来看待，那也是一乐。

“身体方面都好吧？”老孟又问。

“去做了全身体检，一点儿问题都没有！”

“就这聪明劲，就这教养，她父母也花了不少钱培养的，你捡了个好东西呀小李！”老孟品头论足，好像我捡的是一包钱。我觉得再跟他谈论下去，肺会被气炸的。

我说：“我去做版了！”

老孟说："你去吧，她留在这儿我逗她玩会儿！"

我问小诗："你跟叔叔玩好吗？"

小诗点了点头。老孟抽出一支金光闪闪的钢笔，道："小诗，猜猜叔叔这支钢笔多少钱……嗯，往上猜……"

小诗在报社里混了一天，连我不怎么认识的人她都认识了。而且她记性特好，记住的人都特逗，她管老孟叫"皱纹叔叔"，老孟脸上确实有几条深不见底的皱纹，还有"大肚子叔叔"、"黑眼镜叔叔"、"雀斑阿姨"、"长发阿姨"、"口臭阿姨"，总之，跟去了动物园似的，记住很多奇形怪状的东西。

临下班的时候，老孟叫住我，问道："小李，你准备带着她过？"

"不太现实。"我说。

"那怎么办？"

"我没想好。得看她自己的意见吧，她已经是个懂事的小孩了。"

"就是，你可不能在这年纪就拖着一个孩子生活，那太影响工作了，甚至，影响你的终身大事，有什么困难可以跟我提。"他表现出非常关心的态度，我有些奇怪，他虽然是个好人，但属于无利不起早的。他很关心某事，必有所求，这是我的直觉。

总之，如果一个人突然特别关心你，那也是比较恐怖的事。

13

钱月心告诉我小诗的事情。

小诗和钱月心一起睡觉。小诗突然问钱月心："姐姐你为什么不回去住了？"

这可把钱月心问住了，她说："姐姐跟你一起睡觉不好吗？"

"可是，可是老李会生气的。"小诗神秘地说。

“生气什么呢？”

“你住这儿他会生气的，你还是回到以前的地方去吧！”

“你怎么知道他会生气呢？”

“我感觉。嗯，你不是说我很聪明吗？”

我听了都快晕了。

钱月心说：“也许我是该走了！”

我慌忙阻止道：“别别，你可不能走，这简直是我二十来年最幸福的时光，你不会这么残忍吧？”

“连小孩子都不欢迎我了！”

“她多刁呀，一天一个主意，也许你一回家她就想你回来了！再说了，你也不是省油的灯，还斗不过一个小孩？”

“切，我干吗跟小孩斗，你以为我特稀罕待在这儿啊！”

“行，是我稀罕，求你，别跟小孩一般见识。”

我使出浑身解数把钱月心留住，这种不靠谱的女人，不趁着热乎劲儿跟她确定关系，过几天指不定就被人抢走了。像我这种既不帅又没钱智商跟个头一般高全身上下从里到外无一处不中庸生活全靠务实泡妞全靠殷勤的主，能跟钱月心混到这个份儿上，算是祖上积德，咱可不能一不小心给飞了。

可接下来发生的事，可真让我生气了。

钱月心洗澡完毕，上床的时候突然哎哟一声从床上跳起来，原来身子底下居然有一枚图钉，都把屁股扎破了。

钱月心厉声道：“是不是你放的？”

小诗看着钱月心生气的脸孔，怯生生地回答：“不是！”

“不是你还有谁！”

小诗说：“也许是老李。”

我听见动静刚好进来，我把钱月心拉了出来，道：“你别那么大声，把她吓坏了！”

“太坏了！”钱月心恶狠狠地说。

“你别那么想，也许是无意的，也许就是我呢，我不小心把图钉丢在床上了呢！”

“我都出血了，你还护着她，你这个坏蛋！”

“嘿，人家是两岁小孩！”

“小孩？哼，杀了你都够了，还小孩！”

钱月心气冲冲地收拾了几件衣服就走了。我想阻止，结果挨了一耳光，倒不是我躲不开，我是想挨一耳光后能够平息她的怒气。但是，这一耳光一点儿用处都没有，恐怕我挨二十耳光都没用。看来，钱月心已经忍了好久了，这次是个导火线。

我只好把气撒到小诗身上了。

“为什么这样做，你说！”

她不说话，低着头，我估计她在想辙。沉默了半分钟，她突然哇地哭了起来。妈的，老是用这一招。

“你哭也没用，你太坏了，长大以后肯定是个坏蛋！”

“你是坏蛋，你对我不好！”她哭得更起劲了，很想让窗外的人听到。她一高声哭我就慌了，总怕邻居或者警察敲门，说也说不清楚。我只好缴械。

“好了，我现在不说你了，但是你明天一定要认错，小坏蛋！”

我走出卧室，顺便把门带上，留她一个人在里面继续哭。没有观众，她的哭声就小了，这也是她的招数。

我给钱月心打手机，响了一下就关机了。关得我心惊胆战，此去前方，爱情旅程前途未卜，路漫漫其修远兮呀。

大学时候性冲动的夜里，宿舍卧谈会大家还想穿越到古代去过妻妾成群的生活。现在看来，简直就是找死。

过了一会儿，她摸了出来，像一只企鹅，一步一步走到我旁边。

我不理她。

“我想跟你说话！”她可怜巴巴地说。

我睡在沙发上，不说话，对付这种撒泼的敌人必须冷战。

她摇着我的头，叫道：“老李，你说话呀，你真的生气了？”

“如果你不认错，我是不会说话的！”我像刘胡兰一样斩钉截铁。

“嗯，我认错了。”她装作高兴的样子哄我，“你高兴起来嘛！”

“高兴个屁！姐姐走了，我一点儿也高兴不起来！”

“你说脏话！”她居然岔开话题教训起我来。

“别耍鬼主意！”我警告她，“你认错了，应该怎么办？”

“你说呢？”她的手支撑着头，有恃无恐地看着我。

“明天呢，去跟姐姐道歉，一起把她请回来！”

她思考了一会儿，道：“跟她道歉，但不要请她回来！”

“为什么？”

“她不喜欢你，还老骂你。”

我斩钉截铁道：“哼，我喜欢她就可以了。”

她又在思考，一思考一个主意，又问：“那姐姐回来了，你会不会赶我走呢？”

“如果你表现得好，就不赶你走。如果再犯，哼，别怪老李不客气！”

“你像对姐姐那样对我好一点儿嘛！”她忽然可怜巴巴地说。

这种口气让我在瞬间觉得虐待了她似的，心里咯噔一下就软了。我把她拥到身边，带着歉意道：“我对你和她一样好，真的！”

“嗯，那你亲我。”她悄悄凑到我耳边，“我可看见你亲姐姐了。”

“以后不准偷看，听见没有！”我警告她。

她又在我旁边磨叽了一会儿，我才把她赶到里面去睡。再打钱月心手机，还是关机。这又是一个不眠之夜。他妈的，在爱情上，我的承受能力特别弱，估计是自卑造成的。

14

第二天，我先上网找到搜索引擎，输入诸如“如何向女朋友道歉”之类的词条，找到了五花八门的答案。比如最没用的答案就是“自刎谢罪”，说了等于没说的答案就是“宝贝，人在江湖身不由己呀”，最流氓的答案是“其实你为我生气还不如为我生孩子，我愿意接受这种惩罚”，最酸的答案就是“用你和女朋友的名字，写一首道歉的藏头诗，女孩春风化雨必定感动”。我敢肯定这一招对钱月心没用，她肯定没看完什么狗屁藏头诗，只看到不是支票就扔到纸篓去了。我有针对性地选了几条靠谱的，抄下来，然后用公用电话打钱月心手机，由于战术准备得当，居然有效——她勉强答应小诗来跟她道歉。不能不赞叹网友的力量是无穷的。

晚上带着小诗去接钱月心下班，一起吃饭——这招我都用得不好意思了。小诗被我培训了一下，道歉道得很真诚。妈的，她是个天才的戏子。总之，也许钱月心自己也觉得跟一个两岁的小孩斗气太没气量，也许觉得昨天我吃了一嘴巴子她有点不好意思。而我，夹在两个女人之间，像只乌龟一样小心翼翼地周旋，不能得罪她们中的任何一个。总之，还是顺利地把钱月心接回来了。

这也可以算是我对小诗的一次胜利。但是，这个小小的胜利还不够。

趁着钱月心上洗手间，我悄悄对小诗说：“以后姐姐跟老李一起睡，她怕你了。”

小诗一脸委屈，突然冲我道：“你们不能在一起睡的，你们是大人了。”

我说：“废话，她是我女朋友，我们可以在一起睡觉，就像你爸爸妈妈可以在一起睡觉一样。”

“我爸爸妈妈没在一起睡觉。”

“总之，我们可以在一起睡觉。”

“我也是你女朋友。”她说。

“你，只有长这么高以后才能当女朋友！”我比画了一下高度，至少到我鼻子下面。

她闷闷不乐：“过几天我才能长那么高呢？”

到了家里，我偷偷把这个战果告诉钱月心。钱月心害羞道：“成天就想这事，你是不是就喜欢和我那个？”

这个问题，我真的很难回答。一些女人特别喜欢计较精神和肉体的问题，相当于鸡生蛋蛋生鸡的问题。

对付很难回答的问题就是不要回答。你可以去厕所拉一泡屎，一些掰不清的问题就随屎大江东去了。

我确实去厕所拉了一泡屎，为了躲避这个问题，我给了这泡屎更富余的时间。

我拉下水箱，把烦恼都冲走，慢悠悠地出来，准备迎接这个美妙的夜晚，新生活的开始。

“你还没回答我问题呢！”钱月心说。

我吃了一惊，还在计较这个问题。我只好摘掉免战牌，语重心长地道：“小钱，爱这个问题，说是说不清楚的，写一本书都说不清楚，聪明的人只要做，不要说。”

“哼，你的经验很丰富呀！”小钱恼怒地说，“你老实告诉我，你是不是经常找小姐？”

靠，战场都开辟到非洲去了。

“你，你不能这么诬陷人的！”

“对小姐行情了如指掌，没有找过才怪！”

原来醉翁之意在这里。我后悔没把自己嘴巴缝起来。

在这里我要把经验跟男同胞们一起分享。当你和女朋友没有达到心意相通的状态时，千万不要提这个女孩，那个少妇，什么一夜情，什么小姐，什么前女友，乃至长得过得去的母猪母狗母猫诸如此类的动物。否则，你碰上一根筋的女人，你死定了。

“如果我找过小姐，不，找过除了你之外的任何一个女人，我祖宗十八代就不得好死！”我发了最毒的誓。

“哼，还玩文字游戏，你祖宗十八代都死过一遍，还有什么好死不好死。要是碰上个没文化的，岂不是让你蒙混过关了！”钱月心冷笑着，一个自以为聪明而且自信得一塌糊涂的女人，简直是不可战胜的。

“要我怎么说你才相信呢？”

“直接承认不就行了吗，一个诚实的人比什么都重要。”钱月心满不在乎地说。

当然，这又是个圈套。假如你为了避免纷争，屈服诚招，那就真的死定了。女人可最不拿你的诚实当回事，能抱得美人归的，总是那些花言巧语的人。

我只好据理力争，动之以情，晓之以理，告诉她真正找小姐的人都不言声的，只有我这种道听途说的大嘴巴才这么卖弄。小诗在卧室里，不时打开门探头看着我们乐，她可真喜欢坐山观虎斗。

耗到筋疲力尽了，我们俩就半信半疑地睡了。白天跟小诗斗，晚上跟钱月心斗，我太累了，一点儿情绪都没有，虽然钱月心在身边，但是我很快就睡着了。性欲这个东西，跟天真无邪的儿童一样，经不起摧残。

不知过了多久，钱月心把我推醒。我一想，女人这玩意儿真贱，你要的时候她不要，你不要的时候她来劲了。我正要翻身上去，钱月心凑到我的耳朵边低声说：“你看！”我斜看外侧，只见朦胧的光线中，小诗蹑手蹑脚地走过来。她似乎干惯了这种事，在黑暗中无所畏惧，她相信只有她一个人是醒着的，无知者无畏就是这么回事。但谁也不知道她想干吗。

她走到我们床边，准确地说是摊开的沙发边，悄悄地掀开被子。她简直当我们两个是死猪。钱月心想翻身起来，我把她摁住了，我假装翻了个身醒来，叹着气，装作刚看见小诗的样子，轻声道：“小诗，你在这里干吗？”

她已经把我们身子底下的被单掀起来了，我起身把被单掖好。

她说：“我看你们有没有穿裤子！”

我和钱月心都笑起来。

我说：“穿不穿裤子关你什么事。”

她自言自语：“大人是不能脱裤子的。”

然后她训了我们一下，道：“你们都不乖！”然后失落地走回房间去。瞧她那失落劲儿，别提多可笑了。

钱月心一直在装睡，等小诗进房间后，她忧心忡忡地问道：“不知道她明天又会想什么辙——你准备带她这样过下去？”

我摇了摇头。这一道难题我是不可能轻易回答出来的。

15

一般我提前下班，把小诗接到小区里散步的时候，她最高兴。那时候她根本不把自己当小孩子，牵着我的手，到处跟人打招呼，我熟悉不熟悉的，她都熟悉。有谁愿意跟她聊天，她就会悄悄告诉人家：“我是老李的女朋友，这是个秘密。”搞得人家哭笑不得。

小区里有个四川师傅烤鸡翅，小诗最爱吃，她拿了一个还不够，又拿了一个在手上，满嘴油腻且满足地啃着。两个老太太一胖一瘦走过来，跟小诗都是很熟的，瘦老太太道：“吃得那么欢实，分一个给老奶奶吃。”

小诗倒有礼貌，因为她把东西分给别人时老得到我的嘉奖，所以毫不犹豫地把左手的鸡翅给了瘦老太太。胖老太太可不高兴了，叫道："嘿，她是你奶奶我就不是啦，偏心眼，我也要！"说实在的，小诗对胖老太太确实印象不好，因为她说话嗓门粗，夸人跟骂人似的，不像瘦老太太说话那么亲切。我想，糟糕，要是得罪胖老太太她可有话说了。我正想叫小诗再去拿个给胖老太太。小诗却胸有成竹地招呼胖老太太蹲下来，凑到她耳朵边说："很辣，你不能吃的。"

胖老太太大笑说："幺蛾子！"

瘦老太太得意道："你看你，不招小孩待见。"

胖老太太说："现在生下来的，都是妖精！"

小诗很得意地看着瘦老太太，指导她："如果很辣，你就吐出来。"好像她是吃鸡翅的行家。

两个老太太笑嘻嘻地走了。

我摇了摇头，对小诗说："小诗，你这么聪明，到社会上去混好不好？"

小诗说："社会是哪里？"

我说："社会就是好多人！"

小诗说："那你在吗？"

我说："我也在社会上。"

小诗点点头，说："那我也要去社会上。"

这一次，我带她去民政局，是考虑了很长时间，也是跟钱月心商量了很久的结果。最早一次，我提出要交到民政局去，钱月心还说我没良心；待得久了，又尝到她的厉害了，也觉得待在这里不是权宜之计，因此她也成了支持派。

我对小诗说："我们去社会上走一走。"

小诗对没去过的地方总是充满激情。

到了民政局，我大致说了情况，工作人员让我去找一个马干事。马干事是个四十出头的女人，脸瘦而白净，一脸正气。我把小诗放在一边，然后坐到她跟前，把昨天晚上打的腹稿，一五一十说了一遍。

马干事面无表情，叹道："这些个当父母的，生孩子跟拉屎一般轻率，生下来，有点问题呀，哦，不管了，推给社会。社会可不是专门给你们擦屁股的，就说我们民政局，操心的事儿多了去了。你们来这里，人人都会编故事，一个比一个要精彩，说到最后都是一个目的，要把包袱给扔了。我都听腻了。如果你坐在我的位子上，你听听看，说得跟真的似的，天天听，神经都出问题，我这两天就要去医院看看，如果真的有问题，绝对是你们闹的……"

我越听越觉得不正常，她到后面速度越来越快，话说得越来越熟，如果不打住她，她可能会一直说下去，凭这惯性，绝对一直说下去。我说："大姐，我说的是真的。你看我刚大学毕业两年……"

"大学生？嗯，大学生就不会说谎吗，满大街都是大学生，满大街说谎话的也都是大学生。这年头骗人呢，需要点智商，大家的觉悟都提高了嘛，没文化骗不了人。搞传销的，也都是大学生，骗多少人呢！你要说你不是大学生，我也许还信你……"

我都有点生气了，道："大姐，你不能这个工作态度呀，你也是公务员吧！"

"我告诉你，如果不是公务员，我就不会天天在这里听你们花言巧语。干点什么活不比这省心呀，啊，亲生的骨肉，说要扔掉就扔掉，天天让我瞧见的都是狼心狗肺。啊，跟狼心狗肺打交道，我还不能说不能骂，端着笑脸，我上辈子造什么孽今儿要干这活儿……"她说着说着就哽咽了，眼泪冒了出来。

"我说的是真的，这是小孩的体检证明，这是那个机场派出所的证明……"

“不要给我看，这种证明三十块就可以做一份，我见得多了，都见恶心了。”

小诗见我们说得不愉快，赶紧跑过来拉着我，说：“我们走吧！”她可不喜欢这个一会儿哭一会儿骂的女人。

我说：“大姐，你工作态度有问题，今儿要是不把这事给处理了，我要投诉的。”

马干事把眼泪擦干净了，道：“说那没用。你出去一下，我跟小姑娘谈一谈。”

我走到门边，这样可以看得见小诗。我哪知道她会对小诗发什么飙。

马干事一手抚着小诗的头，一手遥指着我问道：“他是谁？”

“老李。”

“我问你，他是你什么人，是你爸爸吗？”

“不，是男朋友！”

马干事招手让我过去，说：“真乱。你去做亲子基因鉴定，带着鉴定过来办手续！”

“你故意为难我……太官僚了……”我语无伦次。

“你跟谁去说，都要做 DNA 鉴定，这是程序！”

16

反复分析之后，钱月心给我下了断言：“如果不做 DNA 鉴定，你就永远离不开小诗，且跟她的关系是说不清道不明的。”

我说：“要是没有检测 DNA 这项技术呢？”

“也许有比这更操蛋的辙！”

那还有什么可说的呢。说实在的，现在不仅是民政局的这么认为，还有一些我的同事、小区里的邻居，甚至我同学，都怀疑小诗是我的私生女。

打听了一下，做个基因鉴定要一万块。这可差点要了我的命。以后要随便乱接别人的孩子，估计要破产了。我心疼了几天，渐渐平息之后，带着小诗去做了 DNA 亲子鉴定。要命的是，结果要三个月后才能出来。本来我这事一周就能解决，现在看来是持久战。且扛着吧。

一切都在悄悄地变化，小诗也在迅猛地成长。成长的速度匪夷所思，过几天你就能感觉到她又接受了新的事物，而她的直觉最为可怕。

有一天她终于问道："老李，你会丢下我吗？"

"不，我们一起到社会上去。"

"是姐姐要你这么做的？"

"你别乱想了。我们只是到社会上去。"

大概是我和钱月心老是谈做亲子鉴定的事，让她觉察到了。她情绪低落，楚楚可怜；有时又非常振奋，拿各种办法讨好我；有时又提出要和我们一起睡觉。她像个演员，但每个表演都发自内心，她明白自己人生的重要变数即将来临。

我和小诗的事情在单位传了很久，老孟是最关心的一个。他经常问我小诗的状况，乖不乖呀，有没有异常现象呀，是不是健康的孩子呀，等等。特别可笑的是，有一次还问我："小李，你给我说实话，是不是你的私生女？"我气得都懒得回答。他还鼓励我道："私生子这种事情，都是牛人干的，小仲马就是大仲马的私生子，孔子也是他爹的私生子，说出来很光荣的！"我只好回答他："孟主任，真的是别人生的，落我手上了，可耻得很。"当他听说我做亲子鉴定花了一万块钱，终于相信了，拍着我的肩膀说："小李，这个事是男人干的，我就欣赏你这样的，今晚我请你吃饭。"

我毛骨悚然，道："不不不，这是我的私事，跟工作毫无关系，怎么能劳你破费呢！"

“不，这是政治，很大的政治！”

老孟属于做事有套路的人，在办公室只谈办公室的事，在厕所只谈屎尿的事。那么，他要请你吃饭，必然有郑重的事，但你又不知道干什么，吃人嘴软拿人手短，这是可怕的地方。

我百般拒绝，不仅因为怕被套住，而且跟他吃饭会有诸多坏处，比如会很无聊，他的牙齿黑黄黑黄的，他会教导我政治理论，等等。反正呢，如果不喜欢跟一个人吃饭，你就会冒出一万个不喜欢的理由；如果喜欢跟一个人在一起，他的牙齿是炭条嘴里喷着粪味儿耳朵里钻出蟑螂也没关系。

老孟被我的顽固逼急了，只好说出来：“我想跟你谈小诗的事，对你很重要的。”

我终于答应了。

由于以上列举的原因，我提议去吃西餐，分餐感觉会好些。过程没什么好说的，老孟是那种请你吃饭就想让你一辈子记住的人，殷勤得很，尽显主人风采，但尽量花最少的钱，一切在他的掌握之中。然后进入主题：原来老孟的哥哥叫孟诚实，家里有个六岁的男孩子了，想要领养一个女孩子。据老孟介绍，家庭条件很好，有房有车，居住还宽敞，总之，在北京没有比他们更幸福的家庭了。

看来，老孟从一开始就在观察小诗，他的心操得很远。

我回家和钱月心商量。钱月心现在是极力赞成把小诗推出去，所以她认为这是好事。你送到民政局，民政局还是送到福利院，到福利院里有两种结果，一种是被人认领，一种是一直待下去。如果能给她找一个好的家庭，就再合适不过了。

我被她的分析鼓舞了。是呀，如果能在一个健全的家庭里，总比混在我和钱月心的夹缝中要强许多。但是我又怀疑老孟的话，他想说服你的话总是能把死人说成活的。

17

在老孟的牵线下，我先打头阵，和孟诚实见了一面，并且到他家实地考察了一番。孟诚实开的是捷达（老孟原来说是奥迪，其实奥迪是孟诚实单位的车），房子是两居室，在三环牡丹园，也够住。总体情况老孟说得要夸张些。但是这些我并不在意，只要他有能力抚养，开什么车关我屁事。

我关心的是人。

孟诚实人如其名，如果说老孟是严谨但滑头的人，那么他的哥哥孟诚实就是严谨且踏实的人，他说的每句话要有诚意得多。他说，独子家庭其实没有家庭的气氛，有兄弟姐妹的家庭环境才是最健康的环境。他自己特别想生个女孩，但是是国家公务员，不能违反国家政策。

女人也很重要，孟诚实的老婆徐芳，反正就是性格不温不火的家庭妇女，没啥说的，对领养孩子持赞成态度。

他的儿子孟人人，一个虎头虎脑目中无人的小家伙。对家里来个小妹妹抱可有可无的态度。

我无法下决定，不知道把小诗送到这样的一个家庭是好，还是不好。这是之前没有干过的事情，没有标准，总之，脑袋一团糟。

犹豫之间，老孟邀请我带小诗和他们聚会一次。我们选定一个包间，小诗一见有这么多人吃饭，兴奋起来，继而撒娇得厉害，一会儿要点菜，一会儿要坐童椅，要求巨多，非要显示一个大家小姐的范儿。可是，可怜的宝贝儿，你现在只是一个被人遗弃的小孩，有不知所终的命运。但这一切她浑然不觉，她把所有的选择压在我的身上。

自然，这样的饭局是比较沉闷的，一边是带着目的的，一边是惴惴不安的。吃了一小会儿，小诗和孟人人居然混熟了，两人都溜下桌子，去旁边的沙发上跳来跳去聊天。

“我是超人，我会飞，你知道吗？”孟人人吹牛皮道。

“你没有翅膀，怎么会飞呢？”

“其实，只要你做梦，就会飞。”

“那没有做梦能飞吗？”

“你追我，我飞给你看！”

孟人人跳下沙发，绕着桌子跑起来，小诗在后面狂追，快要追上的时候，两人一阵阵尖叫，欢快极了。

那一瞬间，我见到小诗的快乐是前所未有的，是彻底的。我想，只有同龄人才能给她彻底的快乐。

那一瞬间我找到了答案。

18

13805898760。我教小诗在电话上一遍遍拨我的手机号，教她在键盘上的每一个数字。

“你教她这个干吗？”钱月心问。

“到社会上混，总得学一两招。”我说。

小诗很聪明，有背古诗的基础，背个号码不成问题，但是拨号码比较难。第一天会，第二天就乱了。不过在我的强化训练下，她终于牢牢地记住了，只是不知道能记住多长时间。

日子是老孟选定的，据说是问了风水先生，有讲究的。那天我心里跟被什么堵了似的，有喘不过气来的感觉。我拉着小诗，先到商场里逛了一通，给小诗买了芭比娃娃。我说：“如果老李不在你身边，你就跟芭比娃娃玩，芭比娃娃可比老李漂亮多了。”

小诗道：“可是芭比娃娃不会说话呀！”

"如果想跟老李说话，应该怎么办？"

"那就等老李回来。"

"不对，前几天我教你什么了，1、3、8、0、5、8……"

"哦，打你手机。"

"还记得打吧？"

"记住了，嘟、嘟、嘟……"她在我大腿上上下左右模仿拨电话号码。

然后我带她到孟诚实家。孟诚实给小诗准备了新衣裳，进行一些小小的仪式，忘掉过去。我惶惶不安，也不忍心看许多花样。我躲在洗手间里静了会儿，用水喷了喷脑袋，决定趁着热闹劲儿离开。

我走出来，把小诗拉到身边，蹲下来擦了擦她额头上的汗，道："老李要出差，不能跟你一起玩了，你就在这里跟孟人人哥哥一起。"

小诗点了点头，她没有意识到这是长久的离别。

"如果想跟老李说话了，该怎么办？"

"嘟、嘟、嘟……"小诗用手指在我脑袋上点来点去。

小诗正跟孟人人玩很多新奇的玩具，对我的离开并不在意。她也许想明天或者什么时候我就会接她回去，或者什么都不想，沉浸在一片全新环境的刺激中。孟诚实送我出来，对我说："等你基因鉴定的结果出来，一起去办领养手续。"我没有回答他，只随意点了点头。在他看来笃定的事，在我看来一切都是未知。

我心神不宁，晚上吃饭的时候，钱月心说："别跟死了人似的，你应该感到轻松才对呀，要不然这个包袱你背到什么时候！"

我心里不舒服，也没好气，我说："你怎么一点儿感情都没有！"

"哦，你倒赖我身上来了。人家的亲生妈妈毫不犹豫地把孩子推给你，你却拖泥带水，像个男人吗？简直连女人都不如！"

她老是用我不像个男人来打击我。他妈的，柔情似水就不是男人吗？

"我没有不愿意，我只是情绪不对而已，情绪不对有错吗？"

“我走的时候，你怎么没有情绪不对？”

“扯这干吗，你跟她一样吗，她只是个小孩子！”

“我跟你说，她就是个女人，女人能干得出来的事她都能干得出来。你对她的感情，就是对一个女人的感情！”

“靠，我没法跟你说，你这醋吃的……”

“我吃醋？笑话，我是看你的笑料！”

关于小诗的话题引起的不快情绪蔓延开来，压抑的情绪笼罩在屋子里。我想，不能这样，小诗走了，我们应该开始正常的两个人的幸福生活。这是当初的设想。我必须开始幸福的生活。

“嗯，行，我向你道个歉，现在我们应该走上正常的轨道！”

“是嘛，你早该送她出去了。”

这句话激起了我的愤怒，但是我忍住了，再吵下去就没完了。我想，今晚我们可以自由自在地生活了。

遗憾的是，晚上我们在卧室里，却找不到一点儿激情，太放松了，一点儿激情都没有，好像只是在完成既定的工作。

钱月心叹了口气，说：“真没意思。”

“什么没意思？”

“你整天就想着弄这事，有什么意思嘛！”

我他妈的最烦搞这事的时候有人说败兴的话，会让人阳痿的。我说：“没意思，前几天你不也哼哼唧唧吗！”

“对呀，有小诗盯着的时候我倒是感觉还好，现在怎么觉得这么无聊呢！”

“你就是贱！”

“你才贱呢！”

“你他妈的贱货！”

“嗯，继续骂，骂狠一点儿！”

我把一辈子压抑在心里的话都骂了出来，钱月心才找到一点儿感觉。骂声给我们带来了很大的快感。是呀，骂了才来劲。

后来发展到一边吃饭一边开始骂，怎么难听怎么骂。可是，骂人的词儿就那么多，骂着骂着自己都烦了。

“难道我们非得靠骂声保持激情吗？”

“你有其他的辙？”

“没有呀，我只是觉得这样不对！”

“贱人！”

“没你贱！”

“你他妈全家都贱，贱到骨子里去！”

有小诗在，我们过的是地下党的生活；如今解放了，光明正大的好日子倒不适应了。

19

成都有个演唱会。我想出去透透气，便向老孟申请出差。老孟这段时间对我可好了，说：“本来小苗要去的，既然你提出来了，就你去吧。”

小苗是个脾气很好但吊儿郎当的青年，你从来没见过他把什么事放心上。下去的时候，电梯里只有我们两个人。他说：“成都妹子不错！”

我点了点头。我有所耳闻，但是对这一话题不太有研究。

“这个，挺好的，出差时我都带着，给你俩试试，带刺儿的。”

他递给我两个安全套。

我指了指头上：“这儿是不是有摄像头？”

“胆小鬼，这么小！”他收了回去。

“不是，怕影响不好嘛！”

“没看出来，你还真不像个男人！”

这是对我最不中听的评价。钱月心这么说我，小苗也这么说我，难道这是事实吗？

“你经常干这事？”我问，觉得真应该学习。

“不是说带着套子的人就多么堕落，主要是干净。”小苗把它迅速塞进我包里，“艳遇什么时候来你料得着吗！”

去了成都两天。我还抽空去了青城山一趟。总之，我想把心情洗一遍，想想这一段时间发生的事情，恍如梦幻。我想，回去之后一切重新开始，有可能的话，我会劝说钱月心和我结婚。说实在的，像我这种男人，过着稳定的婚姻生活，生个自己的小孩，在家里受着甜蜜的窝囊气，按部就班进入中年，那是最合适不过了。

给钱月心买了不少礼物，反正我觉得她可能喜欢的都买了下来，主要是一些手工艺品，这些礼物蛮好看的，唯一的缺点就是便宜，所以我把定价标签全撕下来，决不能让金钱来亵渎我的爱。尽管如此，钱月心见了礼物，还是很高兴的。对一些女人来说，房子车子钻戒能代表我的心，对另一些女人来说，月亮就可以代表我的心。我不确定钱月心属于哪种。

“其实，我们可以考虑结婚的事。”趁着钱月心的高兴劲，我提出要求。倘若她能答应，我觉得我们的关系就步入正轨了。

“好呀！”钱月心爽快地答应了，这倒让我有些措手不及。

“啊，早知道你这么爽快，我应该准备很多鲜花！”我惊喜且后悔。

“可是，你拿什么娶我呢？”钱月心大概不忍拂我的好意，脸上带着微笑。

“我的心呀，我有一颗特别想和你结婚的心！”我真想把心挖出来给她看。

“切！幼稚！”钱月心都懒得批评我了。

“其实，我知道你说的是什么。可是，我们可以一起奋斗，我找算命先生看过了，再过三年，我发大财！”这招是我高中同学用过的，很有效。现在已经过了三年，孩子都两岁了，他依然是穷光蛋，但他老婆一点儿都不怪他。

“瞧你这素质！”

“相信我，没错的，我是潜力股！”

“嗯，你奋斗吧，三年时间很快的！”

靠，真狡猾！对钱月心这种女人来说，求爱光靠浪漫是不够的，当然，我也不够浪漫。

为了不破坏气氛，我转移话题。

“你说，小诗在那里过得好吗？”我问。

“我怎么知道。”钱月心道，“不过肯定差不了，只有她欺负别人的份儿，没有别人欺负她的份儿。”

“我想给她打个电话，或者去看看她什么的。”

“你别搅和了。最好的办法是让她待在那儿，把我们都忘了。”

“是吗？”

“这是常识。”

我在钱月心的教育下，对小诗采取不顾不管的态度。

直到有一天，我接到一个电话，里面是熟悉的小诗的声音：“老李，你来带我回去呀！”

“我还在外地。你过得好吗？”

“不好，我要跟你走。”

“好，你待着，我回去了就去接你。”

“嗯，哇哇。”她最后哭了一声。

“怎么办？”我对钱月心说，“那一声哭搞得我心烦意乱。”

“长痛不如短痛。你现在要是理她，就永远甩不开她了。”钱月心很明智，道，“你就不能把心思花点在我身上吗？”

我这人最大的毛病就是心软，这种牵肠挂肚的事要很久才能消化。对，应该转移自己的注意力。

先是听到这么个消息：一个民工去楼下打酱油，突然心血来潮把剩下的两块钱买了彩票，结果怎么着，中了几百万。

这个消息非常刺激。像我这样一心指望发财结婚的人就很容易举一反三。假如，那个民工换成我，等钱月心问我“你拿什么结婚时”，我就不用说“拿我的心”了。

我开始买彩票，定时在电视上对号。这成了我生活中的一个寄托。如果上帝关注到我，一定会发善心赏我一个妞的。

20

有一天我买菜回来，在楼底下被王大妈截住。她是个倾诉狂，她就一个儿子，到美国拿了绿卡做了假洋鬼子，几年都不回来一趟，但是会拍一些生活的场景，刻成光盘邮寄回来。王大妈会把光盘中的内容告诉所有的人。像我这样的年轻人，又跟她儿子是同一代人，她说起来就特带劲，把国外的生活夸成一朵花。而自己的孤独思念，都隐藏在对儿子的优越感之下。我善解人意，必定要满足她的倾诉欲。

我一看时间到了，不忍心扫了大妈的兴，便给钱月心打了个电话：“你帮我看一下彩票。对，在我书包里。”然后我继续听大妈唠嗑。只有让她说爽了，她晚上才能吃好睡好，没事我喜欢积点德。

进入尾声的时候，我的手机响了，我一看是钱月心打过来的。

“你回来一下。”她冷冷地说。

“哦，嗯！”我挂机后，才发觉她的声音有点儿不对头。

我对王大妈说：“女朋友催我上去了。”

王大妈煞住劲头，道：“对女朋友蛮好的——不过呢，别太宠她，太宠你就没地位了。我们这一代人就没被宠过……”

我点了点头，跑上楼去，我想，难道我中奖了？

“你去成都干吗了？”钱月心黑着脸道。

“出差呀！”

“除了出差呢？”

“给你买礼物呀！”

“放你妈的屁，你这个伪君子！”她摔出两个安全套来。

妈的，肯定是刚才去我包里拿彩票的时候捞到了。

“这，这是同事给我的，能说明什么呀？”

“原来一直在骗我！”她咬牙愤愤道。

我真后悔没把那两个套子扔了。钱月心铁定认为我是个嫖客了，或者外面有女人，所以根本不听我的解释，而且我越解释她越认为我是伪君子。

她连饭也不吃，像只小野兽一样就摔门而去了。这是她到我这里后第三次愤而离去，这次的后果比前两次要严重得多。

我心力交瘁，没有多加阻挡。天要下雨她要离去，一种宿命感朝我袭来。

这个屋子里原来有两个女人，现在一个也没有了。我躺在床上，空虚的感觉弥漫了全身。黑暗中，有一缕声音从我脑海里钻进我耳朵里，渐渐清晰起来，竟然是小诗的哭声，那天在电话里的哭声。然后我的脑海里就浮现小诗哭的样子了。

那声音像来自地狱。

我给孟诚实家里打了个电话，是孟诚实接的。我说想听一下小诗的声音。孟诚实说小诗睡了，明天再打。我问小诗最近怎样，他说挺好的呀，住得挺习惯。

我正在和孟诚实闲聊的时候，突然听到电话那头有小诗的声音，叫

“老李老李”的。我问：“小诗醒来了吧？”

“哦，没有没有。”孟诚实的声音有点慌。

但我确实听到了小诗叫喊的声音，好像又被阻止过来听电话。

我说：“你让小诗来听电话。”

孟诚实道：“小孩睡觉了，叫醒了不容易，明天吧。”

孟诚实的声音透着一种世故，好话敷衍两下就把电话挂了。

但是小诗的哭声却在我耳朵里越来越真实，越来越清晰。那声音真让我疯狂！

我突然觉得自己真的疯了，让自己疯的感觉也好受些。我翻身而起，出门打了辆车，直奔孟诚实家。此刻大概是夜里11点，不早不晚的时间。

我敲开他们家的门。孟诚实以为来强盗了，在猫眼里偷窥了老半天，很不高兴地说：“是你呀，这么晚了！”

我不知道自己是真疯了还是在装疯，敲着门道：“我要见小诗！”

我怀疑他要是不开门我会砸进去的，虽然这扇防盗门结实得很。

孟诚实见我的样子，又惊奇又有点害怕，堵在门口不敢让我进去。瞧他那表情，真的是很尴尬。他结结巴巴地说：“我叫小诗出来吧！”

显然，小诗并没有睡，见了我，她扑过来，紧紧抱着我的腿，一下子就哭了。哎哟，好像受了天大的委屈。

“你这个坏蛋，你怎么才来！”她哭着训斥我。

我是个骗子，我该怎么回答呢，无话可说。

“我要跟你回去！”她说。

我说：“走吧！”

孟诚实慌忙阻止道：“别走别走，待得好好的怎么就走了！”

我厉声道：“瞧她那样子，会待得好吗？”

“那咱们商量商量吧！”

“商量个屁，她根本就不喜欢你这儿！”我厉声道。

我几乎是把哭哭啼啼的小诗抢回家的。当你把一个东西送给别人后又后悔，这时候你根本要不回来，你只能抢回来再说。

一到家里，小诗像回到主场，回过神来，一下子神气活现。她捏着我的鼻子，让我蹲在她面前。

“说，你为什么骗我？”

“呃，我错了！”

“错了该怎么办？”

“你想去哪里我就带你去哪里玩，你想吃什么我就买什么给你吃。”

“我每天都想你，你知道想你想成什么样子了吗？”

“不知道。”

“这里。”她指了指胸口，“都坏了。”

我把耳朵伏在她胸口，听了听，装作惊讶道：“没有坏呀，扑通扑通响！”

“现在刚刚好。”她拧着我的耳朵，“以后要是敢骗我，给你好看！”

“可是，我总不能一辈子陪着你！”

“放屁，我就要！”

“跟谁学的这么粗鲁的话？”

“哥哥都是这样说我的。”她说的哥哥是指孟人人。

我不知道把小诗带回来有没有私心。但是我觉得自己是脆弱的，必须跟一个人在一起。

第二天老孟给我电话了，让我把小诗送回孟诚实家，我拒绝了。理由是小诗并不愿意去。

老孟缓和口气道：“小李，你不要意气用事，小孩子刚来肯定有不适应的时候，就像你刚到单位也有做得不好的时候，我总不能把你开掉就了事。我要给你适应的时间呀！”

“这是两码事。她不喜欢那地儿，难受你知道吗，我就不想让她难受，你听她的哭声，别提多揪心了。”

老孟恼羞成怒，警告我不要冲动。我他妈的反正已经疯了，我俩的口气在电话里越来越升级，老孟总认为对我有恩，我不能这样对待他。可是我认为这和工作是两码事，他这么搅和在一起就是要挟我。我最讨厌有人要挟我。

最后我们在电话里互相臭骂，我俩终于都憋不住了，他把对我的成见全吐了出来，我也把他的劣根性都揭了面皮，说到爽了，我们才挂了电话。

小诗天天疯狂，情绪高涨。她见我跟疯狗似的，跟谁说话都冲，说完了还闷闷不乐，经常教育我要开心地生活。

她老是问：“你怎么不高兴呀？”

“老李把女朋友丢了，能高兴吗？”

“是姐姐吗？”

“对呀，难道是你不成！”

“姐姐为什么走了呢？”

“她以为我有其他女朋友，就生气啦！”

我突然有了主意，道：“你打个电话把姐姐叫回来好吗？”

“叫回来你就会高兴了吗？”

“当然。”

“姐姐回来了，你就不要我了吗？”她又问。

“我保证，不会不要你了！”

我带小诗去楼下打电话。如果是我的手机号码，钱月心肯定不接。

“听懂了没有，你要叫姐姐回来，说你想她，老李也想她，想得每个晚上都哭。”我给小诗上课。这个办法应该叫围魏救赵，不对，反正就是搬救兵的意思，只要把钱月心哄回来，我给她耐心解释，也许可以挽救这段我自己都不看好的爱情。

打通电话后，我便把听筒给了小诗。

小诗听到钱月心的声音，便问道："姐姐，你是不是真的不要老李了？"

过了一会儿，她仰头对我说："她真的不要你了。"

我小声教她道："说你想她。"

小诗道："老李说我想你。"

我不知道她这时候怎么这么笨。谁也不知道她是不是装笨。我接过听筒，钱月心狠狠给我留下一句："你别花心思了，猥琐！"

21

小诗在电视里看到大海，就要到海滩去玩。

周末和小诗到北戴河，住在小陈家里。小陈的父亲在北戴河买了套房子，平时没人住，小陈招朋唤友，房子在周末往往变成赌窝或者淫窝。

虽然是个度假胜地，却住得相当安静，跟世外桃源一般，吃海鲜吃到拉肚子。心静了，就想躲一阵子，偏偏老孟打来电话，要我去参加一个不咸不淡的发布会。自从跟老孟关系不好之后，他就专门派垃圾活儿给我，搞得我兴趣大减。我告诉他我在北戴河，这种可干可不干的活儿叫别人去。

他说，如果你不回来以后就别回来了。

这话如果是我女朋友说的，我还认账。领导说的，我可不认账。

本来以为这里可以怡情养性，修复内伤，可是一见到海水，不免柔情婉转，又想起钱月心，实在是割舍不得。有时候在水里游着游着，不免触景生情，想念一个女人的痛是那种一小刀一小刀割进去的痛，真想一头扎进水里不再出来。

小诗浮在游泳圈上，见我一头扎下去不见了，大叫："老李，你在哪里呀，是不是被鱼吃了？”等她哭出眼泪的时候，我才冒出来。我说：“老李要是被鱼吃了，你该怎么办？”

小诗说：“我就把鱼吃了！”

“你心疼不心疼。”

“心疼，我还很害怕。”

我把她紧紧抱住，说：“老李现在就很心疼。”

“我没有被鱼吃，你心疼什么呀？”

“姐姐不要老李了，心疼呀！”

“她根本就不爱你！”小诗突然语出惊人。

“可是我爱她呀！”

“你为什么要去爱一个不爱你的人呢，傻瓜！”她扬起一片水花到我脸上，显然对我很不满意。

“你还小，不懂爱！”

“我懂，是你不懂。”她用手点了点我的脑袋，“你们男人懂什么呀！”

看她那嗲样，我真想把自己淹死。

回到沙滩上，发现有好几个未接来电。第一个是老孟的，他是那种有一点儿破事能跟你说十遍的人，懒得回他。再看第二个，居然是钱月心的电话，我简直有点不相信自己的眼睛。我对小诗喊：“姐姐给我来电话了。”

“莫名其妙！”小诗对我的兴奋无动于衷。

我赶紧打过去，电话通了，我跟中了彩票似的，道：“你、你、你找我？”

“嗯，在家吗？”钱月心平静地说，不过这平静中见不到以前对我的愤慨了。

“在，很快就可以在……你可以听我解释一下吗？”

“最烦在电话里解释这个解释那个了。”

“不不，一定要，真的不是你想象的那样，是别人给我的。”

“别说了，小苗给我打过电话了！”

“啊，那你相信了。”

“谁知道是不是你们串通好的！”

电话突然就断了，在我结结巴巴的时候，它就已经嘀嘀地警告了几次。真后悔昨天没有充足电，老是想在这里度假没什么要紧事。

我对小诗道：“赶紧回去。”

“回哪里？”

“回北京。”

“可是我还要在这里玩。”

“回去叫姐姐一起来玩！”

小诗像一条落网的鱼被我强行拖了回去。

我无意中把这事告诉了小苗，想不到是一招妙手。

我借了小陈的一辆车开回来，花了四个小时到达北京后，我因为内急靠路边停车，车胎撞到马路牙子突然爆了。我对自己说，好事多磨好事多磨，祸兮福之所伏。我只好打车，小诗看我火急火燎的样子，不满意道：“老李，车怎么办呀？”

我说：“有了姐姐，不要车了。”

回到家里，来不及洗澡，我就打电话给钱月心：“我回来了！”

我能听见自己谄媚的语气。我不知道那是对爱的渴求，还是对怜悯的渴求。

我兴奋地等待钱月心过来，恢复一家三口的生活。妈的，认了，承担起一家三口的生活，偷偷摸摸的生活。

小诗看着我像疯子一样喃喃自语，便问道：“姐姐真的过来吗？”

“是呀，我们像以前一样生活，好不好？”

小诗突然发飙了，拿着一个床上扫灰尘的拂尘指着我，道："你出去！"

我愣了，说："为什么让我出去？"

"我不喜欢你！"

她一副主人的样子令我恼火。我怒道："你总是无理取闹，从哪里学得这么没教养，你要是再这样我就把你送到哥哥家里去！"

小诗被我的喊声镇住了，但依然脾气很大，说："我哪里也不去！"一滴眼泪从她的眼角里滚出来。

就在一瞬间，我的心颤了一颤。我带着哭声说："小诗，求求你，别闹了，老李需要找个人结婚，要不然会死的！"

她呆呆地盯着我，最后歇斯底里道："你就不能等我长大吗！"

她也终于哭了出来，好像受了一辈子委屈，号叫着跑进卧室里去，把门关上。

钱月心正在此刻敲门。我擦了擦泪花，装出笑脸去开了门，给她一个法国式的拥抱，总之，是对欢乐的生活太渴望了吧。

我看着这个失而复得的美人，看着她的眼睛，忍不住发贱倾诉道："月心，没有你，我真是活不下去。你知道吗，我每天做梦都梦见你。一想到要失去你，我就跟丢了百万英镑似的难受。一想到你又要回到我这里，我就跟得了彩票似的，一路上心在狂跳。你简直令我疯狂，我想我是为你活着的，我的命是你的，你想让它怎么着就怎么着……"

我得承认我是个有文学天赋的人，抒情的辞藻从嘴里源源不断地滚出来，要是有人记录下来，那绝对是一篇经典求爱著作。

"啊，啊……"她在我的拥抱和表白之下已经不知所措，我相信大多数女人顶不住这种攻势的。

不知道什么时候小诗打开卧室的门缝，站在后面看我们表演，并且叫了声："姐姐，过来！"

钱月心脱离我的拥抱，很亲热地过去和她亲昵。女人即使多么不和，见面了也是很亲热的。

小诗把门关上，关之前还警告我说：“老李，你别进来哟！”

看着小诗的神秘劲儿，我还是忍不住贴在门口偷听。

我听见小诗说：“姐姐，老李有女朋友了！”

钱月心道：“啊？是吗？”

“是的，这是我们的秘密！”

我一听差点晕过去。我觉得很绝望，这种绝望使得我没有勇气进入房间。

钱月心收拾了几件丢在这里的衣物，放在包里，说：“我走了。”

“不跟我在一起？”

“谁说过要跟你在一起。”她冷冷地说，“你可以和很多人在一起。”

“难道你还误会我？小苗没跟你说清楚吗？”

“哼，你那点事连两岁小孩都知道了。”

“你……你怎么能相信两岁的小孩？”

“童言无忌我不相信，难道还相信老奸巨猾的人？”

我像中了彩票但是却发现兑奖日期已经过了，一张废票。钱月心坚决地离开我，那种坚决使人没有勇气再拉她回来。人与人之间的沟壑，完全是由气场决定的。

我只能花时间来消化这段未遂的爱情。要适应得到一样东西很容易，要适应失去一样东西，如果意志不够坚强的话，只能靠时间了。

22

我说过，老孟不是个坏蛋，他不会因为这件事来开除我。但是，他也不是个坦荡的人，我们居然会因为这件事而把关系搞僵了。他还有个不太好的毛病，爱给关系不好的人穿小鞋。

每次做版审稿的时候，老孟总是挑毛病，趁机对我为难一番，我相信为难中隐含着复仇的快感。所以每次做版面的日子我总是充满了恐惧。

那天做的版面是一个网络红人，叫可可，靠在网络上写性爱日记出名，反正这年头出名的方式千奇百怪，几天就冒出一个，简直防不胜防。凡是具有娱乐性的，都被我们列入八卦范畴，为充实老百姓茶余饭后的谈资做了不少贡献。

“你这采访的内容，简直就是诲淫诲盗——你是不是想让我们报社关门！”老孟见了我的稿子，突然发飙。

“那是你的标准，而我，只不过想挖掘她的内心，这有错吗？”我如今和他争辩都已是家常便饭。

“你能不能有一点点政治觉悟？把这稿撤了！”老孟下了死命令。

这个时候还叫我撤稿，留个天窗，我就是有三头六臂，也没有补天窗的能力。

“你每次都这样为难我，嘿，你是不是存心的？”

“你扯那么多没用！我是领导，你得听我的！”

“你爱咋咋的！”我把版面摔给他。

我知道这是长痛不如短痛的做法。

几天之后，我就离开了报社，彻底脱掉老孟的小鞋了。

就在辞职那天，我拿到了亲子基因鉴定的结果。工作人员告诉我：“你可以把孩子交给我们了。”

我问：“你们会怎么处理？”

工作人员说：“转福利院。”

我决定带着小诗去福利院里参观，也许这里是小诗未来的居所。

在一个房间里，一群大小不一的小孩子围在那里玩老鹰捉小鸡，大的小孩子可能有十来岁了，小的只有两三岁，参差不齐，可笑极了。排在最后的大小孩傻头傻脑，时不时腾出手去打前面的小孩，前面的小孩已经被打哭了，还跟着队伍晃来晃去。一个管理员坐在旁边的椅子上，手里拿着本言情小说，边对小孩子吆喝边盯着书看。她沉浸在书里的爱情世界里，她根本顾不上现实中有一个以大欺小的世界。

我对小诗说："你到这里和小朋友一起玩怎么样？"

小诗把我抱得紧紧的，说："你别想了，我永远都不离开你。"

"好。"我几乎被她紧紧的拥抱抱出眼泪来。

有一天夜里，我接到我妈的电话，她平时真的很少跟我通话。

她问："工作顺利吗？"

"还不错！"

"该有个女朋友了！"

"快了！"

"每次都说快了，到底什么时候嘛？"

"有了会告诉你的！"

放下电话，我突然有种伤感。然后我闭着眼睛，躺在床上，沉浸在对往事的回味中，几颗眼泪从我的眼中渗透出来。我刚从学校出来的时候，一个学长对我说，你必须混个三年，三年后才能有突破，知道自己该干吗。现在三年过去了，我一无所有，也许这就是突破。

天光渐渐暗下来，我就这样睡着了，连在梦中都很伤感。

一只小手突然出现在我眼皮上，为我抹去几颗眼泪。我睁开眼睛，发现小诗已经猫在我身边了。

"你为什么哭了？"

"每个人总有伤心的时候。难道你没有吗？"

"嗯。"她拨开我又闭上的眼皮，命令道，"叫我妈妈！"

我吃惊地看着她。

"叫我妈妈，你就不会伤心了。"

“为什么？”

“小时候我伤心，妈妈一过来摸摸我，我就不伤心了。”

“是吗……妈妈！”我叫了一声。

她把我的头搂在她小小的怀里，实际上是抱着我的头，说：“妈妈在身边，宝宝不要哭！以后你想哭了，就叫我妈妈！”

我突然抱住她，问：“你想一辈子跟老李在一起吗？”

“是呀，我先当你妈妈，等长大了再跟你结婚！”

我点了点头，把她像命一样紧紧抱在怀里，仿佛她已经成人了，仿佛我此生找到了一个值得依赖的女人了，仿佛我这一辈子都交给她了。

此后我都叫她妈妈。

补　记

半年后，小诗被一对不能生育的黄雨夫妇领养，移民至加拿大。我之所以接受，是因为他们自己没有孩子。

走的时候，我把一张五万块钱的保险单给她。那是用她亲生妈妈留下的那笔钱买的。

走后，我病了半个多月，情绪极度脆弱。

后来再也没有和小诗通过电话。我怕一通电话，心里一颤，我又要生病，我知道那种病随时会来。

黄雨夫妇每年邮寄来的小诗的照片，我一张都没有看过，全部锁在抽屉里。

期间，我还接过一个女人的电话。女人说：“你孩子好吗？”

我愣住了，说：“我没有孩子。”

女人说：“你，领养过孩子吗？”

我说：“哦，她去加拿大了。”

对方迟疑了一下，说："谢谢你！"

我放下电话，愣了半天才怀疑起这个女人的身份。我把电话回过去，对方却没有接。我想其实我没必要回过去。生命自有造化，没有缘分时牵肠挂肚，徒生伤感。

我一直想把小诗忘掉，把这一段经历忘掉，但它就像在心里结了个疤，看着好了，其实还有痕迹。每次无意中想起，总是想：现在她已经十来岁了，她是个什么样的人呢。她还会让我叫她妈妈吗？唉，无法摆脱的好奇与情愫，我怕它会一生追随着我。

于是我把它写了下来，就像把一段情缘托付给时光，把一段不解之缘交付给上帝。

老人与酒

1

小王一进门，脸跟抹了狗屎一样，特别臭，径直走进卧室，脱下警服往衣帽架上一扔，没有扔准，警服掉在地毯上，像一个瘫软的灵魂。

小王并不在意，扔一袋不可回收垃圾一样把自己扔到床上。

厨房里，一个女人正在硝烟中激烈地战斗。她姓徐，是小王的妈妈，一个即将退休的中学老师，她与一锅辣椒肉搏斗了几个回合之后，辣椒终于被制服，软成一团，不再喷出辣椒水和辣椒雾。这时她听见小王的动静，用围裙擦了下眼角的泪水，麻溜儿走到卧室门口探头看了一下，用湿淋淋的手捡起警服，挂在衣帽架上，叫道："一回来就躺床上，上班又不是上前线……"一股焦味飘过来，她屁股着火般窜回厨房。

小王一动不动。

十分钟后，徐老师已经把几道菜服服帖帖地端上桌子，再次进来催促道："你看这工作把你累的，干革命不是一天两天的事，往后日子还长着呢，不用那么拼命……"

小王休克般不动，甚至连呼吸也不存在。

小王二十六岁了，徐老师还觉得跟六岁时一样，以一贯的耐心似抚摸又似拍着他的胳膊肘，温柔道："起来吧，再不吃饭就饿过头了，年轻时饮食不规律，到老了你就知道……"

"就懂得吃饭，让我自已待会儿不行吗？"小王突然闷声喊道，像从喉管里拉响了一颗地雷。

徐老师浑身一激灵，往后一跳，诈尸似的被吓着了，抚着胸口道："我的妈呀，你你你…

真是了不得，刚当上几天警察，就长气性了。老王，你过来看看你儿子这暴脾气，是不是你遗传的！"

老王刚刚退休，正在适应退休的节奏，把一泡工夫茶颠来倒去地折腾，品尝第一泡茶和第二泡茶以及第三泡茶之间细微的差别。徐老师的叫声从他左耳登堂入室，大模大样从右耳穿出，不带走一片云彩。

徐老师没想到两头都不受待见，怒气冲冲地回到阳台上，叫道："老王，你听见你儿子的话了没有，你该去管教管教他，从小我不是这么教育他的！"

老王把一杯琥珀色的正山小种递给她，道："你来尝一尝，这茶清爽，有地瓜条味，还有回甘在舌尖弥留许久，这才是正宗的正山小种。"

徐老师推开茶杯，道："我在说你儿子呢，你听见没？"

老王执着地把茶递给徐老师，道："你尝口茶，洗洗肠胃，好不？年轻人咱们别烦他。"

老王这么温柔，徐老师要是再粗鲁，也说不过去了，她把茶杯接过，一口鲸吸，咕嘟一声吞下去，似乎在浇灭她的火气。

"怎么样，我泡的茶不错吧？"老王仰起头征询道，一副欠表扬的样子。

"泔水味都不如！"徐老师果断下结论。

"你这真是……品味有待提高。"老王略有些尴尬地站起身来，"走走，吃饭去。"

老两口上桌，无声无息地扒着饭，像在对着食物的灵魂默哀。扒了几口，徐老师的眉头皱起，道："我觉得他不对劲。"

老王道："今天牛肉炒得嫩，火候恰到好处，等你退休了多研究下菜，可以顶上专业厨师。"

徐老师瞄了一眼牛肉，放下筷子，来到小王卧室。小王俯卧着，头埋在枕上，无声无息。徐老师把手指伸到小王鼻子底下探了探，有呼吸。由于火气过了，此刻她心中涌出万般柔情，伸出手抚摸着他的脸，突然间像摸到电门似的缩回手，叫道："你怎么啦？"

她打开台灯，幽暗的房间有了一处光亮，她看见他的脸涕泪交杂，一片汪洋，而枕巾也是一片沼泽。

"儿子，谁让你伤心啦？"徐老师抱起儿子的头，就像回到他三岁时的样子。

小王本来是在默默地流泪，此刻妈妈的柔情触动了某个开关，他突然哽咽起来，泣不成声道："我……我被骂成狗……狗狗！"

徐老师瞬间就明白了怎么回事。

下午有一伙人到政府门口示威，是火车站边上九仙村的村民，政府调了一批武警过来维持秩序，人手不够，又临时从各派出所里调了民警过来，小王就是其中的一个。村民们情绪比较激烈，出言不逊也是意料之中的事。不过被群众骂一下，回来就哭鼻子，不能怪群众嘴太贱，还是要怪自己太脆弱，从徐老师的教育理念来说，让孩子受些挫折其实是好事。

"哎，被骂几句有什么大不了，你刚刚参加工作，太敏感，以后被骂多了，就习惯了。你爸以前被人骂什么你知道吗，比你更难听，被骂乌龟，乌龟比狗更低等不是，可你爸怎么着，淡定，根本不回口，因为我们怎么着都变不成乌龟。"

小王听着妈妈娓娓的劝慰，五官一紧，脸上恰如山洪暴发，嗷的一声道："可……可是你不知道……"

徐老师打断了他的话，道："我知道，现在社会乱，混口饭吃不容易，上次我学校里那件事，也不关我什么事，我也惊吓了好多天，所以，咱们都要更坚强。"

前几个月，徐老师所在的第五中学，一个初二学生被班主任批评，心理承受不了，在学校里跳楼了。家长带人冲到学校里，班主任逃之夭夭，替罪羊校长被堵在办公室，家长们合力把他从窗口扔出来。但校长神奇地从墙上攀缘而下，全身而退，学生们纷纷请校长签名：蜘蛛侠。这件大事跟徐老师没什么关系，但还是让目睹了整个过程的她心惊胆战，生怕自己不小心就得罪了学生。噩梦醒来，都要老王抚慰到天亮。大概吃了两个月的天王补心丸，她的心悸才好转。

徐老师觉得世界就像一片干燥的秋林，一不小心就能着大火。咱们混在社会的，都得悠着点儿。

别看小王长得壮实，其实内心里住着个女人，特别敏感，对一些粗暴的事往往耿耿于怀。这一点徐老师明白，更明白的是，她知道这是儿子成长为男人所必须经历的。于是，她转成笑脸接着哄道："要是别人骂你一次，你就回来哭一次，以后你就别当警察当林黛玉算了。"

小王腾出一只手来抹了把脸，吸着鼻子道："不是别人骂我，是……是邱伯伯……呜呜……"

徐老师脑海中瞬间浮现出一个熟面孔，面目浮肿，一脸线条柔和的皱纹，见了徐老师，满脸的横瞬间转化成贱贱的笑。

"哦，那就更没什么好伤心的了，他天生就是骂人的！再说了，你是执行公务，又不是针对他的。"

小王点了点头，似乎要结束悲伤，但突然间又号啕大哭道："可是这句话就像一根针刺在我心里，我好痛呀！"

"恶毒的老头，当年给他吃了多少水果，每次单位里分肉都分他一半，连用的搪瓷缸也写着你爸爸单位的名字，真是一点儿都不念旧情！”徐老师真的是气不忿儿。

“妈，你越骂他我越难受。”小王眼泪喷出来之后，反倒有些平静了，“你出去吃饭吧，我自己待会儿。”

徐老师叹了口气，回到桌上，轻轻道：“原来是被他骂哭的，这个老流氓。”

老王终于有点好奇了，问：“哪个老流氓？”

徐老师没好气道：“老邱呀，他房子被拆迁了，就把气撒到孩子身上，他也不是不知道，这孩子从小对他有感情的，受不了这么刺激。”

老王正要把一口菜夹进嘴里，此时只好把菜停在半空，道：“别叫人老流氓了。”

徐老师道：“不是老流氓还是啥，干不正经的事，说不正经的话，一辈子没个出息。”

“人啥事也没干，叫人老流氓，你还是要为人师表点儿。”

“嘿，还啥事也没干？你说这话还像个男人吗！”

老王彻底把那口菜放在碗里，叹道：“九仙村拆了，我也不舒服，何况他呢。”

小王终于从房间里出来了，穿上警服，一身笔挺，跟那个哭哭啼啼的人儿判若两人。

“没吃饭，你要干什么去？”徐老师准备把菜再热一热给小王吃。

小王皱着眉头，指着自己的胸口：“我要把这根针拔掉！”

“针？哦，你不会真的以为有这么一根针吧，那只是个比喻。”徐老师是语文老师，比喻在她嘴里念叨了大半辈子，没想到有人会把比喻跟现实混淆起来。

“不，真的有一根针，我要请他拔掉！”小王坚定地说。

“儿子，你怎么啦，要不明天我带你去测测智商？”这下把徐老师搞糊涂了。

小王根本没有理会徐老师的话，也没打算理会一桌的饭菜，只是把目光在屋子中四处逡巡，那眼神真的像一只警犬。这可把徐老师吓坏了，问道："儿子，你怎么啦，你在找什么？"

小王突然把目光定在多宝阁上，问道："邱伯伯喜欢喝酒吗？"

"他呀，嗜酒是出了名的，酒是他的命。不过你可千万别让他喝酒，他血压高还脑血栓，医生说不能喝酒，已经戒酒好多年了。"徐老师边回答小王的问题，边观察他是不是智障，"你能不能把老邱从心里丢掉！"

小王已经对老邱着魔了，又问道："那么他还喜欢什么东西吗？"

"他是一个农村老头，没有思想，没有情操，他还喜欢什么，喜欢骂人呗，那可是他一辈子丢不掉的爱好——你快吃饭呀，都凉了。"

"晚上值班，有夜宵吃。"小王犹豫了一下，还是拎起了多宝阁上的一瓶茅台。

这瓶茅台大有用处，徐老师警觉起来，站起来道："嘿，你想干吗，这酒要送给李敏爸爸喝的。"

李敏是小王的女朋友，徐老师千挑万选挑中的准儿媳妇，虽然是介绍的，但进入恋爱程序后，丝毫看不出介绍的痕迹，目前关系正趋于稳定。

小王拍了拍酒盒子，哧的一声道："瞧你说的，这种假酒送给李敏爸爸，你不是存心要拆散我们吗？"

"假酒？"徐老师惊愕万分，"你拿回来的时候怎么没说是假酒？"

"你想想，这种茅台年份酒一年产量才多少，光是特供的订单，都供应不过来，还轮到我们这些小地方？这种酒呢，就是酒瓶子好看，拿来送礼的，送过来送过去，谁也不会真的拿去喝。"小王振振有词，用徐老师的话说，小王的嘴巴就像年久失修的水龙头，有时候闸都关不住，有时候一滴水也弄不出来。

徐老师半信半疑，道："你说得也不是没有道理，不过咱们还是应该拿到国家规定的质检部门去鉴定一下……”

小王像拉动了身体的某个开关，迅速穿上鞋子，跨出门后把门砰地关上，装了马达似的奔下楼去，这可把从二楼迈向三楼提着菜篮子的龚大姐吓了一跳：“小王，这么急，不是地震了吧？”

“不，龚大姐，帮我拦住我妈。”小王边叫边滚下楼。

龚大姐走到小王那层楼，正看见徐老师出门往楼下边张望边叫，龚大姐道：“别叫了，已经跑远了。”

“嗨，这不听话的孩子，手机都没带呢，也不知道单位的夜宵能顶饿不！”徐老师手上拿着小王的手机，又缩回门里。

小王在楼下叫了一辆出租车。司机是青年小瘦子，穿着花衬衫，可以肯定，他刚刚从一个游手好闲的职业转行开出租车。

“阿 SIR，去哪儿呢？”

“九仙村。”

“你确定吗？”

“九仙村。”

“九仙村都拆迁了，里面不住人，你知道吗？”

“给我去九仙村。”小王不耐烦地暴喝一声。

年轻瘦子吓了一跳，一声不吭地踩一脚油门，快要报废的普桑怒吼一声，呼啸着一路杀过去。十五分钟后，就到了九仙村村口。瘦子还是一声不吭，小王走了出来，从车窗外丢了十块钱进去，径直往前走。瘦子朝车窗外叫了一声：“阿 SIR，有良心！”

严格说来，这已经不是个村庄，而是一片废墟。一台黄色挖土机仰着长长的脖子，在薄暮中俨然一只钢铁恐龙，虎视眈眈，这一片废墟是它的杰作，它在等待着再次爆发，然后收官。小王猛然看到这一幕，内心一冷，似乎世界倒退回史前时代。

推土机的正前方，也就是村子中心，还有一个小院子，院墙已经推翻，但院子里的一座孤立小楼，却依然存活。小楼底部是青砖结构，年代久远，楼上是木头结构，是后来加盖的，外延的木头走廊栏杆已经掉了下来。小王眼睛一花，只见一个少年从楼梯外侧猴子般爬上去，从二楼走廊外边，一手抓住栏杆，一手倾斜在外侧，上蹿下跳，试图练成电影里飞檐走壁的轻功。

这个少年，就是八九岁时的小王。

小王把思绪收回来，顺着掉满残砖的小路，深一脚浅一脚地走进院子，推开门，屋里白雾缭绕，好似一个妖洞，分不清妖怪躲在何处。小王定睛看去，灶台上水汽散去，一个顶上如富士雪山但周边头发还算茂密的头露了出来，那是老邱，正准备往沸水里下挂面。他转过头来，看见了小王，两人透过雾气对视着，如在硝烟中决斗的对手。

老邱脸上比当年多了两块横肉，目光冷峻且充满敌意，把小王从上到下打量一遍，抖动着嘴边松弛的横肉，缓缓吐出一个字："滚！"

小王像中了一剑的斗士，身子颓然一软，本想说句话，但是嘴巴像被胶水黏住，他满心委屈，只好把酒盒子搁在门口，噙着刚产出的眼泪，转身就走。

"站住！"

老邱大步走出来，喝了一声，把酒盒子提起来，递给小王。

小王尴尬支吾道："送……送……送给你的。"

"黄鼠狼给鸡拜年。"老邱轻蔑地用鼻子出气，他把酒盒子提起来，准备扔出去，不过他瞬间看到了"贵州茅台酒"的商标字样，浑浊的眼里亮光一闪，突然口气转为温和道："这是茅台？"

小王像捡到一根救命稻草，忙道："对对对，茅台，真的茅台，听说你喜欢酒，专诚给你送来的。"

老邱盯着酒，转了转喉结，道："那酒留下，你走吧。实话告诉你，之前有人来做工作，都被我骂跑了。"

小王忙解释道："邱伯伯，我不是来做工作的，我是来道歉的。"

"道歉？"老邱仔细地端详着小王，像鉴定一尊古董，道，"有什么好道歉的？"

"下午的事，完全是单位里派的任务，不是我自己想去的，更没想到会撞上你……"

当时小王穿着制服，面无表情地守着警戒线——一条黄色的带子，集会的人群像海浪一样挤过来，武警们像岩石一样用身体推回去。小王是最先被老邱认出来的，他发现推搡自己的警察是小王时，积郁的各种怒火忍不住爆发，语无伦次地骂了几句，最后喊出一句："狗！"也只有这个词，才能表达此刻老邱眼中的小王。果然不出老邱的预料，这句骂声相当给力，小王心里像中箭一样，作为警察的使命感顿时散去，呆立在人群中失魂落魄。

老邱警惕地看了看门外，一片荒凉，确信小王没有同伙，警惕的心陡然一落，叫道："那，进来吧！"

这座孤零零的屋子曾经是小王最爱凑热闹的地方，屋里有土灶、神龛、被烟熏得焦黄的杉木墙板、八九十年代的明星图片，还有锡壶、瓮子、开裂的碗，这是早年老邱喝酒时的器具，使得屋里常年弥漫着淡淡的酸味。小王见了土灶，就跟孩子见了娘似的，心中一暖，灶口的黄土被烟熏得像铁一样硬。小王经常从外面偷个红薯回来，往灶灰里一扔，红薯就被烤得外皮焦黑里头金黄，小王边吹着手边迫不及待地剥开。老邱叫道："吃完了把嘴巴擦干净，否则你妈又来怪我了。"当地地气热，烤红薯相当上火，小孩子吃了会扁桃体发炎，徐老师是绝对不让小王吃的。徐老师要是看见小王从老邱的屋里出来，就会悄悄地在一边吩咐："邱伯伯很不讲卫生，千万别吃他的东西，吃了会拉肚子。"小王并不以为然，他觉得邱伯伯家里每一样东西，都是有生命的。现在，灶台不知何时被铺上白瓷砖，焕然一新，不烧柴火了，灶台面上铺了一块木板，煤气灶放在上面。

老邱把茅台盒子放在桌子上，自个儿取出酒瓶，放在眼前欣赏着，像端详一个走失多年的儿子。他已浑然不顾锅里已经烧开的水，开水是准备下面条的。

小王彷徨道："我知道你以前喜欢酒，但我妈说你身体不好，不适合饮酒，送酒给你主要是表达我的意思，我还跟从前一样尊敬你，喝不喝都没关系。"

小王知道老邱现在的境遇和脾气都不好，又怕马屁拍到马腿上，怕老邱误会为"你送我酒是不是想要我的命"。

由于锅里的水过于沸腾，屋里像有一片大海在咆哮，空气中水汽弥漫，老邱的眼里只有酒，并不在意大海的咆哮，只听哧的一声，溢出来的水把火浇灭了。一股煤气味弥漫开来，小王怕被闷倒，忙把煤气灶的开关关上。

"喝，怎么能不喝呢！"老邱端详够了酒瓶之后，突然来劲了，相当粗暴地把瓶盖三下五除二给拆了，道，"跟我一起喝。"

"我妈说你有脑血栓，喝酒对身体不好。"小王迟疑地说道。

"那又怎么样。"老邱爽气道，"我戒酒八年了，是为了活得更长一些，可是活那么长干什么，我至今还没想清楚呢！"

既然他兴致如此之高，小王又怎能忍心让他扫兴呢！小王也兴奋道："那我就陪邱伯伯练练酒量。"

小王的酒量其实谈不上酒量，就是不会喝酒，参加同事聚会相当低调。

大概是老邱多年不喝酒了，找遍桌子上，没有杯子，只有碗，小王便把两个碗递过来。老邱给两个碗满上，把一碗酒放在鼻子底下，闭上眼睛，深深吸了一口气，酒气让他回到过去的岁月，眼睛久久不愿睁开。接着把碗沿挪到唇边，抿了一口，在嘴里含了片刻，顺着喉结滚下腹中。

突然，酒像变了魔法似的，化作两滴泪从他眼角冒了出来。

小王也正端起酒陪他，看到老泪，吓慌了，道："邱伯伯，是不是不舒服？"

老邱摇了摇头，老泪在褐色的脸上爬成两只透明的蚯蚓，叹道："不是不舒服，是太舒服了，小王，太舒服了。我这辈子喝过很多酒，但没有喝过茅台，哦，茅台！"

"可是你流泪了！"

"是呀，这段日子我一直觉得身体里少了什么，让我会害怕，会担心，这不是原来天不怕地不怕的我。现在我知道了，是酒，戒酒让我失去了胆量，我面对那台挖土机的时候，会发怵。这酒一下去，我就知道来了，我的胆来了，我是高兴呀。"

小王舒了一口气，从窗户可以看见那台挖土机，弯着铁臂，伺机而动。

"整个村就剩下你这一栋了！"小王忧心忡忡。

老邱拍了一下桌子，似乎把胆儿拍在桌上，指着窗边墙上的一杆猎枪，道："有这个，怕啥！这玩意儿以前是打鸟的，不过鸟都是好鸟，人没有几个好的，还是打人更合适。"

老邱年轻时藏了把猎枪，偶尔跑去偷猎。木头已经磨损得看不出是木头了，枪管则成了黑色，谁也不知道这把枪还能用不。

老邱举起碗，与小王碰杯后，再爽爽地喝了一口，豪气冲天道："挖土机的玻璃上有个洞，那是我打的，他们进攻一次，我就打退一次，你知道邱伯伯不是好惹的。"

小王却没有老邱这么乐观，他知道一杆猎枪挡不住什么，他知道老邱天真的英雄梦不久就会醒来。

"邱伯伯，你是嫌补偿款太少吗？"小王小心翼翼地问。

老邱又喝了一口，这次喝得有点大，眉头一皱，指着墙基道："你看看，这砖头，这石头，从我爷爷那一辈就有了，我就在这屋子里出生，我父亲在这屋里去世，你看，那里有我父亲的牌位，他的魂就住在这儿，我得守着呀。在这个屋里，我写了很多首诗，记录了我的人生、我的理想——”

酒入肠中，老邱譬如神灵附体，侃侃而谈，让小王眼前一亮：这还是自己印象中一身臭脾气的满脸浮肿的农民老邱吗？

“啊，邱伯伯，你会写诗？”小王惊奇地问道。他只知道邱伯伯是当地的农民，比文盲农民要多识几个字，他嘴里说出“诗”这个字，简直要滑天下之大稽。

“这是个秘密。”也许是多年不喝了，也许是五十八度的茅台真有点劲儿，几口酒下去，老邱鼻头发红，青色的脸也透着红光，傲视群雄道，“你去灶台把榨菜拿过来，我去拿我的诗本儿给你看。”

他站起来哼了句北路戏的曲儿，揭开老旧的门帘进入卧室，从抽屉里取出一个笔记本，是绿色的塑封，封面画着一对英姿飒爽意气风发的年轻男女，穿着军装带着军帽，无限憧憬而自信地望着远方。由于年头久了，有些褪色，英姿飒爽的青年男女也沧桑了。小王也在灶台上找到了榨菜——在坚守孤屋的日子里，看来他大多数时间以榨菜挂面为食物。小王把榨菜放在碗里，老邱把笔记本啪地放在桌上，夹了一口榨菜，道：“不错，白酒榨菜，人间美味，今儿你给我送酒送对了，小王，伯伯以前没有白疼你呀。”

小王由衷地高兴起来，虽然自己酒量浅得很，但还是跟老邱干了一大口。老邱把笔记本推过来，道：“你翻开看，看看伯伯是不是一个诗人。”

笔记本上，每一页都写着诗，有的是古诗，每行五个字，码得整齐；有的是现代诗，字数不等；还有的是四个口号，气势昂扬的顺口溜，有着工农兵时代的强烈气息。小王对诗不是很了解，以一般性的概念来讲，说这是诗，太勉强；但对于一个不认识几个字的农民来说，这是了不起的成就，不由夸赞道："邱伯伯，你太让我吃惊了，你的诗太让我吃惊了，我还以为你就懂几个字呢。"

由于酒意再加上小王的吹捧，老邱显出不可一世的表情，傲然道："还是你小王有文化，整个村子里的人都认为我没读过书，是文盲，连我爹也这么认为，就你明白，其实我是个诗人。哈哈哈，这是个天大的秘密。"

"可是，邱伯伯，我妈说你没念过书呀。"小王陪着喝了几口酒，也由一个沉默的人变成一个思维活跃的人。

"哈哈，你妈妈也不懂。我呢，是跟你妈妈一块进的学堂，不过我只上了三天学，就出麻疹回家养着，也不知道能不能活，活过来以后，再也没有进过学堂。后来我在生产队里学了很多字，当时队里写报告什么的，都是我出手，几乎没有不会写的字，不会写的就用半边字代替，也能看得懂。更奇怪的是，有一天我发现自己会写诗，一个晚上就能写好几首，古诗呀，四言诗呀，信口就来。我把写的诗念给队长听，队长虽然是文盲，但很有水平，一听就说好，说我是文化人——哎，这么一个明白人，可惜早早就饿死了。后来因为我有文化，我当上了村里的通讯员，有一年县政府招干，我去报名了，人家问我什么文凭，我掏出我的诗本，我说文凭是没有，但是能写诗。可是，人家只看文凭不看诗，没有一个明白人。那是我一生中最好的一次机会，擦肩而过呀。我死了心，想还是回到村里当个诗人吧，我听说乾隆皇帝写过四万多首诗，我想超过他，就搁这屋子里写，我想只要超过皇帝了，别人就能认可我的文化。可是，我爹老是要我去赚工分，我没那么多工夫写，唉，我只写了十本，离皇帝的数量还差得远。惭愧呀，临老了他们还认为我只是个农民……"

老邱相当亢奋，嘴里刹不住车，生活中他是个话不多的人，此刻变成倾诉狂，似乎要把年轻时的理想重新来过一遍。小王听说老邱写了十本诗，小王相当惭愧，也相当震惊，问道："哦，都是你写的吗？"

老邱嘴里发出哧的一声，像燃起一根导火线，道："不信？嘿，我马上现场来一首你看看，自从戒酒之后，我就没什么灵感了，但是今晚这酒来劲，我灵感来了，你听着——"

老邱闭上眼睛，喘着粗气，以手托腮，进入了思索状态。小王没有吃饭，陪着老邱喝了小半碗空腹酒，眼皮忍不住打架，但不忍打断老邱的诗兴，依旧强行睁着眼睛，等待老邱从思索状态中吟出诗来。但是老邱的眼睛并没有睁开，粗重的呼吸旋律变成鼾声，随着老邱的手腕一软，头也搁到桌子上，鼾声更加悠长。小王见老邱进入梦乡，自己也闭上了打架的眼皮。

2

小王似乎被自己的鼾声吵醒，迷糊之中，他听见老邱在叫："小王，小王，你走了吗？"

小王睁开眼睛，四周一片漆黑，转头看去，才发现窗外有一方天光，原来，天已经全黑了。小王连忙应声。老邱叫道："有火吗？我忘了火在哪儿了。"

小王从口袋里掏出打火机，点燃了桌上的气死风玻璃灯。屋里早已断电，老邱是靠这一盏灯守护房屋的。村里的废墟一片寂静，挖土机成为一团沉重的阴影，灯光透出窗外，是村里唯一的生机。

老邱睡了一觉，精神陡涨，道："小王，不错，真不错。"

小王一脸茫然道："什么真不错？"

"酒呀，这是真的茅台酒，喝完脑子里一片澄明，一点儿不含糊，好酒！"

"你原先认为它是假酒？"

“就是嘛，我原以为能喝上假茅台酒不错了，没想到呀小王，你是个实诚的孩子。”

小王被夸得不好意思了，道：“这酒呢，其实我也不知道是真是假，是一个做生意的朋友送的。他给第二胎的孩子上户口，我帮了点小忙，少收了点社会抚养费，他就提瓶酒来谢我，他交际广，看来能弄到真酒。”

“嗯，不作诗还真对不起这么好的酒。小王，刚才我作的诗好不好？”老邱脸色更红，豪气冲天，似乎是黑夜里的乡村之王。

“刚才的诗？哦，挺好的。”小王睡了一觉，也醒酒了，只想早点回去，道，“邱伯伯，天这么黑，我也该回去了。”

“回什么去？这里也是你的家！”碗里的酒已经见底，老邱给两个人都满上，“刚才我作的什么诗？你念一遍我听听。”

小王是个老实人，见小谎言圆不过去，老实道：“邱伯伯，刚才你还没念出诗，就睡过去了。”

“哦，难怪我觉得自己念诗的时候，底下万人攒动，敢情是在梦里。”老邱捋了捋思路，竖起食指，让自己和小王都盯着食指的指尖，道，“此屋住我祖，此屋住我孙，要把我赶走，门儿都没有——”

吟罢，如一尊天神静默，等待来自万众的拥戴。小王顿了顿，鼓起掌来，单调的掌声在静夜里传得很远。老邱还是静默，似乎觉得小王的反应不够热烈，小王点头道：“邱伯伯，这首诗追得上杜甫了。”

老邱猛然间热泪盈眶，发出狮子一样的怒吼：“他妈的，为什么他们都认为我没文化，为什么我不能进城工作呢？小王，只有你懂得伯伯的文采，可我他妈的一辈子就困在这间屋子里，啊，我恨这间屋子。”

老邱处于失控状态，一生的失意郁积在体内，如一个火药桶，此刻点燃了，被醇正的白酒点燃了，小王真怕他会一头撞到墙上，忙举起碗道：“邱伯伯，来，干一口。”

酒是个好伙伴，把老邱从失控状态拉了回来，他含着泪深情地饮了一口，情绪稍微平息，但还是忍不住泣道："小王，我恨这间屋子。"

"哦，那就离开它，将来搬到回迁房。"小王建议道。

"可我怎么舍得它,我一辈子的憋屈都困在这里,我不能让它没了。"

"伯伯，拆迁是国家需要，个人利益要服从集体利益，换个环境没有什么不好呀。"

"什么国家，这里就是我的国、我的家，我不想走就不走。"老邱倔强道，"我要在这里挣扎到死。"

九仙村是城郊古老的村落，据说最早的祖先是从唐末避乱到南方来的，到了明代有一支移居到九仙村。传说有九个仙人在这里下棋，下完后留下九个石墩，村子因此得名。这座村庄虽然离城很近，但相当平静，在火车站落成之后，就成为炙手可热的香饽饽了。城市中心建起了万达商圈之后，另一个房地产商很快瞄上了火车站商圈，很快与政府达成协议，九仙村的拆迁随之开始了。

小王说服不了老邱，想走又走不开，只能默默地陪他喝酒。茅台的香味在房间里四溢，酒精撩拨着老邱的神经，使他的思绪如野马奔腾，完全突破了年青与年老的界限，梦想与现实的界限。微亮的灯光照在老邱的脸上，一边如赤焰般热烈，另一边陷入了黑暗。

"你的父母只是这里的过客，我不一样，我是要住到死的。对了，你知道当初我为什么答应你妈让你一家来这儿住？"老邱提起了另一个话题。

小王家原本住南门兜，是老城区的一幢木头老房。在小王八岁那一年，边上一家裁缝店起火，烧成一片，把临河的十几座老房子烧了个干净。没有办法，小王的妈妈带着全家回到城郊，住在老邱的院子里。老邱与小王的妈妈是邻居，从小一个村长大的，自然有很好的交情。好在九仙村离城区不远，爸爸妈妈骑自行车上下班，也就比以前要多骑二十分钟。

“是你为人好，可怜我家当时没房子住？”小王猜测道。

“不，我可是脾气最臭的人，换另一个人要住我的房子，我绝对不肯。”

“那为什么呢？”

“因为我喜欢你妈妈，懂不？她有文化，看不上我，但我喜欢她，从没跟人说过。我一直没有结婚，就是想找你像你妈妈一样有文化的姑娘，但是介绍给我的都是农村姑娘，跟你妈妈一比简直不是人，所以我宁可打光棍。我打了一辈子光棍，但心里住着一个女人，就是你妈妈。哈哈哈，这是一个天大的秘密……”

老邱神采飞扬，好像此刻跟小王的妈妈在诉说，这可让小王面红耳赤，道：“邱伯伯，这是过去的事，别说了。”

“不，我可不想把这个秘密带到棺材里。小王你一定要把这个秘密继承下去，这个秘密里有爱，有我老邱的爱。”

“我知道了邱伯伯，你是要我把这个秘密告诉我妈，是吗？”

“这个，呵呵。”老邱开心地笑道，“随你啦，但我喜欢她这是个铁的事实。你妈是个好女人，可你爸爸就是个书呆子，一点儿都不懂得疼女人，一句好话都不会说，换了我，绝对不是那样疼女人的。我太讨厌他了，不知道你妈是怎么看上他的，只能说，傻人有傻福吧。可我不讨厌你，小王，我顶喜欢你，一直把你当成儿子……”

老邱沉浸在幸福的幻觉里，小王真怕他下一句会说“小王，其实你是我的孩子”之类的话。在小王的记忆中，妈妈对老邱的印象是不好的，不只是蔑视，还有讨厌，因此老邱的表现让小王心里不是滋味。小王实诚道：“可是，可是我妈妈好像并不喜欢你。”

老邱的脸瞬间僵硬，随即又松弛，故作豪放地哈哈大笑道：“这我知道，在她眼里我只是个农民嘛。不过这有什么关系呢，这一辈子，我的最大的愿景都是得不到的，我已经习惯了。但是我有酒，酒一来，什么愿景都活了，别人都认为我打一辈子光棍，错了，我有酒，我不是一个人活着的。来来来，让酒陪着我们。”

老邱欢快地端起碗，看着清澈的酒，像欣赏一个鲜活的舞动的女人，腮帮横肉里每个毛孔都荡漾着喜悦。然后闭上眼睛又来一口，所有的梦境似乎都到心里去了。

“你这么喜欢酒，怎么还能戒掉八年？”小王已经被他感染了，小王也爱上了酒，并且觉得酒是妙不可言的东西。

“唉。”老王叹了口气，道，“我死过一次，就在这张凳子前面，我喝着喝着，就倒下了。也算我命不该绝，到了晚上，隔壁的七哥来借米，摸黑进来，把我踩了一脚，赶紧叫了人把我抬到医院，住了半个月呢。我天不怕地不怕，就是喝死了也没什么。刚好你妈来看我，她说，老邱，你这心血管的病，再不能喝酒啦，你一个人，要是倒下了，得等臭了才有人知道，恐怕到时候送你都恶心呢。唉，我就上心了，我可不能死的时候还让你妈嫌，我得身上干干净净的，她送我的时候，能想象老邱过去好的东西，觉得这人还不错。就为这念想，我戒了，没有个好活总得有个好死吧，你说是吧。但说实话，戒了酒，我的精气神也没了。”

小王没有想到，老邱这一晚就跟自己老妈干上了，不过老邱既然肆无忌惮，倒也让小王没有什么忌讳了，也激起了兴趣。

“你后悔了吗？”

“有啥后悔的。你妈让我戒酒，你现在又送了最好的酒给我，这都是缘分，人哪，要相信一些缘。”

小王觉得，妈妈与老邱的缘分似乎极不平衡。妈妈在老邱的眼里好到极致，好到可以不要房租把房子腾出来让她一家子住；老邱在妈妈的眼里，似乎浑身缺点，哀其不幸怒其不争。这让小王颇为伤感，小王安慰道：“邱伯伯，你放心，我一定把你的好心告诉我妈。”

小王当然不希望妈妈与老邱有什么瓜葛，而且也不可能有，但是精神上的事，必须有个呼应。

老邱摇了摇头，道：“那些都不重要，你妈妈从来就不可能相信我的一句正经话。但有一件事你倒是可以告诉她，我真的没想过偷看她洗澡。”

这句话一张口，小王又尴尬了，心里有说不出的难受。如果不是在酒的世界里，六十八岁的老邱恐怕也不会吐出这样的字眼。

这件事其实小王也有点印象，那时候小王还小，后来的情节是通过片言只语串起来的。这座院子里有一个公共浴室，在院子东南侧，与旁边的厕所相通，洗澡水可以流进粪池里。浴室是用木板拼建的，里面用塑料布再铺一层。门板由于常年开关，早已开裂。有一天，徐老师在洗澡，突然感觉到门板上有双眼睛透过缝隙往里看，她叫了起来。小王的爸爸正好进院子，一下子逮住了老邱。老王提起公文包要打老邱，老邱顺手操起了铲子，热爱和平的老王就不动了，只骂了声“流氓”，然后守在浴室门口，让徐老师继续洗澡。王家与老邱打了几个月冷战，毕竟不是一件风光的事，后来谁也不提，把这一篇翻过来，又开始有来有往。但在很长的一段时间内，小王的爸妈提到老邱，一直以“流氓”代称。后来老王单位有了福利分房，终于搬到市区，老王说了句“终于摆脱流氓了”。

老邱见小王一脸尴尬，继续道：“其实那天我是想看看谁在那里洗澡，洗那么长时间，水也是要钱的，我就想看个明白，没想偷看女人的……”

“你如果想知道是谁，其实只需要问一声就可以了。”小王以警察的逻辑打断他的话。

“唉，有些事情就是那么鬼使神差，我当时就没想过问一问，就是想亲眼看看。所以，这顶帽子就一辈子扣在头上。小王，说实在的，我偷偷想过跟什么女人结婚，但是偷看女人洗澡，这种事，凭良心说，我做不出来的，格调低呀，好歹我是个会写诗的文化人。如果说是别的女人，我也不在乎，偏偏是你妈。唉，是老天爷发神经，要把一坨屎落在我头上，让我怎么洗都是臭的。小王，你相信我吧？”

小王是个警察，这种混蛋逻辑的话他接触不少，当然不会相信。但眼前面对的是老邱，他能说什么呢，只好劝道：“这事已经过去了，我爸妈也应该忘记了，你也忘了，就别再提了。”

“不，这件事烙在我心里，我冤呀，多少年了，我一直想找个机会跟你妈说，但开不了口。小王，现在是我澄清的最好机会，你得帮我。”

“我愿意帮你，可是你的这种逻辑，没法帮助你澄清呀。”小王的职业习惯驱使他如此计较，他希望老邱有另一种说得清的理由，他才能帮得上忙。

“我不知道什么叫逻辑，我只要你跟你妈说明，我老邱不可能去做这么冒犯她的事，不可能的。”老邱哀求道。

在小王不长的办案生涯中，确实处理过许多不合逻辑的案件，事实就是不合逻辑，如果你按照逻辑去推，反正是个冤案。最终只能归结为喝醉了，或者脑子短路了，或者说中国人的感性逻辑在起作用。

“那可以说是你酒后的行为吗？”小王也在想一个为老邱开脱的路子。

“不。”老邱的头摇得像个拨浪鼓，“酒是个好东西，不能怪罪到它身上。”

“那总得有个站得住脚的理由呀。”小王是个证据狂人。

老邱绞尽脑汁，突然拍着自己的脑袋道：“人品，怎么样？以我的人品当保证，以一个诗人的人品？”

“好吧。”小王内心苦笑了一下，口气坚决道，“既然人品都亮出来了，我妈没有理由不相信！”

“我相信你，小王。”老邱如释重负地举起碗来，仿佛小王已经为他澄清了，乘兴道，“如果你让你妈妈相信我是个诗人，那就更棒了。”

“这一点我倒是能轻易做到。”小王点了点头，“诗与笔迹都是你的，无懈可击。”

“太好了，小王，我一定要超过乾隆的。本来我想等到那一天，然后告诉你妈，后来我泄气了，现在我又有勇气了。”

“超不超过乾隆不要紧，关键是你确实是九仙村那一代最有文化的人。”小王恭维道。

“不，除了你妈，她出去读过书，是最有文化的，我呢，算是没出去读书的最有文化的，这一点是没有疑问的。关键是没有人相信。”

黑夜像一块巨大的磁铁，把白天的轰鸣声都吸附住了，只有那些欢快的虫子的鸣叫，它吸不住，在黑暗里时静时闹。爷俩的话语与灯火，从坏了的窗棂里透出，与废墟里的小生灵彼此呼应。突然，窗外传来砖头磕碰的响声。

“谁？”老邱条件反射地站起，但他的脚软了，整个身子就瘫在长凳上。小王拖动自己沉重的双腿，扶住他。老邱挣扎着过去提起猎枪，往窗外喝道：“谁，不要命了吗？”

声响只有一下，再无声息。小王扛着老邱沉重的身子，道：“是野猫吧。”

老邱这才重新把枪搁在窗边。小王把老邱再次扛回桌子旁，道：“邱伯伯，你醉了，该进去睡觉了。”

“不，我就在这儿守着。”老邱道，“醉的感觉太好了，没有任何禁忌，没有什么能阻止我高兴。”

老邱把碗里的酒一饮而尽，拿过瓶子再倒的时候，瓶里的酒只剩三分之一了。但是老邱把瓶子挪到跟前时，已经架不住醉意，将瓶子放在碗边，休息片刻，顷刻间就睡着了。小王见到老邱的醉态，觉得自己该回去了，站起身摇摇晃晃往门口走，在手触到门板的时候，脑袋上像有一块乌云压了下来，得了，小王顺势瘫在地上，此刻没有比睡觉更重要的事了。

3

小王是被渴醒的。酒精带来醉意的高潮已在他脑中过去，脑中那块沉重的乌云也散去，头也轻了很多，但是嘴特别干渴。他咽了口口水，皱着眉头睁开眼，眼前出现了星星点点的光。不可思议，难道酒后眼冒金星？他再次睁开眼睛，终于看清楚了，不是眼冒金星，而是他看见了星星。夜空多么美好，这晴朗的夜空，星星闪烁，在自己恒定的位置上发出光芒，一派安宁。啊，不，天哪，小王终于一次清醒地见到，屋顶不知何时已被掀开，掀得干干净净，自己看见了暴露无遗的星空。

一阵冷汗，小王挣扎着翻身而已，老邱还趴在桌子上，鼾声震得木头颤抖，真像一头雄狮呀。他在做着壮丽的梦，此刻真不应该叫醒他。但是小王过来摇着他的头，叫道："邱伯伯，你看呀。"老邱收起鼾声，睁开眼睛环顾四周，屋顶和二楼被齐齐削平，像是上帝之手拿掉的，而原本在数十米开外的挖土机，此刻近在咫尺，机械手伸到窗上，安静矗立，冷冷地看着窗内的一切。

老邱一声干号，扑到窗口去取枪，那支枪不知何时已经长了翅膀飞走了。

"枪呢？"老邱急切地问小王，好似门外千军万马已经赶来。

小王张大嘴巴，愣愣地看着这一切，他不相信这是现实。

老邱指着屋内的天空，号叫道："老天哪，你睁开眼睛看看哪，看看哪！"然后脑袋一垂，就瘫了下来，昏迷过去。

小王以职业的急救知识，把他的头抱在怀里，边掐他的人中，边大声叫唤。

老邱悠悠醒来，一睁眼就抓住小王的衣领子，对准小王就是啪啪两巴掌。小王懵了，抱着他哭，道："邱伯伯，干吗打我呀？"

"还问我，你还敢问我！"

老邱继续打下去，小王只好用手遮住脸，站了起来，道："为什么呢？你说个理由！"

"一定是那伙人叫你灌醉我，好把我房子给掀了，你这臭小子，原来真是他们养的狗！"老邱站起来，摇摇晃晃追着小王打。

小王捂着脸，两腿无力，趔趄地回避着，哀求道："我真的不是狗，伯伯，你能相信我吗？我是诚心实意拿酒给你喝的。"

老邱绕着桌子追打小王，像两个捉迷藏的小孩，转了两圈，老邱实在没力气了，坐在凳子上，靠着桌子喘气追问道："不是你，你怎能证明不是你？"

小王也喘着气，在对面坐下，道："我没法证明，就像你没法证明你不是偷看我妈妈洗澡一样。但是你必须明白，我在这里住过，这里也是我的家，我怎么会做这种猪狗不如的事呢！"

小王的声音悲愤有力，让老邱陷入沉思，两人怔怔地对望着，似乎在对方的目光里探寻着出路。窗外的挖土机无情地看着这一幕，那个神奇的挖土机手不知在何方了。小王突然操起一块砖头，朝着挖土机砸过去，挡风玻璃哗啦啦地碎了。

小王撕心裂肺地叫了一声："操你大爷的挖土机！"

声音在夜空中传得很远，但没有任何回音。

老邱哽咽着，叫道："小王，过来！"

小王犹疑着靠近他身边，准备随时对付老邱的进攻。但老邱没有动手，他抬起那张涕泪交杂的脸问道："真不是你干的？"

"真不是我！"

"猎枪呢？"

"我真不知道。我是个有良心的人，就跟你是个诗人一样。"

老邱的头颓然倒在桌上，哭道："爹呀，我对不住你，我没看住这个家……”

他瘫软成一团，像个刚出生的婴儿，也像婴儿一样无助地哭啼，房屋的毁灭使得支撑他的力量化为泡影。干哭不过瘾，老邱颤颤巍巍地起来，去正墙的祭桌上寻找他爹的牌位。那是个木牌，上面画了符，代表逝者的灵魂。小王扶着老邱，老邱抱着牌位，立在桌子上。他倒了一碗酒，放在牌位前，哭道：“爹呀，你喝碗酒，别生气，等我到了那边你再骂我吧，我是你的不肖儿。”

小王看老邱哭得像根面条，便扶住他，拍着他的肩，像安慰孩子一样。无助的老邱变成一个话痨，靠在小王肩上絮絮叨叨地诉说：“我爹呀，这牌子上是我爹的魂儿。当年他是饿死的，一九六一年，吃观音土吃死了。临死前他说，儿呀，将来有条件，祭祀的时候多摆几碗呀。我点着头，他就走了。乡邻几个把他扛到村边万人坑埋了。大家都饿着肚子，没力气，埋得浅，没过几天就被狗刨出来吃了。我那时候不懂事，没去捡骨头，后来明白事理的时候，去捡骨头，没有了，到处都是骨头，谁也不知道是谁的。他没有坟墓，我后来只好请道士做了个牌位，把他的魂儿请回来。果真是请回来了，他的魂儿就在这屋里，常常托梦给我，在梦里跟我聊天。每年的七月十五，不管多拮据，我都要借钱办一桌，让他吃得痛快，纸钱烧一座山，让他花得痛快。你看现在，这屋子毁了，我也不知道他的魂儿能飘到哪里去。爹呀，你没地儿待了……”

老邱像女人一样边哭边诉，房屋的毁灭让他遭受沉重的打击。哭诉累了，两人静静地挨着，像浮在大海中的一对求生者。

小王在默默地流泪，突然想起一件事，从怀里抽出一支钢笔，道：“邱伯伯，这支钢笔，我还给你。”

老邱停止哭泣，看着那支笔，但想不起它的来历。

“是我高考那一年，你特地买来送给我的，你忘了？”小王提醒道。

“哦，我记起来了。干吗要还我呢？”

小王考上公安专科学校那一年，邱伯伯送来了一支英雄牌钢笔，作为祝贺的礼物。当时邱伯伯说："小王，当了警察，有了出息，将来要当个英雄。九仙村小偷特别猖狂，晚上偷鸡偷鸭时就拿着刀堵住人家门口，谁出来就要干倒谁，人家只好哀求小偷给留几只。你毕业以后，可得治治这些小偷呀。"小王当时满口答应，可是毕业后却没有来过一趟。

"我辜负了你，出门的时候我就这么想，我必须把笔还给你，我不配做你期望中的英雄。现在更是——这间屋子我连一个晚上也保护不了。"

老邱缓缓地接过笔，端详了片刻，这支笔比刚买时旧了许多，但没有任何破损，是一支好笔。老邱把笔插在小王的衣袋里，道："你还年轻，配得上它。"

此刻，在这间露天的房屋里，寒意从天而降，老邱抬头看了看星辰，又看了看牌位，突然握住小王的手，哑着嗓子道："小王，你能答应我一个要求吗？"

小王愕然地看着老邱，不知道有什么重任要挑在自己肩上，但还是坚定地点了点头。

"你当我儿子，好吗？"老邱虽然脸上是醉意加上悲伤，但还是相当难为情。

"啊？"小王不知道什么意思，一脸茫然。

"干儿子，你不用姓邱。"老邱一脸哀求。

小王瞬间明白了意思，道："行！"

老邱精神一振，道："啊？真的吗，小王，叫我一声爸？"

"爸爸！"小王深情地叫了一声。

老邱紧紧地握着小王的手，像是要把小王的肉嵌到自己的肉里，变成真正的骨肉。

星辰、废墟，乃至昆虫，在此刻全都肃穆了。

良久，老邱把牌子拿起来，塞到小王怀里，道："对着他叫声爷爷，他能听到的。"

小王低低地叫了一声。

老王振奋道："再把酒摆起来，咱爷孙仨同喝。"

一碗是小王的，一碗是老邱的，还有一碗摆在牌位前。老邱道："爹呀，以后不用找这间屋子了，找不到了，你要找这个牌位，小王会看住这个牌位的……"

小王的头麻木了，他随着老邱的节奏，再次将酒一口一口地灌下去。即便老邱没有跟他碰杯，他也会一口一口干下去，因为每一口都化为一团热气在胸中化开，驱散下半夜的寒意。当然，他还要跟牌位干杯，这个化为灵魂的爷爷。在老邱的执着诚意下，小王觉得这个灵魂确实在周围环绕，享受着此刻的饮酒作乐。

小王再一次高了，但无数温暖的泡沫在脑子里盘旋着，化成无比温馨的心愿场景：在他和李敏生活的家里，老邱坐在客厅里看评剧。小王在厨房里忙活完最后一道菜，叫道，爸，吃饭了。老邱乐呵呵地从沙发上起来，小王从柜子里掏出酒来，给老邱斟上。老邱心满意足地看着这一切，从怀里掏出木牌，说，也给你爷爷来一杯。李敏看到这一幕，颇为不悦。小王解释道，别介意，这牌子是一个无家可归的灵魂，我们这里是他的归宿。李敏听了，便释然了。每一天，他们都这样温馨地度过，就像小时候小王在九仙村里住着一样。

一阵连续不断的鸡鸣声把小王从梦境中拖了出来，他想翻身起来，身上却被一块硬邦邦的石头压住。梦魇之下，他觉得两手的力气都被抽走了，无法摆脱。挣扎许久，脑袋中一阵魂飞魄散，终于从梦魇中挣脱，发现老邱压在自己身上。他把老邱推开，只见老邱一动不动，身子早已僵硬，眉毛上结了一层薄薄的霜。小王以警察特有的敏感用手在老邱鼻孔处探了一下，然后发出一阵狮子一样的哭吼："邱伯伯！"

老邱全身僵硬得像块木板，气息全无，只有七窍中散发的酒味，证明这是一个不久前还活着的人。桌上已经熄灭的酒精灯突然噗的一声亮了，照亮了老邱紧闭双眼不再醒来的面容。小王心里像刀割一样，嘴里已经哭不出声。

“把我的魂儿埋在酒瓶里。”像是从地底下发出的声音，小王四下张望，没有一个人。那个空空的茅台酒瓶，不知何时已经抓在邱伯伯僵硬的手里。

医院

1

一个冷飕飕的冬天，我在浴室穿内裤时滑了一跤，因磕破头皮而住进了 108 人民医院。彭医生给我做全面检查后，打了针破伤风，之后闲着没事又打了针狂犬疫苗。我说，有没有搞错呀，不是被狗咬的。彭医生反问道，现在没有被狗咬你能保证过去没被狗咬过？即便过去没有狗咬你能保证将来狗不咬你？再说你不是狗怎么知道狗什么时候想咬你？

靠，我跳楼还不行吗医生！我在心里反驳道。

第二天我问医生，可以出院了吧？

彭医生道，别人想住进来都住不了，你倒好，好像我这医院虐待你似的，你这么着急出去不是败坏我医院名声嘛。

我道歉道，不是不是，医院真的挺好的，哼哼唧唧的人进来后全不哼哼唧唧了。我是想我身体没大碍，公司又有一大摊事，这不心里着急嘛。

哎呀，谁没有一大摊事，连卖菜的都有一大摊，事儿干得完吗？钱赚得完吗？可是身体很快就会完蛋的，好不容易进来一次，不好好休整一下，怎么行呢？还文绉绉地说什么没大碍，你一大堆检查结果都没出来，我能放你走吗？那不是给我扣没有医德的帽子吗？再说了，你昨天晚上还想跳楼呢，我能放你走吗？

靠，连我心里一闪而过的念头都知道。

正巧欧阳护士过来给我量体温，香气迷人的胸部搁我面前熏了好久，还故意在我胳膊上捏了捏。怎么说呢，每个人都有致命的弱点，我的弱点就是架不住勾引，这时候天塌下来都懒得理了。

我拿起手机打给王秘书，我要正式住院了，公司事务由田副总全权负责。

有诱惑的地方都可以成为我的乐园，哪怕是在棺材里。

欧阳护士在我眼前晃来晃去，我伸出手来摸了摸她的臀部，弹性和质感皆属上乘。欧阳护士马上板起脸孔轻斥道，你怎么能这样呢，我可不是随便的人！

我说，屁股质地很好，真的。

欧阳护士警告道，你可真别把我当成随便的人！

我真诚回道，你能不能别说这么庸俗的话，我再强调一遍，你的屁股真的不错。

她警觉地看了看别的病人，低声道，流氓！

我点头道，嗯。

骗过不少女孩子吧？

看跟谁比，跟有的人比，是小巫见大巫，跟有的人比，是大巫见小巫。姑娘，好色的人命苦呀，必须不停地追来追去，被人骂为流氓斥为恶棍视为垃圾，忍受道德的歧视，为步入大雅之堂的人提供口实当作台阶。唉，还不如当个好吃的人，整天赶场当吃货就满足矣！噢，人生呀人生！

不仅是流氓，而且还会煽情！

别夸我，给手机号码。

不行，不能这么快就让你得逞！

姑娘，人生如白驹过隙，稍纵即逝，何谓快，又何谓慢？从来都是痛苦长来欢乐短呀！

大道理也没用，就是不给。

别逼我一头撞死，我性子急！

你这么动手动脚的，要不先给你转个单人病房？

随便你怎么整，快点就是。我心里跟着了火似的。

比起女护士来，我对男医生非常不感冒，他们给我的感觉像是冬天里搁在室外的一块铁。不过中年男人彭医生这块铁还好，对我比对其他病人要殷勤得多，是不是我身上有一点儿磁性呀！

他拿来了我的验血报告，说，不要紧张，可以肯定艾滋病暂时是没有的，但是血糖偏高，血质太稠，脑血栓会提前呀，说不准明后天你就要完蛋呀！

别吓唬我，我还有很多坏事没干过，不能死！

你没看见呀，现在人都喜欢突然死亡，前两天还活生生的，一眨眼就没了。为什么，因为没有我这样的医生提醒。你还别不信，这世界上最脆弱的就是人的生命。

求求你别说了，彭医生，你这样会吓死我的。

唉，没办法，不见棺材不掉泪，你跟我来吧。

彭医生把我带出单人病房，一路默默地走着，来到太平间。这里的尸体真多呀，看起来比病人还要多。彭医生指着一排面目扭曲的睁着眼睛的尸体道，这些都是不听医生劝告的守财奴，白白丢了性命，你要不信可以听他们自己说。然后对着尸体道，你们都起来给这些先生说说你们死掉的教训。尸体们全都着了魂似的坐起来，七嘴八舌道，一定要听医生的话，要不然就跟我们混在一起啦，我们这里够拥挤啦你就别来凑热闹啦！

我双腿瘫软，温热的小便撒在冷飕飕的大腿内侧，双手使劲儿抱住彭医生，哦，比我抱任何一个女人都要紧，哽咽道，爸爸，哦不，爷爷，我全听你的，我这辈子全听你的，你是我的亲爷爷，我的大恩人呀，呜——

彭医生不慌不忙地掏出一块手绢，擦了擦我蹭在他肩上的鼻涕和眼泪，并顺便擦去我悬挂在半空的鼻涕，对着尸体道，行了行了，都躺下吧，当死人还这么挑剔，嫌这里拥挤，过几天你们住进骨灰盒，那才叫拥挤呢。

尸体们垂头丧气地躺下，太平间里又恢复了寂静。我的心猛烈地跳了一下，突然蹿出来，虽然血淋淋的，但好像不太动了。我一把抓住，问，我这颗心还能用吗？

彭医生提在手上瞅了两眼，道，有点吓坏了，不过还没死，先用两天吧，过两天我给你换一颗价值120万的杀人犯的心，到时候没有你不敢干的事。

他把我的心塞回胸腔，掐了掐我的人中，又拍了我两巴掌，使我的脸恢复一点儿血色。我恳求道，爷爷，哦不，彭医生，我们可以走了吗？

彭医生道，明白道理了，就走吧。

彭医生搀扶着我，一步步走出太平间。走到门口的时候，一具老尸体又坐起来冲我厉声喊道，一定要想办法活下去，在这里当死人也很累的。

彭医生训斥道，老不死的，就你多嘴！

接下来，我的治疗主要有以下几个步骤，第一是洗血，第二是换心，不过这必须等，等到有一个杀人犯被枪决的时候才可以买到，在此之前我只能用自己那颗脆弱得不成样子的心。还有换肾，彭医生说，肾要是不换根本撑不住我好色的本性。还有胆，最好换一个狗胆，俗话说狗胆包天嘛，肯定是生物界最好的胆了。彭医生建议，如果我经济许可，他可以为我买只百万以上的藏獒，用藏獒的胆和我的胆互换，让藏獒变成胆小鬼。

这是内脏部分。还有外部，第一，要把脸上的痣移到胸上，这是从面相学上看的，只有这样才能保证我深藏不露生意越做越大。第二，彭医生建议我索性在医院做整容，做男人嘛，就应该帅一点儿，只有更帅没有最帅，还要有型，这样对得起女人也对得起自己。整个流程算下来，接下来一年的时间必须耗在医院里。

现在在我心里，我已经是个快要报废的人了，上医院之前居然很不自知呀。唉，人呀人，长得比狗还大，命比游丝还细，还怎么好意思去感慨什么人生呢！我的这半生，活得多么匆忙呀，还没明白活着是怎么回事，马上就要活不成了。要不是一次偶然的投机让我暴富，现在根本没机会来换心换胆，人生的旅程就戛然而止了。

啊，人生呀人生。

我的情绪越来越低落，饭基本上吃不下了，脸凹陷下去，颧骨凸出来，蜡黄，越来越像太平间的死人了。有时候我还梦见和他们躺在一起。我每天见彭医生，第一句话就问，爷爷，有没有一个雄赳赳气昂昂的杀人犯被枪决。

彭医生被我逼急了，道，杀人犯不是每天都有呀，一个杀人犯的出现是用另一条命去换的，有那么容易吗？有谁愿意为了你就主动给杀人犯杀死呀！再说你自己那颗心并没有完全报废，一时三刻还死不了，放心吧，你的命掌握在我手里呢！

他还警告我，以后你别叫我爷爷，这样显得我很老，要叫，叫我大爷就可以了。

然后他转身对欧阳护士说，他有点崩溃了，想办法扭转他的情绪。

欧阳护士道，哎，真不经吓，这两天魂都没了。

彭医生道，问题不大，这是个自然过程，陪他玩点感兴趣的事，放松一下。

欧阳护士道，刚进来那时候还对我动手动脚，说我屁股很好呢，现在屁股凑他面前都不理。

彭医生道，那就从屁股开始，打开他兴趣的入口，这样就不会整天跟我要杀人犯了，对这种怂人你要耐心、耐心、再耐心。

2

欧阳护士把一根手指竖在我的眼前，说，看这里，集中精力看这里。

我努力把眼睛挤成斗鸡眼，看过去是模糊的一根。

欧阳护士像对待幼儿园小朋友一样问道，告诉我，这是什么？

是油条吗？

不对，你没有集中精力，要聚精会神看。

我按照她的指示，把游离到体外的七魂三魄收拢起来，终于看清楚了。

哦，是手指！

恭喜你，答对了！欧阳护士像央视主持人一样矜持而略显夸张地叫道，就这样，集中注意力，视线跟着我的手指走！

她把背部扭过来，把手指移动到屁股上，然后指着屁股，鼓励道，再告诉我，这是什么？

屁股！

恭喜你，又答对了，什么样的屁股？

很熟悉的屁股。

不对，用个形容词，你刚进医院的时候用过的形容词。

很好的屁股！

噢，MY GOD！你终于恢复你的眼力和记忆了。

在欧阳护士的精心照料下，失魂落魄的我有所好转，能吃进一些流食稀粥，脸上有了一点儿血色。有一天我对欧阳护士道，昨晚我终于不再梦见跟死人在一起了。

欧阳护士慈爱地说，对，你跟他们不一样，你要有活下去的勇气。不过你成天在这里面无表情地待着也不是办法，彭医生也就是你大爷说，恢复要从兴趣入手，你对什么感兴趣呢？

屁股。

哎呀，太低级趣味了，不知道为什么你们男人总是屁股来屁股去，前几天看一本叫《兄弟》的小说，也是屁股呀屁股，还洋洋洒洒地写，也没从低级趣味里看出什么高级境界，看得我都吃不下饭呢，为什么你们有文化的人总干没文化的事呢？

我一时语塞，惭愧之下脸色苍白。

那么，除了屁股呢？

我摇了摇头，道，没有兴趣了，有也是低级趣味的，高级的都随着梦想、热血和纯真岁月飞走了。

瞧你说的哦，还蛮抒情的，一看就知道是受过高等教育的。当然了，兴趣也不在乎高级低级，只要能恢复你的兴趣，只要不再提屁股恶心我就成。

我晕乎乎的脑袋里忽然哗啦啦一声，一道灵感从深处像闪电一样劈开，我说，有了！

欧阳护士惊喜道，快说，是什么？

麻将！

麻将在大学时期给我带来过至HIGH的快感，不但是娱乐，还是混饭吃的手艺。一没饭票了就把日本留学生拉过来打麻将，中国的国粹怎能容外国人得手呢，故美其名曰抗日。宿舍里熄灯了就拉到水房里打，在麻将的快感中，忘记了寒冷、饥饿、人生的羞耻、国家的荣辱，哗啦啦，哗啦啦，清脆的声音夹杂着水房的水滴声，回响在静夜里，心旌摇荡。再侧耳倾听，不止一个水房，不止一座宿舍楼，哗啦啦哗啦啦，如春蚕嚼叶，如星火燎原。诗人为此感叹道，随风潜入夜，润物细无声呀！经济学家也断言道，大学生用这股劲搞经济建设，国家焉能不富强！

岁月如梭，一晃几年就过去了，居然忘记了麻将的快乐。要是连麻将都来不及搓上几把就这么告别人世，岂不是留下一场遗憾的人生。亡羊补牢呀亡羊补牢。

在欧阳护士的建议下，我叫来了来探望过我的张总、黄总和郭总，凑了一桌，在病房里展开大战。欧阳护士给我们倒水倒茶，准备点心，谁要是脊椎发麻疼痛她还会按摩，因此大家对医院印象很好，觉得比夜总会要周到得多。

但是三个老总很忙，人很难凑齐呀，最可恨的是打到酣处，一个火急火燎的电话过来，马上就变成三缺一，这时候还得靠欧阳护士，还好她也是一好手，巾帼不让须眉呀。虽然走的人会说，欧阳妹妹，你接我的茬，赢了算你的，输了算我的。但是欧阳护士很少输过。

但是如果碰上二缺二的情况，就不好弄了。我说，要不把彭医生也叫来？欧阳护士怪我道，彭医生哪有空呀，他每天要去刑场帮你看看有没有杀人犯，去狗市场看看有没有好狗，如果还要陪你打麻将，哪能忙得过来呢？

我听了非常惭愧，觉得对白衣天使要求太过分了，虽然麻将疗法也是为了自己的病情，但不能一点儿屁事就依赖医生呀！欧阳护士看见我一脸羞愧的样子，忙劝慰道，你也不要太于心不安了，我倒有一个办法，你把你这三个朋友都弄进来住院，那不就齐了！

我说，这倒是好办法，不过他们好像没什么病，都生龙活虎的！

欧阳护士感叹道，你这就是外行了！人怎么会没病呢，街上随便拉个人，你给他做个全身检查，都会有病的，现在人都处于亚健康状态，什么叫亚健康，就是你不来医院不知道，一来吓一跳！就说你那三个朋友，肚子一个比一个大，面色一个比一个红，麻将打两圈就腰酸背痛，绝对是脂肪过剩血压过高，一身的毛病呀！你想想，你没进医院的时候不是也认为自己很健康，只擦破一点儿头皮吗，现在知道自己全身上下没几个部位是好的了吧！作为朋友，你应该拉他们一把，把他们从死亡线上拉回来。

我觉得她说得蛮有道理，还是说服三个老兄悬崖勒马，把他们勒到医院来，这样就可以不分白天黑夜打麻将了。但是三个老兄实在是顽固至极，坚持认为自己健康至极，他们来医院只是因为同情我奄奄一息的生命！我只好以身示范，劝道，当初我也像你们这么想的，以为自己牙好胃口好吃嘛嘛香，还会非礼欧阳护士呢，可是现在怎么样，还不是废人一个，你们赶紧听我的，检查检查亡羊补牢，争取能够再打麻将二十年呀！

我的苦口婆心简直要白白浪费。但是欧阳护士劝我不要着急，说既然到了医院，他们迟早会发现自己毛病的。果不其然，先是黄总在麻将桌上吐出一口血，然后是张总口吐白沫，后来是郭总肛门疼痛，三人先后一检查，唉，全是要住院的料。于是他们也在我边上开了单人病房，白天动手术吃药，晚上凑在一起打麻将。哦，又回到了青春的校园岁月啦！

哗啦啦哗啦啦，这熟悉的声音又回荡在静夜里了。不过医院还是不如真正的麻将馆来得爽快，一天夜里打得正起劲突然看见一具僵尸正在窗外睁着眼睛破口大骂，隔着玻璃虽然听不见他的声音，但我感觉到了他的盛怒。我那颗脆弱的心哪经得起这等惊吓呀，咯噔一声成了两半，人简直要吓傻了。

我的病友们没有我这么严重，他们说不是僵尸，是个老头而已。打开房门，老头进来，一言不发，径直走到桌前咕咚咕咚把一杯水全喝进去，这才重新开了嗓子，威严道，跟我来！

我们知道自己肯定犯了错误了，跟在老头后面，默默地走着，好像他会带我们去一个神圣的地方。穿过特护病房，穿过如人生一样空洞而漫长的走廊，我们到了另一幢病房，像菜市场一样，病床堆在走廊里，病人们千姿百态，安静的已经死去，不安静的正在死，还有一些紧紧地抓住地狱的门槛不放，天哪，他们很想在人间哪怕多待一会儿。

老人家指着他们道，看看他们，你们打得下麻将吗？

黄总不知道老头的话什么意思，反问道，麻将跟他们有什么关系吗？

还是我聪明一点儿，怯生生对老头道，要不然让他们住到我们房间去，我们把麻将搬过来打？

老人家一口气接不上来，差点晕倒，好在随即用手扶墙，喘过气后，竟然在刹那间老泪纵横，用手指着我们哭道，你们这群猪的命为什么这么好呀！

在我们不知所措的时候，欧阳护士拍马赶到，带我们回来，说，又是这个老头子来捣乱，以后你们千万别给他带着走。

我们忙打听老头子的来历，原来该老头是这个医院的老院长，在他退休的那一年，医院里出了一起震惊全国的医疗事故。一个医生不知道是有意还是无意，在给一个女人动手术的时候把一把剪刀落在她的腹部。此女子为一农妇，五年之内腹痛难忍，数次自杀。要是自杀成功也就没什么事了，中国农民如烟，各种死法皆不足为奇，飘然而去，死不留名。可是偏偏五年内自杀皆未遂，最终知道真相后被媒体捅出来。本来中国的医生留在病人体内的剪刀、棉花、绷带等等物什比比皆是，不足为奇，但这个却是被重大曝光的头一次。此时引起公愤，老院长压力极大，一方面迫于良心，一方面迫于职责，双重压迫之下居然精神崩溃，神经闹出些毛病。退休后一有空就上医院来视察，看到不顺眼的现象均要插手。一茬又一茬的医生和护士换了，人家也由敬重他，到容忍他，到讨厌他。但他始终把自己当院长，每天来医院里忙碌，做着力所不能及的事情。

第二天晚上我们打麻将的时候，老院长又来打扰了。这次没把我们带哪里去，而是指着他的耳朵，意思是我们打麻将声音很吵，影响到别人的休息。好在欧阳护士又拍马杀到，跟他交涉了一番，替我们解围。第二天我的病房就被装上了消音器，哈哈，医院对我们的娱乐活动真是支持得不得了呀！

老院长还是没有罢休，他贴到窗外的玻璃上，显然听不到麻将声了，也没有理由影响我们的正常娱乐了，他呆呆地望着我们，老泪一条条地往下流，好像哭着要进来加入麻将的战斗中，又仿佛把人间的悲哀都展示出来让我们欣赏。总之，这可影响我们的情绪了。我们向欧阳护士反映，这样子的骚扰非常影响我们的治疗效果。欧阳护士向上级报告，于是我们病房附近很快加派了一名保卫，哦，我们终于可以心无旁骛全心全意地投入战斗啦！

3

轰轰烈烈如火如荼地打了一个月，我的体力达到透支的状态，精神由亢奋跌到绝望。哦，这一个月里，我达到快乐的巅峰，酣畅淋漓的高潮。哗啦啦声中，我神魂颠倒，童年的快乐，初恋的甜蜜，第一次偷窥到女人的窃喜，第一次做爱的眩晕，第一次捡到一笔钱的侥幸，小人得志的狂喜，哦，所有的快乐都重新来了一遍。麻将就是这样神奇的东西，要你活，也要你死。

我边输液边对欧阳护士说，我想死了。

开玩笑？

不开玩笑。

来医院的人都想活，为什么你想死呀？

我活够了，该体验的都体验了，这段时间通过麻将，又活了一遍，亢奋至极。现在觉得活着很苍白，很无趣，自己很多余，还是想个办法让我安静地死去吧。

欧阳护士摸了摸我的脑袋，冷冰冰的，没有一丝发烧的迹象，说道，肯定是打麻将把脑袋打抽筋了，我叫彭医生去。

彭医生急匆匆地来了，他抽了我两巴掌，问道，还想死吗？

想极了。

彭医生吩咐道，马上做脑电图，从来没发现过这种现象，很有可能是医学领域新的发现。

很遗憾，我这个很普通的脑袋并不能为医学带来哪怕一点点新的贡献。我平凡至极，学识平庸，浅尝辄止，二十四岁之前满脑袋忧国忧民，貌似雄才大略口若悬河，二十四岁以后脑袋瓜里装满女人、金钱，亢奋与绝望交替，结结巴巴，偶尔在勾引异性时会灵光一闪舌灿莲花。哦，对不起呀彭医生，我脑袋里的每一个细胞都俗不堪言呀，你把我脑袋切成碎片也不能够带来一点儿新鲜的东西。

如我所料，他们把我的脑袋用科学仪器折腾一番后，现代医学也并没有为此前进一微米。

为什么要死呀，我可从来没有过这样的病例呀！彭医生朝我摊开手。

生又如何？苟苟且且，朝朝暮暮，人为刀俎，我为鱼肉，人为鱼肉，我为刀俎，重重复复，生不如死，一死百了，世界多好！

我陷入迷茫状态，一口气说出很多个四字成语。这可把彭医生吓坏了！

妈的，想改造我的人生观！我怕了你了。彭医生溜之大吉。

现在放在你面前的有三种选择，A．继续打麻将，打到出院为止；B．从这个窗户跳下去，看清楚，这个高度可以保证你一命呜呼；C．我们采取一种院外疗法，比如去国外旅游，在旅游过程中把你的病治好。

欧阳护士举着一个答题板，上面简单地写着“麻将”、“跳楼”、“旅游”等字样。下面用小字注明，请将你的答案发短信至XXXX。

我央求道，我可以直接回答吗？

土了吧。欧阳护士取笑道，这个时代回答问题都必须用短信，直接回答是法律不允许的。

我摁了一个答案。

欧阳护士微笑着看着我，说，答案非常正确，说明你的病已经好了一半了。这一趟院外治疗下来，保证痊愈。

第二天，我和欧阳护士、彭医生就踏上了飞往马尔代夫的旅程。本来彭医生还要带老婆和孩子一起去，被欧阳护士极力劝说，提醒他这是病人自费的旅游疗法，这么明目张胆携带家属去影响不好。彭医生还不服气，说你看他像个白痴应该不懂算这个账吧，再说医生需要带助手呀，老婆孩子可以当我助手呀！

欧阳护士义正词严道，我们是白衣天使，不是强盗不是杀人放火的，必须讲点良心，虽然他是白痴，但我们也要把他当人看，所以我觉得带着老婆孩子去，就太不把他当人了。

彭医生最后道，我知道了，我带着老婆去你会吃醋的，是吧？既然这样，那就算了。

欧阳护士道，嗯，你真讨厌！

马尔代夫真不愧是连麦兜都向往的地方，阳光、海水、沙滩，什么心病在这里都能痊愈。

我们仨在海水里泡澡，多少年没跳到这么干净的水里了。彭医生一高兴，从里到外都清洗一遍，还哼着八十年代的小曲儿，洗到后来，他居然把心都掏出来洗了。只见周围的海水荡起一圈一圈的黑汁，不知道的人还以为他在蹂躏一只乌贼呢。也许这是一颗陈年的黑心，所以好像永远有洗不完的黑汁，但彭医生非常有耐心，好像他已经多年没有干过这么有乐趣的活儿了，海水越来越黑，他浑然不觉。

一只潜伏在不远处的鳄鱼（可能是随时准备袭击我们的，想起来都后怕呀）终于忍不住了，它哗啦一声抬起头来，用很清晰的略带广东腔的普通话厉声叫道，把海水污染成这样，还给不给活路呀，人家每天都要来这里上班呢!

我和欧阳护士大吃一惊，都往岸上跑。但彭医生非常冷静，根本就没有逃跑的意思，冷笑道，知道害怕了吧，这些年都是你在这里称王称霸，没人敢惹你，现在终于尝到厉害了吧。

说时迟，那时快，愤怒的鳄鱼一个乌龙搅水，一阵水花溅起，已经到了彭医生近前，张口就把彭医生的胳膊咬住。彭医生一个黑虎掏心，居然把自己的还没洗完的心塞进鳄鱼的嘴里。但见鳄鱼身体一阵痉挛，居然从嘴里呕吐出三角裤衩、太阳镜、游泳帽等等乱七八糟的东西。呕吐过后，鳄鱼一阵虚脱，有气无力地吐了句广东腔普通话，算你狠！然后落荒而逃。

看到这一幕，我简直惊呆了，从来只见过武松打虎却没见过赤手空拳打鳄鱼也能打得赢的，不得了呀彭医生。

打斗声惊动了一个巡逻的保安，他走过来看了看，海里的黑汁还没有褪去，蓝黑相间，像国际米兰的队服。保安摇了摇头，叫道，这位同志，你肯定是中国人吧，请注意，这里是游泳的场所，不准用来洗心革面。如果你需要，我们有专门为日本人和中国人准备的洗心桑拿，在酒店会所里。

我好奇地问道，为什么是专门为日本人和中国人准备的呢?

保安道，根据我们这里的统计，只有中国人和日本人在洗浴时会污染海水。因为游客见到这么纯净的海水，都会不由自主地把心掏出来洗洗，数据表明，日本人和中国人的心最黑，超过了污染的指标，而科学家们又经过多方认证，得出心黑的历史社会原因。先说日本人，日本人在侵犯他国时心狠手辣，经常会搞大屠杀，制造人类最深重的罪恶。而中国人在窝里斗时最恶毒，帮派斗争、阶级斗争，这是历史的传统，加上近年来道德崩溃，黑心普及，什么假药黑心棉豆腐渣工程，创造了世界上最富有创意的坑人手段，所以我一看见你们污染海水的程度，就知道你们是哪个国家的了。

哎呀，佩服佩服，人家说闻香识女人，你是闻臭识黑心呀。彭医生赞叹道，好了好了，带我去桑拿洗心吧，你还甭说，这心洗干净了，人还真舒坦。

还是人家国外的桑拿先进，咱们除了蒸汽外就知道加点色情服务，舒服的都是一副臭皮囊。人家那洗心设备先进一万倍，愣是把不论黑的黄的绿的心都能洗得红通通的，俗话说一颗火热的心，就是这样了的。

不管我们原来的心是什么颜色，出来后我们仨全都有红通通的心。彭医生还有点不相信，说，这是我的心吗?

是的，这是你的，一颗赤诚的医生之心。

我有一颗赤诚的商人之心。

欧阳护士，哦，这回她的心跟她的人一样纯洁漂亮了。

我们仨像久别重逢的朋友一样，兴高采烈地走在马尔代夫的草地上。嘿，就在我一脚要踩下去时，彭医生以一个医生的职业敏感止住了我，他伸出手，小心翼翼地从我脚边揪出了一只受伤的蚂蚁。

彭医生用手指接住一颗水珠，当成放大镜观察了蚂蚁，认定蚂蚁四肢严重骨折。由于蚂蚁腿实在太小，人无法给它动手术，只能把它送到蚂蚁群里，让其他蚂蚁抬着它回去卧床休息，自我恢复。

太夸张了吧，连蚂蚁骨折你都要管！我对彭医生的伪善颇感怀疑。

阿弥陀佛。彭医生认真道，身为医生，不但要有医术，更重要的是医德，两者水乳交融，缺一不可。光有医术没有医德，容易使得行医成为牟利工具，最终偏离济世救人之根本；光有医德但医术不精，毕竟有心无力，弄巧成拙。德者，视众生平等，别说是一个人，就是一只蚂蚁有病，也必须尽力为之，才能以德服人！

靠，原来你还有这么一大套理论，怎么在医院里不肯露一手呀，要是像对待蚂蚁这样来对待我，我可能早就出院了吧！

阿弥陀佛，你现在已经恢复得可以了，回去以后马上给你办理出院手续。彭医生极目四望，能见到草木之中有诸多昆虫飞禽都有受伤之状，不禁感叹道，悠悠苍生，活着都不容易呀！我为医生，哀民生之多艰呀！

我和欧阳护士都为彭医生的感叹感动，两滴眼泪从我眼窝里滚出来，我想起自己在医院里稀里哗啦打麻将的岁月，不禁感到羞愧，真羞愧。

彭医生道，医院里还有很多刻不容缓的病情需要我去处理，还有很多早该出院的病人没有出院，还有很多早该住院的病人没有住院，赶紧订明天的机票，我要立即回去！

马尔代夫的院外治疗不但使我身心健康，而且让彭医生和欧阳护士改头换面，真是意想不到的收获。我待在病房里等待彭医生通知我出院。第一天，我想他肯定很忙，那么多千头万绪的工作，我这个磕破头皮治疗了几个月的病人算什么。第二天，他应该还是很忙，第三天肯定还在忙。

第四天，还是我主动去找他吧，可是找不到，也许他忙坏了，忙得病倒了，在家里休息呢。第五天，第六天，第七天，我开始习惯性地等待着。

有一天我终于逮到他了，我说，彭医生，求求你，还是让我出院吧。

彭医生道，我忙得很，改天再来处理你的事情。

我说，可是已经很多天了，你忘了在马尔代夫对我说的话了吗？

彭医生道，此一时，彼一时。那时说的话现在怎么能算数呢，难道连做梦说话都能算数吗？

我质问道，彭医生，你怎么说变就变呀！

彭医生被我问得无可奈何，把我拉到一边，扒拉开他的白大褂，说，不是我要变呀，是心呀，这里环境污染太严重了，你看，这颗心在马尔代夫洗得好好的，现在又变黑了，我有什么办法呀！

说着呼啦一声，又把他的心掏出来给我看，一颗原本红通通的心此刻又发暗了，像傍晚在菜市场上无人问津的猪心。

我把栏杆上一只跌跌撞撞的蚂蚁抓起来，问道，彭医生，这是一条命吗？

彭医生道，众生平等，你就是蚂蚁，蚂蚁就是你，你们都是尘土。

靠，算你狠！

晚上我正在病房里抽烟，一个老头在敲玻璃，我一看，原来是多管闲事的发神经的老院长。他说，嘿，小兄弟，借个火。

我说，干吗呀老人家，这么大年纪还抽烟对身体不好呀！

老院长神秘道，不是抽烟，我已经几百年不抽烟了，我想借个火把医院烧了，这样你就可以出院了。这个医院呢，太烂了，早该烧掉，重新整一个。

我想了想，这倒是个好主意。不过，老人家，你要是把这些病人烧死怎么办呀？

老院长道，你放心，这医院我熟得很，先从太平间开始，绝对烧不死人的。既然你借我打火机了，我也给你一些特权，你先收拾好行李，到楼下等我，都点着了我就走。

我才不要什么行李呢，免得人家以为是我烧的。于是我穿好衣服，叼根烟到楼下水泥地去看热闹。果不其然，一会儿太平间果然起火了，一时间病人全都惊动了，连不能动的病人都连滚带爬地跑出病房。我见老院长身影蹿来蹿去，真够矫捷的，一会儿就见其他楼也纷纷起火了。

这时，一队僵尸居然从太平间破门而出，纷纷逃命。病人见了，四下躲散，只有我跟这些僵尸打过交道，并不惧怕。那个多嘴的老僵尸居然问我道，嘿，哥们，哪儿有活路可逃？

我说，靠，丫也太牛了吧，死人也想找活路？

老僵尸不服气道，给条活路怎么啦？死人也是人呀，难道不该被尊重吗？

剃头记

1

街头的剃头店宽敞且有点幽暗，但不影响剃头匠的手艺。剃头匠是个瘸子，面色黝黑，有一张很传统很庸俗的笑脸。他剪子飞快，喳喳喳，嘴巴却跟周围的人谈笑风生，大小消息在这里加工、提炼，变成很精彩的段子，因此剃头店是最有人气的公共场所，能与之媲美的只有离街头二十米远的一排茅坑，那里是早起解手的农民另一处语言狂欢之地。可以说，剃头店不仅是新闻中心，也是娱乐中心，更是休闲中心。看看那两条被磨得光滑油亮没有棱角的长凳，你便知道，即便是人的屁股，其经年累月的摩擦力也不可小觑。

傍晚的时候，剃头匠的老婆便会打扫头发，装进麻袋里。为什么别的农民的老婆都长得挺黑挺糙的，剃头匠的老婆却又白又年轻？剃头匠还给他老婆剪了齐耳短发，使她白皙的脖子也露了出来。她的二儿子跟我一般大，长得很像三毛，明显没有我好看，但她却比我妈要好看很多倍，这一点让我对我妈表示遗憾，甚至有点鄙视。我心里做了几个假设，是当个瘸子就能娶到漂亮老婆，还是长得庸俗就能娶到，或者是当个剃头匠就能娶到？我分析了一下，最后一个理由比较靠谱一点儿。不过我根本就不想长大后当剃头匠，我没有想长大后干什么，不过可以肯定我不会喜欢整天跟头发打交道，还天天伺候别人，因此我娶到一个漂亮老婆的可能性比较小。

我有点不甘心，就去问我妈，我妈可能认为我还没有理解一个复杂的事件的能力，就敷衍我，说，季凤（剃头匠老婆的名字）不用去地里干活，当然比别人好看。这个答案可以敷衍一时，却经不住我琢磨，这显然不是本质的原因。村中有那么多难看的女人，即便不用去干活，也一样难看。我想如果是因为当瘸子的原因，那么我这辈子宁可不娶漂亮老婆也不愿当瘸子；如果是因为有一张庸俗而热情的脸，这倒可以考虑，培养一种谦卑的对谁都一样友好的态度，可以换一个漂亮老婆，我愿意。

大概又过了一两年，我妈可能认为达到可以平等交流的阶段了，才把瘸子娶到漂亮老婆的故事告诉我。

瘸子是个孤儿，为什么是孤儿就记不得了，好像他父母是被饿死的。瘸子在一个大院子里靠大家帮助活了下来。一个瘸子，不能去地里劳动，靠什么可以养活自己呢，有人建议他去学一门剃头的手艺，这样他就成了剃头匠。在农村，剃头匠虽然是个不起眼的职业，却有实在的好处，每天都有现钞收入呀，比起日子过得紧巴巴的农民，剃头匠手里算是宽裕了。这个季凤呢，是和瘸子住在同一大院里的丫头，看瘸子一个人过可怜，经常给烧水呀热点饭菜呀。瘸子呢，手里有零花钱，经常塞给季凤一点儿，买水果糖果什么的。别人还吃不饱饭，这个季凤已经过上了很小资的生活了，嘴里经常有瓜子零食嗑着吃着，日子一长，居然上瘾了。

所谓光阴荏苒，不知不觉，季凤在零食的哺育下出落成一个大姑娘，到了出嫁的年龄了，说了一个又一个的媒，都不肯嫁出去。因为根本找不到一户人家能够给她常年提供零食。只有团结在瘸子剃头匠周围，才能过吃零食的瘾，不仅是零食，甚至有时还能吃上鱼和肉，特别是猪肉，那是生活水平比别人高一大截的象征呀！就这么拖着拖着，不嫁不成，嫁给瘸子也不成呀，不是季凤有问题，是季凤父母心里别扭。季凤自己呢，倒是对残疾人不歧视，不像后来的姑娘，人家个子矮一点儿就把人定位为几等残疾。一般嘴巴馋的姑娘，在视觉上不太挑剔，季凤对跟着瘸子过没啥意见。瘸子脾气好，对一般人就好，对她更是宠着，而且按照目前的收入光景，这辈子零食是不成问题了。瘸子明白了季凤的心态，知道现在摆在面前的问题是摆平她父母。他就多塞给季凤一些零钱，让她经常买点鱼和肉回家，培养她父母馋嘴的习惯。她父母虽然对残疾人有偏见，但对用残疾人的钱买来的鱼肉并无偏见，一来二去，她父母很快上当，几天嘴里寡淡就惦记起鱼和肉，继而惦记起买鱼肉的钱，最后发展到惦记起掏钱的人了。这人呀，经不起惦记，一惦记呢，印象多不好也变好了。这层关系打通后，季凤就理所当然嫁给瘸子了。现在看来很像瘸子的一桩阴谋，更像传说中的一朵鲜花插在牛粪上，可是当时村邻并不以为奇，不会把鲜花的作用估计得过高，也不会把牛粪贬得太低，倒觉得他们挺般配的，因为日子过得比别人都踏实。

事实证明，这是一桩美满的婚姻，有两点为证。一，他们生的两个儿子都很健康，除了长得有点卡通被我瞧不起外，二，瘸子的剃头事业蒸蒸日上，生活比别人高一个档次，夫妻和睦得一塌糊涂。如此结局，夫复何求！

听了这个故事，我懵了，过程如此复杂，我更找不出瘸子娶到一个好老婆的关键理由了。这个问题让我有点疲倦，还是先搁着，等到要娶老婆的时候再说吧。

2

剃头匠的生意太好了，首先跟他的名声在外有关系，在我眼里，已经不存在别的剃头匠了，以至于我认定所有剃头匠都是瘸子。其次，增坂村街头这个地方云集了最多的人流，街道的延长线上有下坂村和鹅蛋村，经常有崇洋媚外者慕名到癞子这里剃头，他们看不起自己村里没有名气的剃头匠，因此剃完后会精神抖擻地向路人宣传：刚到癞子那儿剃了头，不算贵，一毛钱！那神气的样子相当于我们周围的女士到韩国或者巴黎做了个头发。还有，街头是山上畲民和江上渔民的聚集地，畲民卖柴或者竹笋，卖完了换点盐巴和鱼干回去，有时候柴棒上还顺带一串光饼。光饼就是戚继光打倭寇时士兵们吃的饼，瓷实，中间有小洞，可以用细绳串起来，挂在脖子上，头一歪就能吃到，不影响打仗。扯远了，就是说畲民干完了这些买卖之后，还会理个头回去。渔民呢，来村里可不是卖鱼的，他们打的鱼从来不卖，不管他们来干什么也要顺便理个头。总之，在没有什么竞争的情况下，癞子的生意虽然不能说垄断，却处于龙头老大的地位。

这种情况我当时不能分析，却能感受。癞子经常忙得顾不上吃饭，他的好看老婆把饭送来，趁癞子闲暇，揭开毛巾，哎哟，鱼肉菜汤一应俱全，那叫一个资产阶级的生活呀！我对癞子只有羡慕，没有妒忌，人家毕竟从事的是一份热门职业。但我对他的儿子有意见，他二儿子跟我一般大，长得比我难看，还比我害羞，见了生人连屁都不敢放，凭什么吃得比我好呢？我曾经想象跟他换个位置，让他当我爹的儿子，让我当癞子的儿子。但最终审美占据了上风，宁可没肉吃，也不能让爹是个癞子。

说起我对肉的渴望不能不提当时增坂村的生活环境。村里前头是海，后头是山，靠山吃山，靠海吃海。山上产的是红薯，制成红薯条，晒干，成为主食。海里，我们称为江上，奉献给我们的主要是螃蟹。我妈几乎天天到江上去，傍晚时候把背篓一打开，就钻出千篇一律的青螃蟹，当然还夹杂着大螃蟹、跳跳鱼、蛏、贝类什么的，螃蟹吃不完就磨成螃蟹酱，腌起来吃。当然偶尔还会有章鱼，这是我唯一喜欢吃的海鲜，但很少。从我记事开始，我就天天吃红薯干和螃蟹酱，还有海里七七八八的东西，简直腻透了，我觉得我的口水里都有海水的味儿。我问我妈，什么时候有猪肉吃？我妈说，问你爸去！我爸跟我不太友好，他成天不苟言笑，装酷，一个农民装酷基本上没什么大的用处，又不是演员，冷酷一点儿可以演黑道老大，所以唯一的用处就是能镇我。我对我妈敢耍性子，我妈没辙，就会把我爸叫来，我爸冷着脸，还没开口，我就被镇住了。我爸见我已经被摆平了，把到嘴边的话又收回去，一声不吭就走了，我觉得他更酷了。这导致我后来见了一声不吭装酷的人就歇菜，虽然我知道他实际上未必酷，假如我爸要是真酷的话，就让我经常能吃上肉呀，他还不如一个瘸子呢，酷什么酷呀。后来我爸老了，倒是跟我友好起来，让我供吃的供喝的，什么事也向我讨教，好像我是他爸他变成我儿子了。大概不够酷就只能当儿子，连装酷都没法装就只能当孙子。回到我爸还在装酷的年代，我鼓起勇气问道，妈让我来问你什么时候有肉吃？我爸不屑地回答，等过年吧。

我常在瘸子的理发店里钻来钻去，听人唠嗑各种传闻故事，捡香烟壳子。瘸子吃饭的时候，我就替他数数有几块肉。我跟瘸子说，今天比昨天多了一块肉，你信不信？瘸子边咀嚼满口的饭菜，边笑道，多一块肉？你是想吃块肉吧？我发誓道，真的不是，真的是多了一块，要不你去问你老婆？瘸子倒挺有哥们义气的，夹起一块肉往我嘴里塞，说，我不问了，多一块就给你吃！我用手摁住嘴，说，我真的不是要吃你的肉，我喜欢数数！瘸子不耐烦了，道，你看你在我这里数来数去，我不给你吃人家都说我小气了！坐在长凳上的闲人也附和道，是呀，这孩子真是又馋嘴又客气。我的脸就红了，我真诚地对大家说，我根本就不吃别人家的东西，真的。我还想说但没说的是，瘸子长得那么庸俗的嘴巴里吃的东西我更是不会吃。但我还是忍不住好奇，问了瘸子一个问题，我说，你儿子吃的肉跟你一样多吗？瘸子说，我也不知道呀，都是他们吃剩了给我吃呀！瘸子还说，是你自己不吃，别说我小气呀！又问我，你家里没肉吃吧？我回答道，我家里有猪。

我家里有一头哗众取宠的猪。它长得很快，无论吃什么天天疯长，眨眼间猪圈就太狭窄了，只好放到院子里。这时它已经像个相扑运动员，除了吃饭时动一动，其余时间把满身肥膘往地上一搁，鼾声就起，世事在它眼里有如浮云，又若无物，它纯净的生命里只有一件事，长肉。到过院子里的人都啧啧赞叹，称赞它用一辈子就能把别的猪要花两辈子的肉都长了。那时候拥有这么一只神奇的猪，相当于现在家里有一辆宝马，我幼小的心灵在称赞中有点陶醉，猪是我家唯一被人赞叹的东西，是我家的品牌。但是猪并没有陶醉，它宠辱不惊，更像是从地上生出来的蘑菇状植物，永无止境地生长。

白白胖胖的算命先生循着猪的鼾声走进院子，他是个瞎子，拄着拐杖，戴着墨镜，也许不是全瞎，他能蒙眬地看见一些物体。他在猪的身边站了片刻，问道，这是谁家的猪？在院子里乘凉的人回道，李麻子（我爸的大名）养的，好胃口哟！

算命先生用比我爸酷一百倍的口气冷冷道，这猪不是他的！

它长得太快，根本等不到年底就要杀了。我太兴奋了，虽然我对猪有一点点的感情，虽然它为我家赢得了荣誉，但是，第一，我绝对不会当它是宠物，第二，荣誉是什么鸟玩意儿，它虽然给我带来精神上的些微满足，但远远比不上猪肉，可口，实在，能让我一年不能忘记咀嚼的滋味。猪在凌晨时分就被解决了，可能它死的时候都不动声色，所以我没有被叫声惊醒。等我起床时，我的相扑选手已经在街上被割而卖之了，只见到院子里有一堆血迹。我问我妈，可以吃猪肉了吗？我妈说，先吃猪血，猪肉在街上卖，晚上卖剩了才有得吃。于是我吃了好几块猪血，虽然也好吃，但跟猪肉比，还是天壤之别。我记得吃完猪血，就有小屁孩叫我去山上打鸟了，我取了弹弓就走。在山上跑了一天，到了下午回家，猪肉还没有回来，我继续吃猪血。

吃完猪血就上街看我的猪肉，我爸跟那个杀猪的正在那里吆喝，一副要把猪肉全部卖光的架势。我真看不惯他们的样子。在街上遛了一圈，居然看到了晚上五点有露天电影的海报，我大喜。想找个人问时间，可街上没有一个戴手表的，我赶紧跑回瘸子的剃头店，那儿有一个老得不像话但是很准的钟，我就是从这里学会看时间的。

瘸子问，你们家杀猪了？我说，杀了，大得不得了！瘸子问，这回有猪肉吃了吧？我一副小人得志的样子，答道，肯定！瘸子问，你爸留多少肉给你吃呀？我答道，很多，卖不完的全吃。然后我告诫道，你不要去买我家的肉了，你买了我就没得吃了，好吗？瘸子笑道，你这孩子真不懂事，我要是告诉你爸你要挨揍的。我哀求道，真的，你不要买，你们家天天吃肉，我家只吃一次肉，我要多吃！瘸子最后答应了我的要求，取笑道，人小鬼大，瞧你这小肚子，能吃多少呀！我严肃地对他说，你要说话算话，不然我要跟你儿子打架的，没时间跟你啰唆了，我先去看电影，看完还要回家吃肉。

我在操场上占了一个好位置。别的小孩都用小板凳来占，我根本不用，我鄙视那些用板凳占位子的人，特事儿妈。我只要脱下鞋子往屁股下面一垫，就 OK 了。电影还没开始，很多人盯着白色屏幕议论纷纷，我东张西望，不是找妞，还没到找妞的年龄，我只是喜欢观察生活而已。

这时我看到几个人抬着担架往城里的方向急走，其中有一个很像我爸。我略略有点惊奇，但不影响我看电影，等我看完电影后，我回家已经找不到我爸，也找不到妈，更找不到猪肉了。我伯母说，你爸你妈带你姐去住院了！

根据我爸的叙述，这只猪太胖了，他在街上收钱收到手都软了，看到钱袋已经相当丰满了，正准备收摊回家数钱。这时有人来报说我姐肚子疼，疼得打滚，我爸丢下杀猪的和剩下的猪肉，单提着钱袋就往家跑。到现在我也没弄清我姐得的是什么病。去县城医院动了手术，住院住了有十来天。我爸根本就懒得记这是什么病，他只记得他从提着钱袋到医院的第一天起，就不断往外掏钱，等袋子见底了，我姐的病也就好了。我爸虽然没心没肺，但他有个特点，就是知天命。我从来没见他因为损失了这一袋钱而痛哭流涕，他淡淡道，有人说这猪不是我的，还真不是，神！

胖乎乎的算命先生因为对我家的猪的一句评价，名声大噪。后来我还见他来过我们村几次，受到热烈而崇拜的欢迎，相当于《无间道》明星在内地受到的欢迎，也相当于F4在北京受到的欢迎。没办法，他实力和偶像特质都具备。在他准确的预测下，我居然没有吃到我们家哗众取宠的猪的一块肉，一块也没有！瘸子逗我，道，吃了几块肉？我说，光吃血，没吃肉！瘸子笑道，人家早算好了，这只猪不是你家的。我说，绝对是我家的，是我家的猪救了我姐的命！

这要命的猪肉饥渴症导致我成年生活不可一日无肉，而海鲜过度症也导致了我对去海鲜城极其反感。当然偶尔吃一点儿海鲜也无所谓，只是它不会给我带来一点点爽的感觉；而肉乃至与肉相关的，我基本都爱，比如肉、红烧肉、肉包子、肉体、肉感、肉欲、肉色、《肉》杂志，无所不在的肉。当然除了个别的肉，比如肉麻、赘肉、肉（性格）。

3

我害怕剃头，因为我怕痒，极怕，每次剃头都是赶鸭子上架。瘸子作为一家老字号剃头店的老板，基本上不屑于剃我这种小头，都让他徒弟来收拾。他坐着一边，端着一个堆了五百年茶垢的杯子，笑吟吟地看着我挣扎。这个鸟人对着我笑的时候总是很放松地笑，居高临下的样子；对着成年客人笑的时候，总是店小二般卑躬屈膝地笑，这使我自小就理解了谄媚一词。难道他那时候就懂得了顾客就是上帝的道理？为什么不把我也当成上帝呢？是打五折的原因吗？反正他总笑我，这孩子，从小怕痒，长大肯定怕老婆！周围的人也跟着哄笑，笑我这么怕痒肯定没出息！我脸上有点挂不住，想从椅子上下来，但被他徒弟死死摁住。虽然有点害羞，但是我想，如果能娶个像瘸子老婆那么漂亮的，谁怕谁也真无所谓。这确实是我那时候的想法。

他有几个徒弟，一个接一个地来学，最后一个最出色，深得瘸子欣赏。这也是唯一一个在本村的徒弟，白皙，瘦高，像永远营养不良，说话轻声细语，小名阿不。瘸子总是在众人面前称赞道，我这几个徒弟，就阿不最勤奋，他学得细心，你看他不言声，默默地就学会了。其他徒弟，有的说，师傅我学会了，明天就可以出师，其实还没学到皮毛呢，出去只会败坏我名声。所以，教徒弟就要教这种不声不响、用心在学的徒弟。闲人们也被瘸子的一番理论说得口服心服，纷纷附和。阿不就更不言声，更仔细地学了，他成为瘸子最得意的门生，相当于小龙女与古墓派之渊源。

这是我在接受学校教育之前的第一门人生课，虽然是旁听的，却影响至深。它教育我：学习东西要一声不吭，用心不是用嘴巴。导致的后果是，我上课不举手，学英语不讲口语，在公共场合不发表意见。也导致长久以来，心里知道的事情我都懒得表达出来，普通话基本上讲不清楚，一不留神就到达难以沟通的地步。也只有在做爱等私人活动中，才能发出几个简短清晰的词。

阿不出师后，瘸子就搬到一个叫连坑的村庄了，那里是他家族所在地，落叶归根了可能。偶尔他再回到增坂村的时候，会在街道两边受到热烈的问候和欢迎，所谓功成名就就是这么回事。有一天我上学的时候看见阿不家的外墙被砸出个大洞，到了放学的时候，那个洞已经变成一个门面，阿不的新剃头店就在这里，刚好是瘸子剃头店的斜对面三十米处，这恰到好处的位置，刚好把原来的人气一点儿不落地接过来。而后来阿不娶的老婆呢，也是邻居的女孩，经常来做头发，阿不给她免费，也给她钱零花，结果就好上了，跟癞子娶老婆具有异曲同工之妙。学到这个份上，是精髓了。

癞子的剃头店处于有屋顶的街道边，阿不的店已经出了街头，门外就是露天的，地势也骤然开阔。冬天的时候，很多人在墙角下晒太阳，包括我爷爷，一个干瘦的老头，太阳还没晒到他就抱着个竹火笼来等太阳了。这是我上学必经之路，他一见我过来就从怀里掏出一截甘蔗给我。由于我妈对爷爷平时有闲言碎语，比如说他到处吐浓痰不干净等等，导致我对他态度也不好，他给我东西吃我还不理他，好像我是他爷爷。等我稍稍长大，懂得尊老爱幼的道理，他已经走了。他带着我不鸟他的印象住进一个精致的闽东型坟墓，天知道他的灵魂能否感受到我有一点点愧疚之意。

今儿不说我爷爷了。说的是阳光灿烂的冬天，我喜欢在墙角下晒太阳和听故事，不喜欢到课堂，因为课堂上没太阳，冷飕飕的。阿不也把躺椅搬出来，把顾客拉到太阳底下剃头。躺在躺椅上的叫阿文，本村著名的测字先生。此人三十余岁，长得额宽口阔，风流倜傥，经常穿着一件深蓝色的呢子大衣，不说口才，光是形象，就从众农民中脱颖而出。他说的趣闻消息与别的农民不一样，都是闻所未闻的事，很时尚很IN的。假如说农民们谈的那些是乡土电影的话，他谈的就是好莱坞大片，或者，他本身的故事就是一部好莱坞大片。

就说那天阿不给测字先生阿文剃了半个头的时候，从街头那边冲过来一个汉子。说时迟，那时快，没等众人反应过来，阿文已经从躺椅上跃起，披着白色的剃头大褂，往一条胡同里扎进去。其身手之矫健，看上去像披着白色披风的佐罗。那汉子也跟着追去，一眨眼，两人都不见了。

也就是从这个突发事件起，我才知道测字先生阿文的事迹。阿文有老婆有女儿了，却喜欢勾引别人的老婆。追他的汉子有两个儿子，却没有老婆，我才知道他的老婆被阿文勾引了。阿文勾引别人的老婆，只是把她当成自己的情妇，并不想与之结婚，其效果是使别人的老婆也不爱自己的老公了，也不知道跑哪里去了。农村没有宾馆，不能开房间，也不能带到自己家里，阿文有办法，经常把别人的老婆带到附近的寺庙里，假装香客，留宿在寺里。干的多了，传开了，寺庙里的和尚也知道阿文的事迹了，但也不能说破。首先是阿文跟他们混熟了，其次是阿文的口才实在太好了，谈佛论道，一本正经，让人根本就不忍心说破他是干苟且之事的。村里一共有两户人家让阿文搞得妻离子散，其中有一个的老婆我见过，我不能不佩服阿文的眼光，少妇，长得真妖娆，比瘸子老婆要漂亮多了，后者毕竟年纪略大一点儿，又属于良家妇女型。因此阿文在村里经常遭到两条汉子的追杀，其中有一个曾冲到阿文的家里，阿文从后门逃跑，家里锅碗瓢盆被砸得稀巴烂。还好阿文行踪不定，各地访友，那两个汉子要上地里干活，这样才错开时间，使得阿文的亡命生涯略显从容。

让我吃惊的是，阿文在第二天带着剃了一半的头又来了，依然是从容地坐在太阳底下，好像昨天那种狼狈的场面根本就没发生过。你要知道那种场面让我这样的旁观者都惊魂未定，后来我才知道那汉子是提着一把刀的，当时我没看清楚。我被阿文的勇气折服，像面对一个人生导师一样听他侃侃而谈。提起昨天的事，阿文不屑道，他（指汉子）那是没文化，一点儿不懂法律，我只要一告他，他就进监狱，相信吗，绝对进监狱。我跟镇上派出所的、县里公安局的都熟，一张口的事。我为什么不告他？做人要积善德，不能随便提把刀去砍人，这样子没有素质，丢我们农村人的脸。我跟上面的人交往，为什么要穿好料子，为什么言行谈吐要斯文，为什么每件事情都要讲道理？是要维护我们农村人的面子，我们也是有文明的，不能让人指着骂野蛮。你们谁要是碰见他（指汉子），也把我这番道理告诉他，君子动口不动手。至于他老婆的事，那怪得了我吗？人家不想跟他过了，想远走高飞，是她自己的想法，不是我劝的，责任不在我。至于她跟我发生那么一点儿关系，那是两情相悦，自然而为，符合天道的。符合天道的事，人就没什么好掰了，你能掰得过上天的安排吗？天地万物，只要有那么一点儿缘分，都会发生那么一点儿关系，这是你出生的时候就注定的，你看树上那么多只麻雀，一只跟一只亲一下嘴，另一只就能去打它吗？不会，麻雀比人懂道理，我们怎么能连麻雀都不如呢？有人说我好色，我承认；食色，性也，孔夫子也承认。可是我强奸过一个女人吗？没有，都是自愿的，都符合天道的。这个道理懂了，做人就能做得开，我云游五湖四海，结交江湖朋友，靠的是什么，就是顺应天道！

这番道理周围的人闻所未闻，一下子就把大家镇住了，他们听了垂头丧气。因为他们个个都有老婆被别人勾引的可能，按照这番理论，勾引的人是有道理的，被勾引的只能吃哑巴亏。我个人当时不太能懂这番妙论，但对阿文绝对崇拜有加，这种崇拜一直维持到现在，我崇拜他身上有过滤嘴的香烟，崇拜他笔挺的呢子大衣，崇拜他什么女人都敢搞，最崇拜的是，他追求着好色的事业却从容地面对仇人的追杀。我要有这么一两个仇人，日子还能过得下去吗？

有两个人追杀阿文并非指他只搞过两个女人，而是他只让两户人家妻离子散，其他的多了，但没闹到这个程度。阿文勾引女人有套路，他特闲，一般等庄稼汉下地干活，家里只剩下女人小孩了，他就来串门了，瞎聊，什么都能聊得来，实在没的聊了，就耗着。人是情感动物，也是欲望动物，最经不起耗，道德观念和家庭观念不强的妇女容易上套。有一件事，是我现在根据鸡零狗碎的记忆碎片才拼起来的。就是说阿文曾经盯上我的一个堂姐，我堂姐当时可能16岁左右，正值青春期，长得高挑漂亮。我们那儿的女孩一般长得像周迅那个类型，古灵精怪，除了两个眼睛大身上没别的内容；我堂姐长得是林青霞那个样子，比林青霞稍柔一点儿，就介于林青霞和张曼玉之间吧，稍有审美的人一见会惊为天人。为了证实我说得不夸张，且举一例。比如有个剧团到我们村唱戏，演员分派到各家吃饭，一个演武生的小伙子在我堂姐家吃完饭后就不走了，剧团走了他还赖着不走，非要在这儿当个上门女婿。在我见识过的色鬼中，此人是最无赖的。我堂姐是我伯母的掌中宝，不可能随便就让一个戏子给弄了，僵持几天，最后答应给他当干妹妹，他才死了心撤退。撤退之前才透露他已经结了婚，有儿子了，以后逢年过节还带着老婆孩子来看干妹妹。此人之色，狂乱而执着，是色之大家。

阿文也早瞄上了我堂姐，背着我伯母，偷偷塞给我堂姐零食呀小饰物呀，寻找下手的机会。怎奈其色名在外，很容易引起别人的警觉，很快就被我伯母察觉意图，伯母马上给堂姐灌输防狼守则，点出阿文的斑斑劣迹。我堂姐很听话，使得阿文不战而退。我堂姐从青春期到出嫁的过程中，遭遇过一个又一个色鬼的进攻，幸亏她特听话，一举一动都会汇报给我伯母，最后以处子之身嫁给一个做生意的帅哥，生活相当美满。在我对女人的命运稍有领悟的少年时期，我还担心她逃不过红颜薄命，现在证明我的担心是多余的。我想，可能是她逃过阿文的魔爪，就已经不再薄命了。

阿文之所以没把全村的少妇都勾引一遍，一是因为我们那个村子太大了，人口有三千多，忙不过来。他选择东边的这一带人家串门，靠近他家，人也熟；西部基本不去，中部靠近街道那边抽样调查，比如说逛街时看哪家媳妇俊俏就锁定目标，有一户被弄得妻离子散的就在街边。第二个原因，是我们那边女人们比较保守、小气，认为跟男人发生关系都是自己亏了男人赚了，在道德伦理上想太多，不像北方女人一样爽快。这种情况导致没有阿文被一大群汉子追杀的场面产生。

阿文在死前的两三年里，测字水平炉火纯青，名声大震，真是方圆百里的人都慕名而来。他在他家的前厅摆一张八仙桌，测字的人排队，钱一沓一沓堆在桌上，跟开赌局似的。你在红纸上随便写一个字，他片刻之间，便气运丹田朗朗有声，以“色（SHAI）不乱动，卦不乱测”八个字开局，有“天下大势分久必合合久必分”之气势，辅以几句易经之理，然后开始对这个字进行肢解拆分，取意传神，听者才体会到什么叫“头头是道”，也体会到什么叫字里乾坤。此后我在学汉语言课时没有一个教授能达到他的水平，关键是没有他那个悟性。其口才之雄辩，思维之连贯，表达之合情合理，现在想起来，只能用“天才”二字来形容。更关键的是他测得准，名声传得远，成为增坂村的一个商标。在他死后三五年间，还有人慕名而来，惆怅而去。我曾经跟着我姐姐一伙人去测字，轮到我时，我写了一个笔画巨多的字，以证明自己是个儿童知识分子。阿文测的内容记不起来了，但有一句话记得，大意是说我有一桌子的老婆。我自小对金钱呀、前程呀什么的不太感兴趣，对女性却比较敏感，就模糊地记住了。不过这句话有问题，一桌子老婆，按照他家那个八仙桌的常规容量，就是八个老婆，那不是重婚罪吗？又不是在非洲什么国家，阿文是有法律常识的，连他自己都知道老婆只能娶一个，别的女人只能做露水鸳鸯，所以这个解释不通。那么按照阿文的习性，可能是说我会跟八个女人发生关系。可是这也不太准确，我现在已经远远地超过这个数量了。唯一能解释得通的是，他说的桌子可能是能坐几十甚至上百人的大会议桌，哎哟，这个解释还差不多，那我还要努力。

也就是说，在我的小学阶段，阿文是以好色著名，在我的高中阶段，阿文是以测字著名。我高中还没毕业，阿文就死了，应该算英年早逝。他死于性病，谁也不知道他是怎么染上的。可能那个阶段他有钱了，勾引妇女远远不能满足他的需求，开始嫖了。记得他死于一个夏天，我刚好暑假在家，看见乡村医生每天出入他家，打消炎药。据医生透露，快不行了，下体溃烂，房间里恶臭，有人能听见他的哀号。有人问他老婆，怎么不送医院去？他老婆哭道，哪里有钱呀，他挣的钱全让他自己挥霍了，根本就不给家里。暑假还没结束，他就死了，周围的人都松了一口气，都怕他扛太久恶臭跑进自己家里。

一个以好色为己任的人死在花柳病上，一个以勾引别人老婆为事业的人，死后自己的老婆带着房子和孩子改嫁给一个光棍，真是死得其所。也有人说他测字太准了，泄露了天机，也算死得其所！

4

我在2004年冬天的一个傍晚想起这些往事。当时我从单位里出来，头昏脑涨，回顾我这几年来生产娱乐垃圾的生涯，我颇感惆怅，残存的青春就这样耗光了，但还必须继续生活在娱乐垃圾中。我张开翅膀，起跑，准备起飞，并对自己喊道，飞到天上去玩一玩吧！但并没有像飞机那样脱离轨道盘旋而上，连脱离地面的可能性都没有，一种称为生活的黏稠物质紧紧粘住我的脚！唉，人不如机呀，甚至人不如鸡呀，即便鸡已经退化了，它也能在绝望的时候做出鸟的飞翔。

就在此刻，天上掉下一个林妹妹，砸在我的头上。不，不是林妹妹，是一颗沉重的鸟粪砸在我头上，我那颇有弹性的头发还妖娆地颤动两下。当时还不能完全确定是鸟粪，我捡起一片树叶揩了下来，凑近鼻子闻了闻，绝对是鸟粪。一种喜悦从我内心冲了出来：天哪，我要时来运转啦！

一个小姐从美发店里探出头来，冲着满脸喜气的我招了招手。我心有灵犀地走进去，坐在椅子上，小姐在我肩上揉了两下，说，洗头，做头发，按摩，推油，一条龙。我说，先洗洗头吧。小姐喷了把干洗剂，边揉边说道，一会儿你要按摩了，到里间去，那个小姐给你做，可舒服了。另一个一脸很酷的小姐朝我微笑了一下，然后收起微笑，又做酷状，跟我欠她一次按摩似的。她的表情让我想起瘸子剃头匠谄媚的笑容，那是多么敬业多么亲切的笑容呀，现在一点儿也不感到恶心了。我还不能确定要不要做按摩，回答道，洗完再说嘛！小姐给我洗完，道，我先给你按摩一下，舒服了你再到里边做，价格你放心，都是市场价，还可以打折！我正在寻思鸟粪给我将来的生活带来什么意义，没有搭理她，她便在我的背上腋下挠挠起来。

就在这时，我看见两个穿制服的人朝美发店走来，我心里一紧。凭经验，跟穿制服的人是没什么道理好讲的，特别是在这种场合，他们说啥就是啥！我环顾四下，这个美发店根本没有什么后门可走。就在头脑有些麻木的片刻，我眼前浮现出阿文披个白褂英勇脱逃的样子，我连他的一半勇气都没有。他是一个勾引别人老婆的人，还理直气壮的，我干的跟他完全不同，我只不过有时候勾引一下社会，近些年这个社会确实越来越骚了，越来越放荡了，什么事都能发生，我不知道是不是我勾引的成果，或者说，跟我的勾引有多大的关系？当然，这种事情不是单方的，社会也在勾引我，变着法子勾引我，也让我情不自禁地堕落一下，放荡一下，纸醉金迷一下，低级趣味一下，甚至，它已经把我彻底改造成一个低级趣味的人。因此，是我勾引社会多一点儿，还是社会勾引我多一点儿，这都说不清楚的。况且，在我身边一起勾引社会的人多了去了，我的那些亲人们，比我更懂得勾引，更身体力行，更夜以继日，更孜孜不倦，更低级趣味，我只不过是沧海一粟，不足为道，在社会的洪流中是可以问心无愧的。难道那两个穿制服的会为这个找我碴？

他们拉开玻璃门，也不进来，就探进一个头来，问了一句：按摩？我有点慌了，不但没有否认，而且点头道，是，按摩。话一出口，我就后悔了，急中生智地补充了一句，是肩部以上按摩！我刚从报上看到，肩部以上按摩可以断定与色情无关。另外一个穿制服的对小姐道，还挺忙的，完了给我按一下，可以吧？小姐不耐烦道，去，去，没客人了再过来！两人笨手笨脚地关上门，笑嘻嘻地走了。

我松了口气。小姐催促道，先生，到里边去给你按摩吧。我说，不行，你这里太危险，警察随时都可能过来。小姐道，不会呀，他们不是警察，是小区保安呀！我为自己的见识短浅感到惭愧，但还是斩钉截铁地拒绝道，不，不按摩，我不能干违法的事，这样，你就给我剃个头得了！旁边很酷的按摩小姐听了我的话，失望了，朝着地面又轻又狠地吐出五个字：剃你妈个头！

《苍生录》三则

巩生与彩霞

巩生贼头贼脑地从太尉巷出来，径直进了“兴隆快餐店”，要了一勺洋葱炒肉片、一勺炸肉皮和一勺白菜，再来一块钱的米饭，总共是五块钱。他掏出一张十块的人民币递给老板娘，老板娘看这张票子和这个人身上的衣服一样皱巴巴的，警惕起来，把十块钱展开检查了一遍，道：“换一张。”

巩生道：“怎么啦，这是假的吗？”

“你自己看，缺了一角，不能用了。”

巩生一看，果然如此，方才自己太大意了，争辩道：“没事的，缺这么一点儿怕什么，也是别人找我的。”

“谁找你的你找谁呀，我这儿不行。”老板娘斩钉截铁。

巩生只好换了一张，嘴里嘟哝道：“这个婊子养的，坏得很！”

老板娘圆睁眼睛道：“你骂谁？”

巩生慌张表白道：“不是骂你，我骂刚才找我钱的那个婊子。”

老板娘无辜而强势道：“你嘴巴朝我，骂别人？懂不懂得骂人呀你？”

巩生慌张把嘴巴转过去，只花了不到五分钟，就把快餐盒里的三样菜和一块钱米饭一粒不剩地装进了胃里。他抽了一张卫生纸，边擦嘴巴便快速进入太尉巷，那个三十来岁的叫彩霞的白胖女人依然坐在门口，悠然自得地等待下一个客人。

巩生把卫生纸一丢，掏出那张饱经风霜的十元纸币，道："换一张。"

彩霞白了一眼，道："哪里弄来的破钱，找我换，你是谁呀？"

巩生打了个饱嗝，他迅速把饱嗝压下去，叫嚣道："我是谁？十分钟前你还刚跟我弄完来着，我给你一张绿油油的五十块，你找我两张十块，其中一张就是这张破钱，另一张好的，我吃了一份五块钱的快餐，还剩五块在这里，除此之外，我身上再没有别的钱，铁证如山，你还敢狡辩？"

彩霞道："你说我找你的，当时怎么不说，现在说什么都没用了，谁知道你从哪里弄来讹人的。"

巩生道："你这个女人就不对了，起先还对我好言好语的，还叫我下次再来，现在钱也不认，人也不认，明摆着设计害我的，告诉你，你今天不换，我就不走了。"

在门口路过的贼头贼脑的男人见了这里的喧嚣，都闪了过去。房东，一个上了年纪的老太太，宠辱不惊道："彩霞，他要吵你带他出去吵，这里还要做生意呢。"

彩霞不情愿地把肥胖的身子从椅子上拔出来，像一只母鹅领着一只公鹅来到巷子拐角，一个颇适合吵架的僻静处，骂道："我没见过你这种人，干了这种事，还好意思那么大嗓门骂骂咧咧的，生怕别人不知道，做男人怎么能这么不要脸呢？"

经她这么一提醒，巩生也有点心生惭愧，起先自己出去的时候还鬼鬼祟祟，后来碰到钱的事，居然什么都不顾了，真是钱迷心窍。但又觉得自己有道理，便硬扛道："你要是不给我破钱，我也不会回来，都是你搞的鬼嘛。"

"切，"彩霞不屑道，"还好意思说，为了十块钱，也不怕把脸丢净了，还是男人吗？告诉你，刚才用了套子，本来要加五块钱的，我都没跟你要。”

“我说不用套子，你偏要用，照理当然是你出了。”

“嘿，你还有理了。看你浑身脏兮兮的，要狐臭有狐臭，要汗臭有汗臭，谁知道你有没有病哟。”彩霞骂兴上来，便尽情地侮辱这个不要脸的民工。平时她可没机会骂客人。

“我有病？笑话，我半年才做一次，我能有什么病，有病我还能留在工地上嘛。你才有病，一天也不知道接多少个客人，告诉你，你要是不换我钱，你的病可能就要发作，你就要完蛋了。”

彩霞觉得自己的骂人技术并不比他高出很多，骂是骂不走他的，便正色道：“我这么告诉你吧，干我们这一行的，放进口袋里的钱，绝对不能再掏出来，这是规矩，懂吗？规矩破了，将来我喝西北风去。”

“别跟我谈规矩，哦，该出的钱我出，一个眼神都不眨，不该出的，我豁出去也不让人占便宜。今天你骗我，明天他讹我，我老婆孩子还不照样喝西北风去。”巩生理直气壮道。

彩霞冷眼瞧了瞧这块揭不掉的膏药，无奈又愤怒地叹了一句：“现世宝！”她用自家方言骂的，在方言里，这个词语包含着无赖、泼皮、人渣、鄙夷、愤怒等意思，比任何一个词都精彩。

“你才是现世宝！”巩生被这个词激怒了。在老家，小时候只有他顽劣得太不像话时，他母亲才舍得用这个词。除此之外，还没有第二个女人敢用这个词骂他。他习惯性地抽出手来，决定用武力教训教训这个女人，在家他有时也会这么对付老婆，养成了习惯。

彩霞费劲地挪了一下身子，躲避巩生即将落下来的手，用方言道：“莫动手嘛！你也是安溪的？”

巩生犹豫了一下，愤愤地停住动作，道：“不是安溪的，我能听出你骂我？”

安溪是邻县的一个镇，此处亚方言繁多，一个镇与另一个镇都有区别。

彩霞毕竟是女人，怕吃眼前亏，叫道："是老乡了还打什么打嘛。你是哪个村的？"

"坂头村。"

"嗨，我是坂尾村的。"

"住得这么近了，快把钱给我换了。"巩生趁机道。

"住得这么近了，你还好意思跟我换十块钱？"彩霞反驳道。

这回两人都用方言对峙，比刚才又多了点人情味。

"十块钱，我怎么不好意思换？我在工地上搬砖、抹墙，早六点干到晚六点，一天才六十块钱，还看老板发不发善心及时发工资。能跟你比吗？你往床上眯一觉，就三十，再眯一觉，又三十，下辈子说什么我也不想当男人了。如果这十块钱你不换，就太没良心了，讹谁也不能讹老乡哟！"

"说得简单，你到我那里去坐坐看看，有时候坐了一整天，还眯不了一觉呢。哪像你，天天都有六十块，跟国家干部似的，还发工资。你才是有钱人。"

"我有钱？你以为呢，你以为我钱挣的是我一个人的呀，家里还有老婆孩子呢，孩子马上要上学了你懂不？"

"你没钱养老婆孩子，还有钱出来嫖，谁信！"

"你要说到这份上，我索性就让你听明白了。这事儿，全怪他娘那伙现世宝，晚上在工棚里不睡觉，谈女人，特别是有几个来过的，谈得起劲，说这里女人多好，多便宜，跟老婆完全不一样，还怂恿别人。你就是一个和尚，都会被说得上火。为了这一遭，我都犹豫了半年，省了好几个月的烟钱，狠狠心来一次，省得老被那些人说得天花乱坠，胡思乱想。我都是被逼的呀。你没看到，我给你三十块钱，我的手都在抖，我的心都在流血。”

“别说得跟上刑场似的，我还真不爱听。坂头村，我都有亲戚呢，那谁，金巧云，是我表姐呢，你该熟吧？”

“哪有不熟的，她老跟我老婆混在一起玩纸牌呢。”

“你老婆叫甚？”

“向日葵。”

“哎哟，我见过，瘦条子脸，长得跟丝瓜似的？”

“是倒是，别说得那么难听，人长得跟丝瓜似的还像人吗？”巩生见老婆被人贬低，还是不悦。

“既然这么亲，那你赶紧走人。”彩霞突然从一副唠家常的表情变成严肃的表情。

“只要你把钱换了，我立马走人，你以为我有闲工夫？”

“你要是再缠下去，我可要告诉你老婆啦，我只要打给金巧云，指定能找到你老婆。”彩霞拔出手机恐吓道。

巩生吓了一跳，这个女人刚才跟他套近乎，原来是为了这个阴险的目的。一种恐惧加愤怒涌了出来，他条件反射地举起手，比彩霞更像恐吓地恐吓道：“你敢打手机，我就敢打你。”

彩霞举着手机退了一步，道：“你动我一根寒毛，就别想在这里混下去，干我们这一行的，都有保护伞，你懂什么叫保护伞吗？可不是遮风挡雨的那个伞。”

言外之意，干这一行很有背景。

巩生也算见过世面的，当然懂得保护伞的意思。他见过地头蛇来工地里闹事的场面，懂得保护伞的厉害，因此没敢再用拳头恐吓彩霞。他改变了策略，道：“你会打给巧云，我就不会吗？我要让巧云告诉你老公，你在这里干见不得人的勾当，到时候看看谁好受。实话告诉你吧，即便我老婆知道了，也是向着我的，你讹我的钱，她第一个算账的，肯定是你。你老公知道了，那就不一样了，要么把你宰了剁了，要么把你关在家里再也不让你出来。反正我要是你的男人，指定把你赶出去，我就是喝西北风也不会让老婆干这个事……"

彩霞突然蹲到墙根底下，号啕大哭起来。巩生一愣，叫道："嘿，你哭什么，你可别再讹我，我可没动你一根指头。"

他拉着彩霞起来，并想制止哭声，以免被人误认为自己欺负了她。彩霞哭道："我哭一哭怎么啦，你干吗不让我哭？"

"我要明白你为什么哭呀，你反咬一口我怎么办？"

"你别提那畜生，你一提我就想哭。"

"哪个畜生？哦，是你老公？我只不过吓唬你，又没真的打电话过去，你要哭也得等他动手了才哭嘛！"

"他要是会为这个动手，我才叫谢天谢地呢。以前在家，日子不好过就打我，一喝酒就打；现在我出来做这个了，他倒高兴了，每次打电话都是叫我好好干，好好干，一张口就要钱，这不是畜生是什么？你还说给他打电话，你打呀，你直接打给他呀，让他知道他老婆在外面是怎么挣钱的呀！"

彩霞近乎疯狂地把手机强塞给巩生。巩生怕烫似的，把手缩回来，道："不打不打了，既然这样，还打什么。"

"他还把儿子上学注册的钱拿去赌，让儿子被老师挡在教室外面哭。你说这样的男人，我该不该跟他离婚？他偏偏就是不离，像膏药贴着我，把我当成钱罐子，你说怎么会有这种男人让我碰上了，你说为什么呀？"

"我不懂，我真的不懂，你还是把钱给我换了，我快点回去，你也快点工作。"巩生不想把事情越搞越复杂。

"我都这样了，你还好意思说换钱？"

"这样怎么啦？两码事嘛。不论怎么惨，也不能把破钱找给人家呀。要说惨，你不要以为我不比你惨，去年年底为了讨回工钱，我们抓阄选一个人来假装跳楼，偏偏就选上了我，结果我差点从楼上被风吹下来，魂儿掉了一半，要不是眼疾手快，今天还哪能在这里跟你争来吵去，要说惨，你有我惨嘛？”巩生不为所动，振振有词。回想起悲惨的往事，他觉得现在在这里为十块钱奋斗简直是无比幸福的生活。

两人都有点累了，安静下来，但谁也不肯让步，站在墙角对峙。天色暗了下来，但路灯还没有亮起，两人在观察对方的眼神，看看对方的眼神里有没有一丝妥协。

“这么着呀，”彩霞眼里露出了温柔，道，“你跟我再上去弄一次，这次我只收你二十块，明白意思了吧？”

“不，半年弄一次都够奢侈了，一天还弄两次，你以为我是包工头呀？”巩生道，“下一次我舍得掏钱出来搞这事，恐怕要等到明年了。你还是直接换钱吧，咱们都算乡里乡亲，怎么能欺诈呢，是不是？”

“别跟我提什么乡里乡亲，现在不认这个。我说过，不管那钱是不是我找你的，我都不能从口袋里掏出来，这是规矩。规矩你懂不懂，就是豁出命来也要遵守。”

“我不管，你不给我，我就缠着你，你别想做生意。”巩生显示出他的牛脾气。

“嗨，没见过你这样的人，你用这股执拗劲去干什么不好，非要来破我规矩。这样缠下去对谁都没有好处，今天咱们就各退一步，你不是以后还要来吗，不管明年来还是后年来，下次我只收你二十，仁至义尽了吧？”

巩生想了想，虽然说没什么道理，但也不失为折中的一个办法。但是自己以后还会来吗？这个说不准，前阵子还在打牌的一个工友前几天就被吊车给砸死了，自己时不时由己及人，由人推己，并意识到谁也不能预料自己的未来。即便自己活得很长，以后还会舍得掏钱吗？

“既然你说到这个份上，我就把心里话说出来。今天我花了三十，虽然舒服了一下，但是掏钱的时候，那心疼你是不能理解的。因此，就这份心疼，我也指不定哪天能来，不如这么着，哪天我哪个工友上火了，我带他过来，你收他二十，我去他那里收十块，这么做呢，我们很快就把这笔账给了了，你说是不是？能结的账还是早结好。做生意嘛，跟谁做都一样，你要指望我，真的是遥遥无期。”

“行，你以为我非要你呀，男人不都一回事嘛。”彩霞很快就答应了。

这桩纠纷终于有了一个满意的解决方式，两人都舒了一口气。彩霞拍拍屁股准备回去，但刚走几步，又被巩生赶上来拉住。

“怎么啦，又反悔了？”彩霞怒吼道。

“不。”巩生正色道，“事情是这么解决了，但是口说无凭，我想还是写个条子吧。”

“连这你都不相信我？”

“不是不相信你，是不相信这个社会。”巩生道，“我们开工的时候，我们老板开了很多好条件，到了收工的时候，他就全忘了，你跟他提起来，他说，哦，我说过吗？同样道理，这事你要到时候真的忘记了，我找谁算账去？到时候我要维权，连个凭据都没有。对了，不要以为只有你们有保护伞，我们民工也有维权的组织。社会风气如此，我们不能不小心点儿，正规点儿，法制社会，证据很重要……”

彩霞被唠叨得没办法，只好答应，埋怨道：“好了好了，都听你的，不就弄一次嘛，那么费事，以为自己真是文化人了。”没有纸笔，彩霞只好带他上楼，在自己工作的房间里，拿了一张草纸。巩生伏在脏兮兮的工作床上，认真地写了一张字据。

欠　条

彩霞欠巩生十元钱，但无力偿还。下次巩生或者工友来彩霞处消费，彩霞只收二十元，欠款两清。

口说无凭，立字为据。

巩生好久没写字了，写得很慢，彩霞连连催促。好不容易写完，念给彩霞听，彩霞觉得理都写偏了，自己哪有欠他钱呀？但是为了把巩生快点打发走，她只好忍气吞声道："行了，你爱怎么写就怎么写，别再跟我要钱就是。"

巩生让彩霞签字，彩霞只有小学毕业，自己的名字倒是记得，只是多年不写字，手都硬了，好不容易写下两个硕大的字，纸都写破了。

巩生又看了一遍，边下楼边沉思着还有没有漏洞，走到门口的时候，终于认为这件事干得天衣无缝了。他满意地把欠条放进兜里，嘴里不由自主地嘟哝了一句："妈的，又多了一张白条。"

彩霞随着巩生下楼，把巩生彻底打发走以后，她舒服地叹了口气，又坐在门口的椅子上。房东老太太窃笑道："有你的，今天逮了个好男人，一天弄两次呀。"弄一次老太太都有五块钱的抽头。

彩霞苦笑一声，自嘲道："逮个好男人？哼，我可没那个命！"

小　王

王是中国的大姓。你随便在中国的哪个城市哪条街道上叫一声小王，指定都有人应声回答。为了测试小王在中国分布的密度，有一次我在城乡结合部的一个荒凉的公厕中无聊地小便，灵机一动，叫了声："小王。"突然间两个蹲坑的门同时打开，两个百无聊赖地拉着大便的人冲我道："大哥，你喊我吗？"我摇了摇头，得出科学的结论：有吃喝拉撒处必有小王。

现在我们看到的这个小王是众多小王中平淡无奇的一个。本来到了这个年龄，不应该被人叫小王了，但没办法，一是个子小，二是职务小，与其被叫作大王或者老王，还是叫小王最合适。今天小王有点心神不宁，确切地说，有点头晕气躁，不仅精神上，身体某个器官也确实有了毛病，所以比以往要早一些下班。在关门的瞬间，他回头看了看这个待了十年的办公室，以便确信自己没有落掉什么工作。对他来说，现在是非常时期，他在这个机关办公室待了十年了，现在到了一个坎上：能不能弄到一个副科，不仅检验十年努力的成果，而且决定未来的仕途。迟一步，就迟一百步，这次没能过去，下一次迫不及待的更年轻的人就踩着你的肩膀浩浩荡荡过去了，你将停在这里，无奈地看着远方一条叫仕途的金光大道。

小王夹着公文包，出了单位门口，穿过进修学校，直接步行就可以到家。在无数次往来穿梭中，他得出精确的数据：从办公室门口到自家门口，如果迈着均匀的步子，以从容不迫的速度，八分钟准时到达。果然，八分钟一到，小王就条件反射地掏出钥匙，轻轻打开房门。长期的工作习惯让他养成了轻手轻脚的习惯，如果动作一大，领导可能就认为你有不满。虽然有点病了，但小王对环境有异乎寻常的敏感，他突然感觉到家里的气氛有点不对：卧室的门是关着的。他凝神静气，直觉越来越得到验证，他听见卧室有声音。小王不愧是训练有素的小王，越是该发作的时候他越是冷静，他听了片刻激情的喘息声后，又注意到自己脚边多了一双男人皮鞋，老头牌皮鞋，看着都眼熟。他把冲到脑门上的血压了下来，再度把钥匙插进锁孔，轻声关上门，好像自己根本就不曾回来过。

小王走到马路对面，看几个老头下棋，其实眼睛一直瞟着自己的小区门口。在焦躁不安中，他终于等到一个高大的西装革履的身影走了出来，也夹着一个公文包，左右观察了一下，昂首挺胸踏着老头牌大皮鞋走了。小王心里怦怦跳起来，好像自己干了见不得人的事，赶紧把头低下来，埋在看棋的人头中。

恰似刮起一场暴雨，小王用了几个深呼吸，让自己的内心趋于平静。他快步走向自己家门，但走了一半突然改变了主意，调转方向，朝小区的自由市场走去。他从诸多海鲜、蔬菜和肉类面前走过，贩子们朝他兜售，他毫不理会，好像他来菜市场观光，又好像来菜市场沉思。终于，他回头再走一遍的时候，买了一斤羊肉、几条黄花鱼、一棵大白菜，就像带了一堆朋友往回走。

进门的时候，他故意把声音弄得很响。他的妻子小菊正在吹头发，显然刚从浴室里出来。

“这么早回来。”小菊瞟了他一眼，继续专心致志地看着镜子里的自己。

“不早了，都过了下班的点了。”

“下班不下班跟你没关系，你应该永远都处于加班的状态，即便没有班可加，也要给人留下加班的印象。懂吗，现在是关键时期，不能出娄子。”小菊干劲十足道。小菊以前是中学老师，后来托她父亲的关系，进了县委宣传部，挂在社科联，随着工作性质的变化以及交往人群的变化，她的口气也越来越有官腔范儿。

“嗯，这我知道，比你清楚得多。”小王若有所思道，“你也这么早呀今天，这个点洗什么澡。”

“嗨，主任要爬山，边爬边谈工作，我这不是跟在他后面，出了一身臭汗嘛！”小菊轻描淡写道。

“哪个主任？”

“还有哪个，还不是你的顶头上司黄主任，最近乡镇医疗状况调研，所有材料都经过我这边。”

小王觉得有一口血差点从胸中喷出来，他及时来个气沉丹田，摁了下去。这年头，最重要的是不能把自己身体搞垮了，一切都要忍耐。

“黄主任下午出去时还到我办公室一下，穿着老头皮鞋呢，怎么爬山？”

“爬山就非得要登山鞋呀，死脑筋，难怪混不开窍。”小菊责怪道，好像小王犯了个政治错误。

小王突然间觉得体内有一头公牛要闯出来，道：“以后别他妈的谁叫你爬山你就去，这城市这么小，让人看见影响多不好。”

“嘿，你还教训起我来了！我这还不是为了你好，现在你是什么时期，黄主任是你什么人，他要是哼一声，你的副科见鬼去吧。”

看见小菊生气，小王体内的那头公牛马上变成一头温顺的母牛，道：“好，好，我也就是提个建议，处理关系方面你不是一向比我强吗，都听你的。”

“那可不是，别狗咬吕洞宾不识好人心，每个成功男人的背后，都有一个成功女人，你这次要是提上去，那全是我的功劳，我告诉你。”小菊居功自傲道。

小王看不惯小菊的表情，看见小菊已经把头发吹干了，道：“哎，这话等有结果后再说吧，竞争那么激烈，我是越搞越没自信。我买了几个菜，你烧一下，晚上弄点粥吧。”

“平时都不买菜，今天干吗这么勤快，没看见我刚收拾干净嘛，还叫我弄菜。”小菊弄完头发后开始收拾脸蛋，道，“实话告诉你吧，有戏，很有戏。”

“你是听黄主任说的？”

“那不废话嘛，既然我跟他在一起了，能不给你打听这事吗？”小菊往脸上涂着乳液，道，“这么说吧，我是为了你的事，才跟他去爬山的。”

“他怎么说？”

“怎么说？人家能给你打包票吗，不能！”小菊卖关子道，“但是，人家答应尽力而为，而且人家对你印象不错，答应到这份上，客观条件已经很成熟了，剩下的是你自己的表现，所以你不要这么早回来，不管有没有事，扛到最后，知道不？”

小王的心情终于透进一缕阳光，连连点头道：“好，好，你早点这么跟我说嘛！”

黄主任这一票要是通过，那确实是有戏。

“什么都要我教你，你自己能不能开点窍？”小菊把脸蛋弄得光滑如镜，道，“我有饭局，你自己弄点吃的。”

“啊，谁的饭局？”

“还有谁呀，黄主任叫我我能不去吗？不给你趁热打铁，你自己还能拍谁的马屁？”

小菊踩着高跟鞋，像一匹马儿由慢而快奔向远方。小王关上门，在镜子里冷冷地看着自己，并且重新认识自己。现在他不急于把羊肉、黄花鱼和大白菜处理掉，而是想，明天一定叫书协的一山给自己写一幅书法，挂在墙上，就写：宰相肚里能撑船！

害羞的万玲玲

万玲玲抱着一个一岁多的孩子，走了进来。

小谢凭着感觉判断，她是代人来做鉴定的。因为万玲玲的长相清纯甜美，看样子也就二十岁出头，不可能是个妈妈。

万玲玲提供的检材是一份男子的毛发，显然，要做的是孩子与该男子的亲子鉴定。

“哦，那你是孩子的什么人？”小谢问。

“我是他妈妈。”

小谢吃了一惊，但没有流露在脸上，这是工作性质决定的。你不能对客户评头论足，即便只是流露出一点儿情绪。

但是这一问却打开了万玲玲的话匣子，道："你们能鉴定出好男人还是坏男人嘛？"

小谢微笑着摇了摇头。这项业务应该让上帝来搞。

"如果能测出哪个是坏男人，都宁可不做亲子鉴定。"万玲玲愤愤道。她毫无顾忌，把自己的情况像竹筒倒豆子一样倒了出来。

她原来在 KTV 上班，收入还不错，但在怀孕待产期间一下子失去收入来源，又因未结婚生孩子，父母怕人说闲话，也不让孩子进门。更让她伤心的是，和她交往过的男友，都不承认孩子是自己的。从前她觉得他们都那么好，现在才发觉男人都不是东西。

"你说男人是不是都不是东西？"万玲玲看见小谢毫无反应，追问道。

"哦，没那么好，也没那么坏吧。"

"哼，也许你是个好男人，我交往的没有一个好东西。"

十天后鉴定结果出来，该男子与孩子之间不存在任何生物学上的亲缘关系。

"那么，一定是他了。"万玲玲瞬间做了个排除法，很快就得出答案。

几天后，万玲玲带来了一个男青年。那青年显然很不情愿，而且不服气，但是被万玲玲的气势震慑住了。万玲玲冲他道："你要么就认了，要么就做鉴定，你跑不掉的。跟我好的时候，叫你吃屎你也愿意，现在又拖又赖，还是不是男人！"

小谢给她做了第二次鉴定。很遗憾，这个男青年也不是小孩的爸爸。

"喂，你们这个是不是不准呀？"万玲玲脸上有点挂不住了，责怪起小谢来。

小谢理解万玲玲的委屈，虽然她比一般的女人都明朗、泼辣、透明，但毕竟是女人。小谢只是建议道："如果你不相信，也可以去上一级的司法鉴定所。"

万玲玲骂骂咧咧地走了之后，小谢以为以后就见不到她了。但有一天，万玲玲一下子带来两个男人，这个场面把小谢吓了一跳，如果不了解初衷，还以为是带人来砸场子的。两个男人一直向万玲玲解释，他们都做了安全措施，不可能是他们的。万玲玲斩钉截铁道："要么上法院，要么就做。"跟上法院相比，两个男人还是觉得鉴定所是好地方。

万玲玲来拿结果时，彻底崩溃了。她先是抽泣，后来号啕大哭起来，突然她对小谢说："你来当孩子的爸爸吧！"

小谢吓坏了，他又摇头又摆手，好像怕万玲玲把他给吃了。

万玲玲哭完之后，反而安慰小谢道："我把你吓着了吧。其实，我现在真不是为了钱，我就是想让孩子可以叫声爸爸！"

一听到门外有喧闹声，小谢就会出去，等待万玲玲又带人来。但是此后万玲玲一直没有出现。有一天小谢忍不住给万玲玲打了个电话，想问问情况，但是该手机已经停机了。

小谢突然意识到，万玲玲走的时候其实已经害羞了。

粪便

农民王狗蛋在19××年的秋天非常沮丧。他从红薯地走回家的路上，看见两只狗正在疯狂地性交。这畜生做事也不选地方，专在人来人往的路上扭成一团，一边弄着一边瞧着路人，在它们的辞典里根本没有丢人现眼这一说法。对狗而言，这实在算不了什么，碰上了就干，动情了就干。它们在人面前干是因为它们知道人也干这事，只不过是在夜里干，在床上干，在没有他人干扰的情况下干。狗并不计较这些条件，狗的世界里没有狗道德，不需要遮遮掩掩那一套。但是今天这两只狗有点倒霉，因为它们碰上了王狗蛋。王狗蛋不是什么坏人，也不是觉得狗这么干有什么伤风败俗的，更不是因为他是个青春勃发的单身汉，而是他今天在气头上。生气了的狗蛋蔫不拉叽，像被秋霜打过的茄子，但看见这对狗忙得不亦乐乎，有一股火气就从他心头升起。这狗娘养的，我都愁死了你们却在寻欢作乐，这是什么年头人与狗居然这么不公平！王狗蛋操起一根木棍，伸过去从两只狗的臀中间架起来，把一条通红如香肠的玩意儿撑起来。听说狗的老二是长了钩子的，伸到母狗里面就死缠烂打，一时半刻是拔不出来的。不像人的玩意儿那么圆滑，一碰到风吹草动要被捉奸了就溜之大吉。两只狗大声哀号，大有海枯石烂永不分离的架势，从木棍上滑下去又被架起，屁股粘着屁股，要跑又跑不快。王狗蛋嘴里在喊：你们为什么比人快乐？你丫这么干不是看不起我吗！你以为老二有多牛逼，我立马就废了你丫的！

王二麻子带着他的媳妇儿去拾粪便，说，狗蛋，是不是娶不上媳妇儿就折腾狗哇！

狗蛋说，娶你妈个头，自己都养不活。

二麻子说，这么狠，将来生儿子没屁眼。

狗蛋说，生个头，自己都养不活！

狗蛋终于把两只狗给分开了。公狗拖着流血的玩意儿落荒而逃，母狗怨恨地瞪了一眼狗蛋，也绕了个圈随着公狗而去。它在心里诅咒狗蛋，诅咒他来世当个太监，或者是个阳痿分子。两只狗的离去使狗蛋怅然若失，使他从兴奋跌入愁闷之中。他耷拉着脑袋回到家，内心有排解不去的惆怅。

“多大了红薯。”他爹黑狗抽着熄灭多时的旱烟问。

“小着呢，还没鸡巴大。”狗蛋说。

“谁的鸡巴？”黑狗是个细心的老头，他一辈子见过无数鸡巴，他知道大鸡巴与小鸡巴差异极大。

“我的鸡巴。”狗蛋指了指自己的裤裆，说，“还没我鸡巴长得快。”

“我操，那不是要饿死咱们了。”

“是呀，那么大的红薯怎么吃，还不如把自己的鸡巴烧了吃。”狗蛋的嘴巴很是寡淡，几天来都是靠一点儿发馊的红薯条充饥，所以他恨不得从话里嚼出一点儿味道。他的想法也是合理的，一个一无所有的饥饿的人是会想把鸡巴弄了吃，而且他从来没尝过鸡巴的味道。另一种可能是，他太想吃肉了。

“都怪你这个兔崽子，平时不去拾粪，红薯没肥料怎么长？要不是我养你，你那鸡巴能长那么大吗？”黑狗是个养尊处优的贫农，仗着自己得了点气管炎，平时就不怎么爱劳动。连倒屎倒尿，自己每天夜里吐出的一盆痰，都叫老婆孩子干。他觉得把狗蛋养到二十岁了，没有病死也没饿死，真是功莫大焉。他一共生了四男二女，死了两个，是一男一女，剩下四个硕果，狗蛋是老大。其实狗蛋除了出生前用了一次他爹的鸡巴，他的成长没花他爹的一分力气。倒是他一长大，就开始接过他爹全部的活儿。

“满世界都是拾粪的人，哪有那么多粪！”狗蛋咕嘟着。不过他知道跟这个不爱劳动的农民多说没用，他无可奈何地操起粪筐，又一次走出家门。这已经是他在这一天里第三次出门拾粪了。早晨一次，中午一次，现在是黄昏，太阳像一堆金黄的粪便快要掉下来了，狗蛋指望谁家的牛儿在吃饱回家时撒下一泡，而牧牛人却毫无知觉。但是这种可能性太小了，牧牛人经常自己带着粪筐，他知道牛儿该在什么时候拉屎，他不但拾牛粪而且还拾狗粪，他不会把属于自己的粪便让给别人的。

这个黄昏注定是个沮丧的黄昏。狗蛋在村四周转了一圈，没有碰到一堆粪便，倒是碰到一堆堆拾粪的人，大家一见面就互相抱怨畜生们都不拉屎了，偶尔看见对方的粪筐里有一堆，赶忙问是怎么发现的，以期能推出一点儿经验。这是属于粪便的年代，植物们的成长全靠粪便和草木灰，乡亲们的口粮全都在粪便里面。狗蛋压根儿就不知道洋人已发明了化肥，不知道日后化肥会大行其道。狗蛋的心里只装着粪便。

村里最富的人就是拥有最多粪便的人，他叫陈大福，他有一个在农民中罕见的大腹，他的腹部就要垂到鸡巴上了。人们无法想象以这样的身材如何能操到老婆，并且一操就操出九个儿子。他的儿子也将继续增加下去，他的理想可能是要操出无数个儿子，把全村的地盘都占领了。多年以后，我们发现人口已经挤满了这个国家，我们才发觉他的那根鸡巴绝对是有罪的，但是当时的人并没有把它阉了。人们不知道他要操出多少个儿子，就像不知道他的腹部能装多少粪便。说他拥有最多的粪便，并不是指装在他腹部的粪便，而是指他拥有增坂村最大的粪池。他的粪池叫大福池，占据村中最显要的位置，既是南来北往的人的必经之地，也是村中闲人的聚散地，夏天人们在这里消暑，冬天人们在这儿晒太阳，他们并不认为粪臭是一种不好的气味。路过的行人们一见到大福池，就有排泄的欲望；在这儿闲聊的懒汉们本来应该把自己的大便送到自己的粪池去拉，但是他们太懒了，他们把自己身上唯一有用的东西送给了陈大福。大福池是村中的王府井，也是村中的西湖或九寨沟，它更是村里的中南海。这个最有人气的地方从陈大福的祖上流传下来，被陈大福牢牢占据。陈大福每天的活儿就是叼着烟斗守在粪池边，挽留路过的客人到大福池坐坐。远远看见有人挑着粪桶，就知道又有人买他的粪便了。到了夜里，陈大福就和他的儿子们挑来江水灌进粪池。大福池永远是满的，永远有粪便在卖。虽然在排泄的淡季（就是农忙的季节，闲人们也去劳动了），粪便稀了一点儿，但你完全可以和陈大福讨价还价，因为他最明白粪便是怎么变稀的。

狗蛋也有自己的粪池，但跟大福池比起来，他的粪池简直要羞得找个地洞钻进去了。除了狗蛋的家人，根本没有人愿意在这儿拉。它建在狗蛋的家门口，一条巷子的深处，谁愿意跑这儿来拉？修成总统套房还不定有人来呢。狗蛋一家人，肚子一个比一个瘪，能有多少屎？加起来还不够地里的红薯吃顿夜宵呢。狗蛋望着自己干涸的粪池，多么像断水多年的罗布泊。当然狗蛋根本不知道罗布泊，是我替他这么想的。狗蛋只知道愁得都要发疯了，他做梦都在梦见自己的粪池涨起来了，微风吹来，粪皮荡起了褶皱，满池的粪便在轻轻摇动，散发着醇厚醉人的气味。狗蛋如果能像骚人墨客一样吟诗，那么口吐的第一句肯定是“我愿长醉不复醒”。但是，所有的劳苦大众都知道，做梦是没有用的。狗蛋醒来的时候，他的粪池依然是空的。时值饥饿的秋天，离红薯的收成不到一个月了。在这些红薯成为粮食之前，如何让它饱餐一顿粪便，让它的个头再长大一点点呢？这是狗蛋冥思苦想的问题。

秋天的一个下半夜，穷人狗蛋生出了他的穷主意。也就是在所谓的黎明前最黑暗的时候，狗蛋挑着两个粪桶出发了。他瘦瘦的身子像一片黑色的刀刃插进夜色，两只光脚丫像长了眼睛在石板路上疾走。他的心里想的是忍饥挨饿的红薯，压根儿就没想到自己的危险。他是往大福池方向跑的，所有的目击者都知道他想干什么。他就在大福池停住了脚步，他还装模作样地竖起耳朵，听到的只有夜行动物偶尔的鸣声。他认为很安全了，开始了第一次重大的偷窃行为。他把大福池的粪便——陈大福赖以谋生的东西，捞到自己的粪桶里。这是粪便销售的旺季，大福池的粪便很稀了，一勺下去，发出很响的声音。狗蛋尽量小心翼翼，紧张得鸡巴一阵阵发冷，他觉得再这样下去鸡巴都要冻僵了。虽然黑暗中看得不甚分明，但他知道，他的粪桶就快满了，粪便就快要喂到红薯的嘴里了。他甚至都在心里安慰他的红薯了，好宝贝，你不要急，乖乖的，马上就有粪便吃。好好吃，好好长大，别让我明年再饿肚子。

这说明狗蛋还是很有想象力的。但是，对一个农民来说，想象力绝对是没用的东西，绝对不如一堆狗屎。或者说，也许就是想象力耽误了狗蛋偷粪的效率，导致他功败垂成。正在他沉浸于这种幻想时，他的脑后已经挨了一闷棍。后来他才知道这毫不留情的一棍是陈大福的二儿子二喜打的。老奸巨猾的陈大福每夜都派他的儿子来巡逻，他有很多儿子，可以轮流值班，今天轮到二喜，一个阴鸷的家伙。他手中的木棍已经有很长时间没有砸到偷粪贼的头了。今天他终于过了一把瘾，狗蛋便像一根完事后的鸡巴瘫倒在地了。

凌晨时大福池挤满了人，路过的，干活去的，都在这儿耽搁了一下。确实，人们已经很长时间没见到偷粪贼了，更没有见到惩罚偷粪贼的热闹场面了。狗蛋恰在此刻悠悠醒来，他的面前站着陈大福和他的儿子们，背后是看热闹的人群。当然，还有狗蛋的粪桶，装着几乎已经偷到手的粪便，像两个大腹便便的人。狗蛋想站起来，却发觉双手已被捆绑。

“你他妈在我这儿偷粪，是吃了豹子胆了。难怪我的粪池老是丢粪，就是你这个狗崽子搞的鬼。乡亲们，你们说，应该怎么惩罚他？”陈大福跃跃欲试，现在他把狗蛋当作羔羊，他就要开刀了，他的兴奋是显而易见的。陈大福家的生活最为优越，但也最没劲，每天就守着粪池，令他兴奋的事情实在是太少了。

“揍他！”“让他吃屎吧！”“把这个败类游街！”……

人们纷纷提出最好的建议，以证明他们决不姑息品质不好的人。在村里，偷粪是一桩重大的罪行，绝不亚于现在的抢银行。偷粪就是偷红薯的养分，其实也就是在偷红薯，也就是在偷乡亲们的口粮，你偷人家的口粮就是要饿死人家，就是在谋杀，所以比抢银行还严重。所以狗蛋现在是个谋财害命的人，谁都有权利惩罚他。

陈大福出手了。他撸起袖子，就要给乡亲们一个惊喜了。他提起狗蛋的细脖子，把他的脑袋摁到粪桶里，这样狗蛋就可以吃到亲爱的粪便了。他有力的手让狗蛋的整个脑袋淹没在粪水里，他脸上露出了快感。

哦，可能是太多的粪便让狗蛋无福消受，他的脑袋一次次地想拔出来。陈大福用他有力的手一次次地摁住。狗蛋只好扭动着他的身子，像一条蛇在挣扎。人们凝神屏息，都在猜测狗蛋现在是处于欢乐还是痛苦之中。

狗蛋的脸终于浮了上来。人们看见了一张沾满粪便的脸，痛苦扭曲的脸。人们才想到把头浸在粪便里可能不是一件快乐的事。接着人们看到狗蛋的嘴里吐出东西了，先是粪便，然后是肚子里的秽物，最后是绿色的胆汁。胆汁吐完了，最后从狗蛋嘴里出来的是一句软弱无力的骂声：

“天杀的陈大福！”

在狗蛋遭受酷刑的时候，人们看见黑狗也在人群中。不知为什么，黑狗根本没去阻止陈大福的举动，可能他知道狗蛋谋财害命，理屈词穷。他只是希望陈大福的把戏快点结束。终于，他等到狗蛋的头露出来了，他提了一桶水，浇在狗蛋的头上。这个干瘪无用的老头在陈大福面前诚惶诚恐地哀求："大福兄弟，你就原谅这个小孩，让他回家吧。"

"不行。"陈大福凛然道，"还没游街呢！"

这个秋天增坂村又死去了不少人，大部分是老人和小孩。他们不是饿死就是吃各种各样的东西而死，死者面色浮肿身体干瘦，完全是一副饿死鬼的样子。尸体堆在一个叫万人堆的地方，那儿有两棵巨大的榕树，像两个巨大的怀抱收容了所有的饿死鬼。这里是土地最肥沃的地方，草木疯长，两棵榕树常年青春勃发，树上栖息了数不清的白鹭，傍晚时分，白鹭聚集在树中上下翻飞，像一张张祭灵的白纸，或者说这儿就是个巨大的灵堂。这是个草木吃人的地方，它阴森，拒绝活人进来。

狗蛋在被抬到万人堆的路上又醒了过来。他在担架上叫了起来："你们他妈的想害死我？我还活着，你们听见了吗！"抬他的人见他醒了，不像个死人，还嚷嚷着，就说："你活过来了？那就自己回去吧。你以为我们喜欢抬死鬼？"

狗蛋被认为该进万人堆有几种原因。他被陈大福灌粪之后，又被游了一趟街，抬到家里时也就奄奄一息了。没有什么活力，眼见着又没死，就这么躺了几天几夜。就在这时候，他的一个弟弟吃野菜吃死了，在抬他弟弟去万人堆的路上，人们估计过几天就要抬狗蛋了。果然，过了几天，他们就问黑狗要不要抬狗蛋。黑狗探了探狗蛋的鼻息，说："抬走吧抬走吧，走了省事！"他们就把不省人事的狗蛋给抬走了。另外一种可能就是，黑狗想把狗蛋给打发了，今年的口粮就可以少一个人吃了。

狗蛋走回家的时候黑狗都吃了一惊：“怎么又活过来了你？”

“你这个老王八蛋想害死我呀！”狗蛋指着黑狗的鼻子，然后顺便给了他一巴掌。

黑狗自知理亏，摸了摸老脸说：“我明明见你死了嘛。活过来也好，过两天可以去收红薯了。快来把这些剩饭给吃了。”

狗蛋接过黑狗吃剩的不知什么玩意儿，一口气塞到肚子里，还不依不饶地问：“说，我是不是你生的？”

“当然了，没有我这根鸡巴，怎么能生下你这么好的儿子。”黑狗讨好地说。

“可是我死了你他妈的却跟没事一样，还吃得这么香。”狗蛋把破碗扣到桌子上，继续教训黑狗，“你还有没有良心，你还像不像我爹？”

“孩子，良心不良心都是虚的东西，你叫不叫我爹也无所谓，关键是要有吃的，要能活下去。你要是活不下去就没辙，你要是能活下去就认准活路走。谁能给你吃的你就叫他爹，叫他爷都没关系。你也没必要死认我是你爹，就非要我怎么样，要生下一个人还不容易，鸡巴一翘就成了。可是要养一个人就不容易了，谁能养你谁就是你真正的爹，你要是能养活自己你就是自个儿的爹。总不能你死了我就不吃东西，不是的，吃是最重要的，我还没开始悲伤肚子就饿了，所以我要先吃，吃饱了才有心思为你难过……”

黑狗嘴里念念有词，装成哲学家的样子，把狗蛋说懵了。狗蛋打断他的话，说：“我不理你胡说八道，你以后给我小心点，否则别怪我翻脸不认人。”

活过来的狗蛋患了一种奇怪的症状，只要一看到大福池，或者谁一提到大福池，他的胃就抽搐，就吐酸水，吐胆汁。每当这个时候，多好吃的东西他也吃不进去，更何况根本就没什么好吃的东西。狗蛋的这个症状帮了黑狗的许多忙，因为只要家里的食物不够分，黑狗提起大福池，就不用准备狗蛋的那一份了。狗蛋心里暗骂这个老杂种，他心里知道老家伙就是这么自私，把他丢到粪坑里也改不了这德行。

红薯收获的季节大家都很忙，心里也很快乐。不管它长得多么小，多么像未发育成熟的小卵蛋，毕竟是大家一年劳动的成果，它就要满足人们期待已久的食欲了。狗蛋也忘了自己的痛苦，每天刨着小鸡巴红薯不亦乐乎。不管够不够一年的口粮，这个冬天是没有问题了。狗蛋看到二麻子的红薯个头挺大的，忙讨教经验。二麻子斩钉截铁地说：“没什么经验，只有两个字：粪便。不是说庄稼一枝花，全靠粪当家嘛，你知道今年我走了多少地方拾粪，这方圆百里，哪里有粪哪里就有我的影子。小伙子，这红薯长得不容易呀！”狗蛋唯唯诺诺，站在高山之上，放眼四望，何处有粪便的影子？

饱暖思淫欲，有了吃的，庄稼人就开始张罗些男女之事了。有个专门做媒的老太婆正在推销邻村黄四娘的女儿，叫黄花菜。由于常年营养不良，长得跟黄花菜似的，绰号也就成了正名。在老太婆的嘴里，黄花菜被说成一朵花，是那种稻草说成黄金的花。所以当老太婆在黑狗家游说的时候，黑狗都被说动心了。老太婆说：“你们家狗蛋，也到年纪了，又是你们家老大，没个媳妇儿怎么行！按说这狗蛋，名声不好，曾经是远近闻名的偷粪贼，但是人家现在不计较，人家只要你能踏踏实实过日子，以后不要干这偷鸡摸狗的把戏，也就成了。这可是你们家几世修来的福，过了这个村就没有那个店了，得瞅准机会呀黑狗同志。”

黑狗听着听着，哈喇子就下来了。这个老家伙，又养不活儿子，又做着子孙满堂的美梦。他激动地问：“就这么容易吗？对方有提条件吗？”

老太婆故作轻松地说：“哪有什么条件呀，根本就没条件。你瞧，对方就说，你们家要是有盈余的红薯干挑一担过去，人就马上过来。你想想，这算什么条件，一个如花似玉的姑娘，一担红薯干算个啥。其实对方要的也就是个仪式，一个面子，你总要送点什么东西过去做个面子，要不人家也太掉价了不是。养个姑娘没功劳也有苦劳，黑狗你也是个能断文识字的文化人，你应该理解这个面子问题是不是！”

黑狗一听说一担红薯干，脊背一凉，就打了个寒战。又被老太婆夸成个文化人，一股热流从胸中涌出，心中可谓是悲喜交加，失望与希望并存。在老太婆晓之以理动之以情的糖衣炮弹的攻击下，黑狗渐渐乱了阵脚，暂时忘记饥饿使儿女相继死去的情景，心中充满了子孙同堂幸福快乐的幻象。老家伙最后咬着牙闭着眼，一拍桌子：成交！

这一天黑狗正昧着良心从粮仓里搬红薯干，装满一个箩筐，又装另一个。狗蛋拾粪回来，说：“你疯了，你要把它全吃完？”

黑狗慢吞吞地说：“不是给自己吃，是给你去换媳妇儿呢！”

狗蛋没明白怎么回事，听黑狗慢条斯理地讲清了原委，一把操起装满红薯干的箩筐，劈头盖脸地朝站在粮仓的黑狗倒去。可怜的黑狗，或者幸福的黑狗，他被粮食包围了。

“你省点心吧。”狗蛋狠狠地指着黑狗，“你怎么越老越糊涂？人家把姑娘送给你，就是送到你家来吃饭，这还不够，你还要把粮食送给她家。你是不是存心要把我们兄弟饿死，老秃驴你怎么这么没良心！再说，这粮食是我一年到头辛辛苦苦攒来的，关你什么事，留一口给你吃已经很不错了，你还要乱挥霍。告诉你，你要再敢打这粮食的主意，我就一板砖拍死你送你到万人堆去！”

“我也是为了你好嘛，你不要媳妇儿也省得我操心。”黑狗一脸沮丧，看了看狗蛋没反应，问，“喂，你是不是真的不要这姑娘了？”

“不要。”狗蛋坚决地说。

“就这么黄了？”

“黄了！”

在一个围绕着粪便而努力的年代，狗蛋每天无不为如何收集粪便而绞尽脑汁。如果大学里开一门粪便课，狗蛋完全可以当博士生导师。比如，通常在哪些地方可以拾到狗粪，哪些地方可以拾到猪粪，猪粪、狗粪和牛粪催肥的能量比，粪便以多少的比例掺上草木灰构成庄稼最可口的食物，粪便在什么环境下可以保持最高的肥力等等，狗蛋的脑子里装满了粪便的知识。知识如此渊博的狗蛋，却无缘得到更多的粪便，就如空有一身本领而没有经费搞研究的大学教授一样。茫茫神州，为何粪便如此之少？这是农民狗蛋的慨叹。

有一天狗蛋无意中想起了大福池，心里恶心了一阵子，随后就冒出了一个主意。当然，这次的主意不再是去偷粪了，狗蛋就是胆子再大，也不会再想这个主意了。有的事可以做一辈子，有的事一辈子只能做一次，像偷粪这样的事对狗蛋来说一次已经太多了。偷一次粪差点丢了一条命，这么牛逼的粪能随便乱偷吗？

几天后人们看见村外的路口建起了一个小茅房。这是一个三岔路口，一头通往码头漳湾，一头通往县城，另一头就是增坂村。人们还看见守在茅房边的是狗蛋，于是大家都知道狗蛋是茅房的主人。这狗日的，倒是知道坐享其成！有人开始这么议论。农民的脑袋是木疙瘩，做事情就是老老实实按部就班地做，只懂得卖力气，根本不去想省事的法子。看到狗蛋这么投机取巧，心里就不是味了。狗蛋可不管这些，他不再到处去拾粪了，欢天喜地地守着茅房，是一种从推销员上升到销售部经理的喜悦。路过的人都会受到狗蛋的盛情邀请，你要是膀胱里没东西，就只能对狗蛋说抱歉；只要你的膀胱里还有一点点货色，你就不得不排泄在狗蛋的茅房里。他实在是太热情了，准备了开水给你喝，恨不得变成尿立马拉出来。这个茅房给人的印象倒像是客栈，一家服务热情顾客永远是上帝的客栈。狗蛋的态度比任何一家客栈都要好，客栈赚的还只是利润，而狗蛋的茅房却是无本万利，狗蛋付出的只是甜言蜜语，而获得的就是金黄的粪便，就是粮食，就是生命的本钱。我敢肯定，狗蛋如果生在这个时代，肯定就是商界奇才，就是比尔·盖茨就是索罗斯。他的想法已经从当地农民思维中脱颖而出了，已经从农业社会飞跃到商业社会，从计划经济跳到市场经济了。用一张笑脸换取粪便，不是天才是不能想出来的。

一个守株待兔的下午，狗蛋在他的茅房边撞上了他的狗运。在通往县城的那条路上，远远走来了三个影子，一个卖艺老头和他的女儿，以及一只猴子。老头姓氏籍贯不详，他的女儿叫红霞，姓不可考。我之所以记得红霞的名字，是因为她是我的母亲。她在卖艺途经增坂村的时候，才十七岁，如花似玉的年龄和如花似玉的容貌，稍稍被风尘挡住了颜色。三只疲惫的动物碰到了热情的狗蛋，一个千方百计骗取人们粪便的有些精明的农民，他们喝了狗蛋的开水，很快被狗蛋的热忱感染了，老头子拉了泡屎，红霞撒了泡尿，猴子不懂人情世故，没有给狗蛋留下见面礼。狗蛋知道猴子拉屎也没多少，没有笑脸相逼。

“真是精明呀，小伙子，怎么称呼你？”老头操着浓重的北方口音问。

“我没名，就叫狗蛋。”

“好名儿。”老头说，“多大啦，还没结婚吧？”

“二十还是二十一了吧。”狗蛋说，“忙，忙得连岁数都忘了，凑合活着，还结什么婚。”

“小伙子，实在。”老头趁着他闺女在蹲茅房，问，“你看我这闺女怎么样。”

“好，好……好看。”狗蛋憋了半天，才憋出这么一个形容词来。在他那充满粪便的脑袋里，哪有什么审美常识，哪有什么美好的形容词。而且狗蛋压根儿就看不出她的好看，他只是在礼节上打发老头而已。狗蛋脑袋里想的是她能够贡献多少粪便给他。

老头子走的时候，拍了拍狗蛋的肩膀说：“小伙子，好好干，你会很有前途的。”

这种时髦的话只有走江湖的人才说得出来。什么前途，狗蛋根本就没听过这个名词。一个人守在农村守在茅坑边会有什么前途。狗蛋和他们挥手告别，心里却暗笑这个老头说胡话。

这是狗蛋第一次和我母亲红霞见面，甚至狗蛋都没看清楚她长什么样，他们之间唯一的交流就是她的一泡尿，或者他的一杯白开水，双方微不足道的见面礼。但是，仅仅这么一次擦肩而过，却使我的母亲留了下来，成为狗蛋的妻子，或者说，使狗蛋成了我的父亲，或者说，使一朵鲜花插在了牛粪上。反正，不管怎么说，这都不是个很好的结局。我想一切的原因，都是因为老头，老头看走了眼，把狗蛋当成一个前途无量的青年。他认定这个半路上劫人粪便的青年是个好同志。

接下来的事情非常简单。狗蛋回家的时候，看见我年轻的母亲已经在家里帮他干活了。她在擦洗破旧的家具，清理狗蛋的狗窝，因为这个狗窝很快就有她的一份了。黑狗叼着烟斗，很得意地看着，好像她已经是他过门的儿媳妇了。狗蛋吃了一惊，他的最敏感的神经抖动了一下，他意识到一个阴谋已经背着他发生了。

“你怎么会在这儿？”狗蛋问我母亲。

我母亲根本不理他。他们容貌相差太大了，一只天鹅绝对有权利不回答癞蛤蟆的问题，更何况这只癞蛤蟆还气势汹汹的样子。我母亲朝黑狗努了努嘴，意思是让他问黑狗去。

“这是你媳妇儿，天上掉下来的媳妇儿。”黑狗奸笑着，脸上是捡了大便宜后的得意。

“谁让你又给我找媳妇儿了。”这只癞蛤蟆一脸对天鹅不感兴趣的样子，真是一只吃粪长大的癞蛤蟆。

“不是你自己要的吗？”黑狗说，“她爹说了，在路上都跟你商量好了，你也挺中意，人家才打听到咱家。”

“谁他妈中什么意了！”狗蛋脑袋开窍起来，才发觉那老头问的每句话都有目的。

“你说过的，你说过我好看。”我母亲开口了，她要揭穿狗蛋的谎言。

“我是说过，我随便说说而已，又没有说要你。”狗蛋埋怨着，脑袋里突然划过一道闪电，冲着黑狗就喊，“你是不是送老头一担红薯干？”

狗蛋的拳头已经冒起了青筋，只等黑狗做出肯定的回答，便一拳砸烂他的脑袋。

“没有呀，人家什么也没要。我说过，是白捡的媳妇儿。你这兔崽子到底要不要，不要就给我！”

“老流氓！”狗蛋狠狠地骂着，去粮仓检查他的红薯干。

我的母亲就这样流落在遥远的异乡。她在两只狗的争吵中流下两行清泪，开始了她不再漂泊的生活。

老艺人把女儿扔给狗蛋，可能是一厢情愿地认为狗蛋会创造幸福的生活，至少，狗蛋有能力让她吃饱饭。只要有饭吃，又何必跟着自己有一顿没一顿地流浪！而且，他认为狗蛋已经喜欢上了他的女儿，怎么会不喜欢呢，一个十七岁的水灵灵的女孩，只要是眼睛没有被狗屎蒙住，都会喜欢的。可是，这个见多识广的老头子这次是走了眼了，狗蛋不仅眼睛被狗屎蒙住，而且脑袋也被狗屎蒙住。他的逻辑是，这个老头只是扔下一个人来消费他家的粮食。在他的词典里，根本就没有婚姻、爱情、女人、性诸如此类的概念。我母亲把他的狗窝占了，他就跑到另一个狗窝去睡。那时候结婚是不要什么仪式的，不要请人吃饭（否则谁也不会去结婚），更别说上星级酒店去讲排场。仪式就是睡觉，把床单睡红了，挂到屋外去炫耀一下，向左邻右舍宣告：我们家昨晚结了次婚。大家都知道黑狗家捡了个媳妇，迟迟不见他把床单晾出来，有心人都在想是不是捡了双破鞋。谁知道是狗蛋对女人的认识还没启蒙，他根本就不知道女人是个美好的东西，男人不可或缺的东西，他对女人的认识仅在一个层面：女人是消费粮食的动物。这说明，即使是多么漂亮的天鹅，在一只毫无审美能力的癞蛤蟆面前，和狗屎也没区别。天下最不幸的天鹅，莫过于这样的天鹅。

皇帝不急的话自然会有人来急，那就是太监。黑狗对狗蛋这样拖延婚期感到愤怒，他只差一点儿就要给床单涂上猪血挂出去了。他怀着最后的希望教导狗蛋。

“孩子，去跟媳妇睡吧，睡了晚上就有事干了。”

“白天活儿已经干得够呛了，你叫我晚上还干，你想累死我是不是？”

“不一样，真的不一样，白天干活是苦的，晚上干活是乐的。”

“哪有什么活儿是乐的？你替我干了算了。”

“不能替，什么事儿都能替，就是这个不能替，一替你爹的一世英名就毁了。说明白了，就是去操你媳妇儿，把她操出个儿子来。”

“还操出个儿子？我咋知道怎么操？”

“你没有看见狗吗？人也差不多，就是把那东西给塞进去。”

“那多恶心呀，我一看见狗操我就来气。”

“看起来很恶心，干起来很爽的。孩子，听我话，没错的，干一次你就上瘾了，你会觉得鸡巴有地儿住是非常幸福的。”

黑狗的教导是失败的，他不该举狗操的例子，那样只会增加狗蛋的反感。虽然狗蛋的生活还不如狗幸福，但狗蛋自认为比狗要高一等。狗热衷的事情，狗蛋是不屑于去做的。

但是我的母亲自有办法，她走过江湖，见多识广，对狗蛋的木疙瘩脑袋见怪不怪。在她走过的地方中，有多少人对她垂涎欲滴，她深知自己的魅力。她用年轻而聪明的脑袋想了个主意，她马上就要让木疙瘩开窍了。

一天傍晚，狗蛋像往日一样回家，他根本不知道这天傍晚已在我母亲的操纵之下。当他推开门的时候，他看见了从未见过的景色。我的母亲正在洗澡，或者说，正在向狗蛋炫耀她一丝不挂的身体，黑白分明的身体，正在等着做女人的身体。可怜的狗蛋，他吓呆了，他何曾见过这等壮观的场面，他有何德何能享受这等福分。他张大嘴巴，瞪着眼睛，看着我母亲从容不迫地挺着年轻的胸部。他心里也许在想：她那破旧的衣服包的就是这样的东西吗？真的是吗？他开始眨眼睛了，因为他不相信自己的眼睛。

我母亲脸上露出胜利的笑容，她轻轻地呵斥："出去，要看晚上到被窝里看。"

第二天黑狗就挂出了血染的床单，那是我母亲的胜利的旗帜，但是黑狗却把它当成是狗蛋的胜利。有邻居问："怎么到今天才同房？"

"我那孩子，就想等个良辰吉日嘛！"黑狗煞有介事地说，好像这一天早在他的预料之中。

说说狗蛋的第一夜很有意思。它证明一个男人想成为真正的男人，就必须长期学习和领会，像狗蛋这样长期蒙昧，临时抱佛脚是行不通的。所谓种瓜得瓜种豆得豆，你平时都不种，到时候就想收成？没门，除非你是天才。狗蛋离天才还有十万八千里，所以他钻进我母亲的被窝，摸到柔软的香喷喷的身体，他就不知道该怎么办了。就像一个穷人穷日子过惯了，突然遇上这么一桌满汉全席，你说他该往哪儿下筷子？所以他就死抱着不动了，你别以为他是在忏悔平时不学习，他只是在想，我他妈的平时都干吗去了，有这么好的东西不享用！他不懂得相见恨晚这个词，否则他会在被窝里说，相见恨晚呀相见恨晚！他的脑袋就在琢磨这事，所以他不动，直到把我母亲给等急了。

"你他妈的到底想干什么？"我母亲气了。

“我……我不想干什么。”

“你不想干还来我被窝里干什么？”

“那……那我走……”狗蛋恋恋不舍地想走。

“唉。”我母亲叹了一口气，“你爹怎么会生出你这么操蛋的儿子？”

我母亲一手拧住狗蛋的耳朵，不让他走，一手引导他。

“用力，用力进去，我就是你的了。”

我母亲忍着痛，细声细语地教导他，像教导一个平时不做功课考试专抄答案的孩子。终于，她发出一声尖叫了。狗蛋得60分啦。

是的，狗蛋看见血了，潮乎乎的，他不知道是谁的血，他又吓坏了。他不知道自己已经过了道坎了，已经及格了。但是过了及格线以后他又不知道怎么做了，我的母亲希望他能争取70分、80分，乃至100分，甚至把附加分拿来也没事，但我母亲已经没力气教他了。而这个不求上进的孩子也就仅仅在60分这条线上拿着笔不知所措了。

“怎么办？”他诚惶诚恐地问。

“干呀，像狗一样干！”我母亲很痛苦地用最后的力气喊。

在农村，也只有狗的例子最常见易懂。但是，这个例子对狗蛋来说是最不适用的。一听到狗，他就想起那根血淋淋的东西，想起他用一根木棍把两只狗架开的样子，一种夹杂着恐惧和恶心的感觉涌了上来，他打了个寒战。他喷出来了。

这就是狗蛋在这个夜里的成绩。第二天那张模糊的卷面就被黑狗挂出去了。其实从卷面上根本看不出成绩，即使人们认为狗蛋的成绩不错，那也是从表面上看出来的。况且，高分低能的学生多得是。像狗蛋，那天夜里得到唯一的后遗症就是早泄，所以他绝对是低能的学生。后来，狗蛋虽然对性事逐渐入门，并乐此不疲，他依然早泄。但他自己浑然不觉，他以为每个人干这事都是这么短暂，都是不到一分钟。就这一分钟已经使他的生活幸福起来了。

狗蛋从此很留恋那一分钟的生活，最初的那些日子，狗蛋就盼着早早地天黑，早早地钻入被窝。甚至，他对粪便都不那么热爱了，因为他不像以前那样全天候地守着茅房。这说明，他对粪便的热情已经被某些东西分流了。直到有一天，他的茅房被人砸破了。

狗蛋的不劳而获早就引起很多人的不满了。凭什么我们要到四邻八乡拾粪你却以逸待劳？你狗蛋不就是个农民吗又不是资本家？所以有人砸狗蛋的茅坑是正常的。茅坑被砸，狗蛋才从温柔乡中醒来，茅坑一毁，生命线就要被掐断了。爱情诚可贵，生命价更高，总不能守着老婆置活路于不顾吧。狗蛋是从死亡线上挣扎回来的人，懂得生存高于一切。他马上修补茅坑，然后兢兢业业地守着。

这一年狗蛋的红薯长势良好，当然，全是粪便造的福。当红薯大于鸡巴时，我母亲每天到地里看守，防贼，防匪，防偷吃红薯的小野兽。她心里充满着即将丰收的喜悦。有时候，她会扒开泥土，看看红薯长得多大了，那些生殖器状的红薯给她很亲切的感觉，让她遐想无穷。有些浪漫的农民经过，会用一些笑话来调戏她，也就是现在的性骚扰，她也喜欢这样的性骚扰。因为狗蛋实在不是个浪漫的人，狗蛋的一分钟从来没让她有满足感，她从来没有得到女人的幸福。确实，狗蛋只配终身与粪便为伍。

这天，她在红薯地里找了个僻静处拉了泡小便。刚转过身，就看见有人在挖她的红薯。“土匪！”她叫了一声就冲过去，甚至连腰带都没绑好。偷红薯的确实是这一带的山匪，专门在山路上剪径，碰到这种饥荒的年代，劫不到东西也要偷一筐红薯回去，不空手是他们的规矩。

“别过来，一过来我就杀了你。”那个土匪掏出一把弯刀，要挟道，“我只挖一筐就走。”

“不，不行！”我母亲倔强地说，“一个也不行！”

土匪一手举着刀，一手开始挖了。那长成半大个的红薯，狗蛋一年的心血，就要被挖出来了。他不知道我母亲是走过江湖的，除了饿，什么都不怕的女子，他太粗心了，一分神，我母亲已经在抢他的刀了。

两个人就这样扭在一起。从始至终，那土匪一直没用他的刀，证明了这是个有行规的土匪。整个战斗的转折点在于，我母亲裤子脱落的一瞬间。也许是这一瞬间，土匪被美征服了，反正他就这样摁住她，盯着她的眼睛，提出了他的条件。

“你把腿张开，我不挖你的红薯。”

母亲挽救红薯的努力有了转机，她脸上有了希望的神色。

“一个也不挖？”

“说不挖就不挖。”

“你发誓，你要挖就天打雷劈！”

“我要挖就天打雷劈，你快点！”

我母亲放心了，她张开了腿。为了保卫粮食，有什么不能张开的？

半个小时后，那个守信用的土匪走了，确实没挖走一个红薯。我的母亲坐在地上喘气，也许是回味。这是她结婚后享受到的第一次满分的性爱。接着她看见山下走来一个挑粪的人，那是狗蛋。

“有一个土匪来偷红薯。”她喘着气说，还没摁下激动的心情。

“偷了吗？”狗蛋像被挖了祖坟，急得跳起来。

“没有，但是把我干了。”我母亲指着裤子。

狗蛋看到她裤子上一块地方湿淋淋的，那是土匪留下的污物。狗蛋用擦汗的毛巾给她擦了擦。

“是不是一个也没偷？”

“他答应一个也不偷我才让干的。”

“没偷就好。”狗蛋给自己擦了擦汗说，“干一次有什么，又没丢什么东西。要是被人偷了今年又要缺粮。”

他扶我母亲站起来，说：“没事吧。”

“没事。”我母亲说，“挺好的。”

两个人从来没这么恩爱过，为了保卫红薯的共同目标，两个人出现了前所未有的团结。他们愉快地在山坡上浇着粪，憧憬着不再饥饿的一年。

关于粪便年代的事情，该说的也差不多都说了。最后值得一提的是我的诞生，因为我生在一个多事之秋。我母亲怀孕的时候，黑狗高兴极了，因为他憧憬的子孙满堂的梦想就要实现了。而狗蛋却有些烦闷，主要是我母亲怀孕的时间令他不快。就凭直觉，他也能觉出我母亲怀孕和被土匪干了有关系。实际上就是这么回事，那个土匪是个神射手，一发就中。狗蛋在这一点上没有自知之明，他是个早泄分子，他怎么能制造出像我这么牛逼的儿子，谅他没早泄也不能。他生的儿子肯定满脑子是大粪，而我却是个推翻粪便时代的人物。后来狗蛋要给我取名叫狗剩，意思就是狗蛋剩下来的东西，一定要把我和他强拉上一点儿关系。我想想也就算了，就给狗蛋一点儿名分吧。

俗话说福无双至祸不单行，狗蛋能娶到我母亲也算是撞上了大运，往后来的也该是倒霉事了。第一件倒霉事就是我母亲怀的根本不是他的种，是土匪的种。黑狗蒙在鼓里，狗蛋心里清楚得很，凭他那一分钟的水平怎能生下我？又不是天才。他心里唯一可以自慰的是，别人播的种，收成了就是我的，倒是免得我动手。第二件倒霉事，就是他的茅房已经成为众矢之的了。狗蛋利用茅房收集了大量的粪便，使他那一年的红薯大获丰收，远近闻名，激起了村里人的一股无名怒火。以陈大福为首的乡亲们给狗蛋列下几条罪状，包括有碍我村的名声，也就是现在讲的精神文明建设；包括阻断别人的粪路，特别是大福池，本来行人的粪便是送到大福池来拉的，可现在半路就叫你给截了，可谓是不正当竞争。最重要的是占用公用地界，于法不容。这些罪状都是聚集在大福池闲聊的人列出来的，由陈大福来执行。于是，陈大福在黑狗面前高声朗诵，让狗蛋立马把茅房夷为平地。

狗蛋从此就拿了一截木棍守在茅房，意思是谁敢拆茅房他就一闷棍打死谁。也有人偷偷在夜里把茅房砸个窟窿，也有村里的老人去劝狗蛋把茅房拆了，狗蛋不为所动，只是修补他的茅房。他知道所有的行动都与陈大福有关。这个靠着大粪发家致富的人已经不能容忍任何一个人拥有和他同样多的大粪。那一年狗蛋烦躁极了，我母亲大着肚子在家里，他不时回来看我母亲，又不时回到茅房。他似乎在等着我出生，看看我是否长得哪怕只有一点点像他。当我出生的时候，他很快就失望了。我跟他完全是两种风格，风马牛不相及的风格。就叫狗剩吧，他说。这是他预谋已久的名字。我在出生七天后，才拉第一次大便。这七天可把狗蛋一家人急坏了，因为一个小孩没拉下大便，就证明他还没真正活过来。我在一个阳光灿烂的早晨，拉下了一堆金黄的粪便，狗蛋高兴得手舞足蹈，我的儿子能拉粪便啦！我的儿子可以种庄稼喽，他欢呼着。这狗日的也想把我培养成一个粪便专家呢。他用臭烘烘的嘴巴吻了我一下，然后捧着我的粪便走向他的茅房。

这是狗蛋和我们的永别。

具体情况是，狗蛋后来就没有回来。晚上有人来报信说，陈大福在你们家茅房呛死了，肯定是狗蛋干的，是狗蛋把他弄死的。目击者说，陈大福去劝狗蛋拆了茅房，接着就和狗蛋扭打在一起，狗蛋就用当年陈大福惩罚他的手段把陈大福呛死了。

“狗蛋呢？”我母亲问。

“他跑了，他不跑就得死。”

确实，狗蛋已经顾不上狗剩了。他像丧家之犬慌里慌张地消失了。后来有人说他去做了土匪，到处糟蹋民女；有人说他做了乞丐，客死他乡了。管他呢，死了也好，一个整天和粪便为伍的人，死了更干净。

我们连夜逃跑，在被陈大福的儿子们逮住剥掉三层皮之前，我们也从这个村庄消失了。我母亲很快和黑狗他们走散了，她带着我走过了很多个村庄，她也曾嫁给很多个男人。她漂亮聪明，更明白生存的重要，她嫁给他们就是要他们把我养大。可惜他们中大部分人是孬种，没有什么本事能让我好好生长。她不停地嫁人，不停地选择更好的生存环境。或者说，我母亲用她的姿色和身体养我长大。我爱她，就像狗蛋爱着粪便。

北京金秋午后

1

我到北京的第二天，我的朋友马鞍山就匆匆地出国了，他去哈佛大学攻读比较文学博士。临走前他把楼房钥匙交给我，心不在焉地跟我说了一大堆话，大意是房间给我管，我可以住一间还有一间已经租给别人，我也心不在焉地听着，内心有些沮丧。念本科时我和马鞍山同一宿舍，我成绩比他好人也比他聪明，思想进步，是优秀学生干部和年级里的第一批党员，哪一方面都压过他一头，结果毕了业，我回了家乡，越混越没混头，看着我所在单位眨眼就要倒闭了，只好再回北京谋条生路。马鞍山跟我走相反的路，他一面工作一面提早念完硕士一晃就要到我们都向往的天堂了，真是二十年河东二十年河西。我去机场送走马鞍山，因为昨晚睡不好，回来时居然在车上吐了一场，弄得衣服脏兮兮的，还被乘务员训斥一顿。回到大院的时候，居委会的老太太愣愣地看着我，像看一只马猴。我想可能是衣服脏兮兮的缘故，没理她，我最烦没完没了无风起浪的老太太了。

“站住！”老太太突然站了起来，用看待敌人的眼光看着我。

我吃了一惊，回过身来，我想我是出了问题了，而且又是被耐性最好的北京老太太逮住，不由心惊肉跳。

“是我吗？”我诚惶诚恐地问，越显得做贼心虚。

“就是你。”老太太看我慌张的样子，说话越有底气了，“去哪儿呢你？”

“我住这儿，2栋103，哦是113，马鞍山的，我朋友你马鞍山知道吗？我刚住在他那儿。”我语无伦次。

“我不知道马鞍山马鞍水，我只认人，我一看就知道你不是这儿的。”老太太根本不听我的话，只是在证实自己的判断力。看她自信的样子，一定是被自己的判断力给折服了。

“真的，马鞍山他刚出国了，他把房子留给我住。”我有些哭丧着脸。

“出国，我没听说这儿有谁出国。就算出国了有啥了不起？出国能压死人？出到索马里去，那儿正饿死人呢！满大街拉板车的也在喊着出国呢……”

“我不是那个意思……”

“我不管你什么意思，我文化不高，不懂你这个意思那个意思的。拿出来，身份证！”老太太朝我伸出手，像我欠了她高利贷似的。

“好的好的。”我像抓跳蚤似的摸了全身的袋子，发觉身份证留在屋里，“丢在屋里了，我去屋里拿，你要不相信就跟着去拿。”

“我相信你一次，你去拿出来给我看。即使你住这儿，也要办暂住证呀。我一个人管这么大个院子，人来人往的，不按法律程序办事，我怎么管得了？我怎么能让这儿安全呀？再说你到了北京，衣服什么的也不穿整齐点，这是首都知道吗？要注意形象，你脏兮兮的像民工让人怎么放心你？”

我的头点得跟鸡啄米似的，心里喊出一万个操字。

这个城市对我来说是陌生的，特别是当我想进入它的内部时。有几天我是在报纸堆里度过的，报纸上充满即将爆炸的信息，我把它作为打开城市之门的钥匙。我先是看到征婚广告，从二十岁的少女到八十岁的老头，为什么这么多人想结婚，他们目的何在？一则广告上写：女，21岁，1.65米，貌美清纯在校大学生，觅英俊潇洒经济好有车房京户男士。我想了半天，想不出这跟结婚有什么关系，更像是一宗掠夺财产案的前奏。我只是随便看看而已，我对这些信息毫无兴趣。结婚不是我现在想的事，我更关心的是就业招聘信息。我把有用的信息记录下来，像做一项重要的功课。阳光从窗前渐渐撤退，像一位偷窥者闭上了眼睛，也许我的这种工作丝毫激不起它的兴趣。房间里幽暗、安静，静得像有一桩预谋在无声地潜伏。我烦闷、无聊而心跳，到北京后我都是这样，好像我的情绪被抓在一个神的手里。我望着苍白的天花板，我想到的第一个问题是：明天将会出现什么样的事情？

这栋楼房位于三环以北，上班的时间人群像潮水般退去，上学的小孩热闹的呼喊也消失了，整个楼空得像只剩下一个纸壳。这是一个敏感的异乡人虚弱的感觉。所以有一天我听到一阵钥匙开门的声音，我的惊诧是难以言表的，因为我已习惯了一个人在这套房子里静静地工作和思考。紧接着门打开，一个黑色的皮箱先进来，然后是一个女子，白的皮肤和黑的背心。我惊呆了，身在异地，一点点反常的现象都使我心惊肉跳。

“你是谁？”我们几乎同时问对方。

“我是马鞍山的同学，他出国了，让我住这儿给他看房子。”我说。

“哦，我前几天向马鞍山租了一间房，今天才搬过来，他没跟你说吗？”

“哦，哦，好像有。”我才想起马鞍山似乎这么说过，我当时没在意。

“知道就好，你住这一间，我就那一间吧。”她毫不迟疑地把箱子提到另一个房间。

“我们一起住吗？”我结结巴巴地问。

“那有什么办法呢，你要是不想住就搬走呗！”她大大咧咧地说。

我差点要给自己一巴掌。她不在乎我还去在乎，难道还怕她强奸我？这些年混得不顺，胆子越来越小了。比人家多念了点四书五经，差点就要向人家兜售男女授受不亲的道理，真他妈穷酸。

我继续把自己埋在报纸堆里，我不知道是不是该帮她干点儿什么，耳边传来她窸窸窣窣整理东西的声音。一会儿她探进头来问："还没问你怎么称呼？"

"我叫肖章，小月肖，文章的章。你呢？"

"我叫钱浅，很多钱的钱，水很浅的浅。哦，我要用卫生间洗个澡。"

"请便吧。"我又一次掩饰住吃惊的表情。

于是一个莫名其妙的女人闯进了这套房子，同时也闯进了我的生活。她是漂亮的，虽然我只看了她一眼，虽然她的口红掩盖了她失血的嘴唇。我听着莲蓬头忽响忽停，我几乎能猜到她洗到哪个部位了。我有些心猿意马，又有隐隐的不安。我没想到北京的生活竟是这样开始的。

2

一连几天我忙于往各个单位应聘。北京太大了，我一天只能跑两三家单位，到了傍晚就一脸沮丧地回来。都是什么破公司，躲在一小胡同里挂个招牌，办公室比猪圈大不了多少，坐着几个比猪还胖的人。这么寒碜的地方，架子还不小，非得要什么北京户口，有相关工作经验，最好是研究生。SHIT，还真以为中国人多就可以这么挑三拣四的。我每天捧一肚子气回来，晚上做方便面吃，吃完看报纸。作为这个城市的多余人，我感到自己还没有逃脱厄运的包围。

女人钱浅到这里居住后，我发现心里多了个谜。每天出门的时候她还没起床，但我会想起她在窗前吐烟圈的样子，她无所事事，在客厅里花上一个小时化妆。她甚至忽视我的存在，或者说，忽视一个男人的存在，她穿着睡衣或者文胸在屋里散步。我们从来不互相打听对方的事情。

有一天回来时我发现钱浅在房间里发出痛苦的呻吟，我首先想到的是阑尾炎，我一个同学曾在课堂上阑尾炎发作，给我印象至深。我是个谨慎的人，屏息听了一会儿，又觉得有些异样，过了五分钟我才反应过来，狠狠地拍了自己一脑袋：这不是做爱的声音吗！要是去敲门就让自己出丑了，人家会说连做爱都会以为是阑尾炎，什么水平？自从我和女朋友吹了以后，做爱对我来说就是一件很奢侈的事。对街头烂妹又没兴趣，高档次的又是高消费，所以只能偶尔为之，就当成请朋友们上星级饭店吃一餐。久而久之，居然连声音都听不出来了。我感到自己真是个被社会遗弃的人。我蹑手蹑脚地回到自己的房间，不敢发出响声，打扰别人做爱是一件可耻的事情。我对自己的尴尬处境发出哀叹。

肚子有些饿，但不敢去厨房里弄锅碗瓢盆，我要等他们完事了再说。我拿起一张报纸，但没看几个字，脑袋就被他们的声音占据了。我还听见男的说：操死你，操死你！这么对待女朋友，真是变态。想当年我跟女朋友关系最坏的阶段，做爱时我还是很温柔的，怜香惜玉是我的本性。我为钱浅有个这么粗鲁的男人感到遗憾。

终于我听见他们高潮的声音，接着是大约五分钟收尾的时间，然后响起男人系皮带的声音，最后门砰的一声，男人出去了。我翻身到厨房里，鸡蛋方便面，每天的必修课。钱浅从房间里出来，穿着拖鞋，黑发披散，一副雨后梨花娇软无力的样子。她身材高挑，有一张艳丽的脸，此刻有些苍白。

“做吃的？”她跟我打个招呼。

“嗯。男朋友来了？”我一边敲鸡蛋一边随意回答，话一出口才发觉问了个多余的问题。

“我用一下卫生间。”她说着，里面响起了淋浴的声音。

一个做爱后的女人的淋浴也是会激起男人的许多想象的。我一边吃方便面，一边沉浸在遐想中打发无聊的时光。

我对招聘面试非常失望，它也让我信心受到打击，我索性躲在家里等电话。狗日的，偌大一个北京，难道真的无我立足之地？难道没有一个单位对外来人口感兴趣？北京这些年的建设少得了外来人的力量吗？我满腹牢骚地躺在床上，醒来又睡去。当年意气风发的一个大学生，现在如此颓废地待业在床上，真是岁月不饶人呀。

我听见开门的声音，一听就知道是钱浅和她的男朋友进来了，两人还悄悄地说着什么，进了她的房间，有意不让我听见。不就是幽会吗，我又不是没有过，神秘兮兮的干什么？女孩子有了个老公就以为找到了什么宝，别着急，现在男人有的是苦给你吃。我在心里数落了钱浅一顿，发觉平衡了一点儿。隔壁哼哼叽叽的声音又来了，墙体也不知道是什么破纤维板搭的，隔音效果奇差，男人的喘气声和女人的呻吟，像钱塘江的潮水，一波还未平息一波又来侵袭。我听得浑身燥热起来。这狗日的，前世可能是两头驴，昨天刚干完今天又干，这样暴饮暴食，身体不垮掉才怪呢！不过，也许是两人久别重逢，干柴烈火的，大战几天也就平息了。如果我认识她男朋友，倒是要警告他，做爱这么频繁很容易导致肾亏。据一项资料表明，像他们这个年龄段一周两三次为宜，体力好的可以四次，但不能频繁。这个参数也适用于美国青年。

我决定想些其他的事情来抵抗他们的声音。我又想起马鞍山，一想起来我就愤愤不平。现在他已经在美国享受高额奖学金了，四年下来，即使他不留在国外，回到国内兜里也有几十万了。而我现在工作还没有着落，每天靠方便面维持生活，人比人，吓死人。那些破公司，没有一个给我来电话的，其实也有一半要怪我自己。我学的是中文，毕业后干的是行政工作，人家要工作经验，这根本就不算数。事业单位的行政，人浮于事，每天只要把上面来的红头文件读懂，照着精神做就可以了。我在办公室里坐了三年，喝掉了三四十袋茶叶，其中包括铁观音、大红袍、信阳毛尖、闽东手工绿茶和花茶，看烂了各种报纸，包括人民日报、福建日报、海峡都市报、阅读导刊、都市生活报以及数不清的地市级小报，最后养成了爱读小道消息的习惯。你说这算什么工作经验？其实我在刚上大学那会儿，也是个好学生，琴棋书画颇通一二，会拉二胡下围棋，书承赵孟頫画学李可染，还有一手好文笔，是碰到作文大赛就会拿奖的那一类人。大学里我混上了系学生会主席，就把这些特长都给落了，做些管理工作，早上五点多把整系的学生赶到操场，做操跑步，吆三喝四人五人六的，觉得很有快感，毕业后就顺理成章地干了这行，想不到这些经验都跟垃圾似的没人理。你事业单位的管理拿到企业根本没用，去杂志报社你又把写作这一块给丢了，去给人家当业务员又吃不开。至此，我才得出结论，学生会就是把一个有前途的人变得一无是处的陷阱。

3

这个城市能否收容我？几天之后，我就失望了。一个被公家豢养数年已经丧失了创造能力的人，在城市里是不受欢迎的。当然，这不是城市在抛弃我，而是我已经落后于这个时代了。唯一的选择是我现在必须重新给自己定位，我已经没有任何优势，本质上是一名下岗工人，必须从实在的活儿做起。我想筹集资金开一家饭馆。当然，凭现在的经济实力自己还不行，一定要找个合伙人的。有了这个想法之后，我觉得前途一下子光明起来，我就不再去等那些电话了，一心一意地做起计划来。

在这个想法诞生的期间，我逐渐感觉到钱浅的不正常。她几乎每天都要和男朋友做爱，或者下午或者晚上，上午是她睡觉的时间。她的男朋友也来无影去无踪，神龙见首不见尾。我在想好自己的计划后，认真地推敲起钱浅的事，越发觉得疑问重重。首先这么频繁地做爱，那是人吗？我在和女朋友刚吃禁果的时候，最多也就一周五次，每次平均30

分钟。难道世界上还有比我更牛逼的男人？不可能。其次，如果是她男朋友，也应该光明正大地住在这儿，跟我认识认识，互相交流一点儿性爱经验，为什么总是来去匆匆？难道有什么见不得人的地方？我心中假设了许多种可能性，仔细地观察了两天，终于发现了问题。有两天，他们完事之后，我特意躲在窗口上观察，出去的男人，居然是不同的男人，我确定了自己的判断。

钱浅是个妓女！按她的工作方式，说得具体点，是暗娼。

操，我原来是跟一个妓女住在一起，难怪会这样倒霉。虽然我现在也是个无业游民，可是，我还是耻于和妓女为伍，即使妓女也算是一个职业。

我受难的生活就这样开始了。当我明白了这一事实之后，钱浅工作的声音再也激不起我的任何美好的遐想了。我听到的是男人喘气如牛的声音，钱浅职业的呻吟或者痛苦的呼叫。一种不知名的感觉，也许夹杂着愤怒、无奈和嫉妒，从我心头冒起。他们越是干得痛快，我越是坐立不安，像一头焦躁的牛，跺着地板。我不知道钱浅这样跟我有什么关系，她跟我非亲非故，萍水相逢应该是井水不犯河水，但又好像有很大的关系。既然我住这里，她就不应该把这里当成工作场所。

我终于忍不住了，我必须向钱浅摊牌。不但我忍不住，我的老二也在抗议了，她的工作或多或少会刺激它，人有七情六欲，更何况老二。我在一次钱浅完事之后叫住她。

“我想跟你谈谈。”我说。一听这口气就知道我在学生会干过。

“什么事？”她冷冷地说，好像已有准备。

“你不应该把这里当工作场所。”我委婉地说，算是给她面子。

她停顿了一会儿，可能是在想我是不是已经知道了她的全部事情。

“其实，你要是不适应，完全可以搬出去。”她还是面无表情地说。

“我操，你还叫我搬出去！你知不知道马鞍山叫我看这房子！我搬出去，你就可以为所欲为了！你倒是想得挺美的！”

我终于愤怒了。一段时间以来，都是别人训我，现在终于轮到我教训别人了。

“那有什么办法呢。我的房租都已经预交半年了。你跟马鞍山是同学，我跟他也是老乡，房子给我管也可以呀！”她还是若无其事的样子。

“他可没答应你可以干这个，他要是还在北京，早就把你赶跑了。”

“可是他也没说我不能干这个，交了房租，我爱怎么干就怎么干。”看来她已经练到死猪不怕开水烫的地步了。

“我会报警你信不信！”我亮出最后的撒手锏，就如在学校里一遇上棘手的问题，马上汇报党总支。

她不说话，趿着拖鞋，回到自己的房间里。

“你好好反省反省吧！”这是我在单位里批评不良青年的结束语，我相信此刻对钱浅也有震慑作用。

我如释重负地躺在床上，想想真是奇怪，我在大学时做的是学生思想工作，在单位里做的是团员思想工作，现在居然又做妓女思想工作，看来这一辈子是跟思想结下不解之缘了。真是一朝中毒，一生难解。

接下来我就看见我的思想工作起了效果了。有几天没看见她把男人往家里带，虽然我们见面互相都不打招呼，我知道我的威胁起了作用。她用一种冰冷的表情对待我，好像我做了对不起她的事。有时候她出去，直到半夜才回来，我想她终于把战场移到外面了。不管怎么样，这一回合算我赢。

4

打心里说，我对妓女并无恶感，现在社会就业这么紧张，一个女人沦为妓女并不是奇怪的事。我想以我现在的处境，如果是个女人的话，也可能会走上这条道路，毕竟这是无本万利的行当。当然，我并不是提倡人人都去当妓女，也不是提倡妓女制度，我只是对钱浅的个人行为表示理解。只有在这种理解的前提下，我才有可能跟她和睦相处下去。

我终于了解了一个妓女的生活是多么没规律，有时候手机一响就出去，有时候好几天没回来，回来时脸色苍白，想来是被男人摧残得够呛。卫生间的纸篓里堆满她的月经纸，惨红惨红的，我不知道她每天要流失多少血。女人又不是血库，哪有那么多血流？我一直感到不理解。我在忍无可忍的情况下替她倒了纸篓，洗去卫生间的斑斑血迹，用空气清新剂消除异味。在卫生间门上贴上一张纸：请处理好自己的残渣！字是用柳体楷书写的，醒目端庄，我相信她会看得见也能理解意思。我和她已经没有言语交流的习惯了，只能出此下策。

一天夜里我迷迷糊糊地梦见钱浅赤身裸体地站在我的床边，正轻轻地掀开我的被单。狗日的，怎么会做这婊子的梦！我揉了揉眼睛，突然发现床边真的站着一个人，真的是钱浅，我忽地翻身起来。

“你怎么在这儿？”我在微弱的天光中看见她一丝不挂，血一下子涌上脑门。

“胆子这么小，简直不像男人。”她吃吃地笑着，用手摸我的身体。

“你不要乱来。”我条件反射地叫起来。这个婊子终于要对我下手了。

“别假惺惺了，我请客还不行。”

“我肚子不饿，你请什么客？”

“是请你这儿的客，看你这儿都硬了。”

她的手摸到我的部位，整个身子带着迷乱的芳香挨了上来。我要惨遭毒手了，我已经不能控制自己了。我听到黑暗中孔夫子用宽容的目光看着我，嘴里念念有词：食色，性也。

我用最后一点儿理智冲她叫：“给我套子！”

“请你吃饭还要用我的饭碗。”她像变戏法似的拿出一个套子。

我终于控制不住地疯狂了，我把这段时间被她骚扰的愤怒发泄在她身上。我把她操得不能自已，甚至麻木。我虽然在床上占据了上风，但我还是明白，她出的这一招，我还是失败了。其实我早就知道跟一个妓女相处的后果。

“你想怎么样？”干完了，我第一件事就是摸清她的目的。

“我能怎么样？”她反问。

“你请客总是有目的的嘛，你把目的说出来。”

“我能有什么目的，要说有目的，也就是你以后不要管我的事。”

“你还是要把这儿当成你的工作场所？”

“我的事你都不要管，你要敢怎么样，我就告你强奸！”

她恶狠狠地说着，抽出一张纸擦着下身，回到自己的房间。我看着疲软的老二，内心感到无限的沮丧。

她的目的很快就达到了，她肆无忌惮地把男人带回来，发出放纵的声音。她已经把我的存在不当回事了，甚至她是在享受与我较量后胜利的喜悦。她有可能对她的客人说，你看，隔壁那个男人，两下了就被我摆平了，现在一点儿也不敢把我怎么样！所以她的客人们也会发出肆无忌惮的狂吼。

我决定再次向她做思想工作，因为这是我唯一的武器。早在我当学生会主席的时候，党总支书就对我说：任何人都是可以改造的，只是你的方法对不对而已。我把这句话牢记在心，我相信每个人都有致命的弱点，关键看你有没有对症下药。如果我能做好钱浅的工作，那么党总支书的这句话就是攻无不克战无不胜的真理了。

我在一个她心情很愉快的晚上跟她聊起来。可能是刚才客人给了她不少钱，她在淋浴的时候哼起了小曲。她的歌声让我感到这是对她做思想工作的最好时机。有了一次亲密接触，我们的交流更自然了。

“知道干你们这一行的一共有几类吗，钱浅？”我采用迂回战术。

“不知道，你说说。”她边擦头发边说。

“按照工作方式，大概可分为这么几类。第一类是二奶和包婆，她们被大款承包，不需要到处招揽生意；第二类是陪女，一般把歌厅、舞厅、餐厅当成办公室，采用坐台的方式迎接客人；第三类是叮咚小姐，住在宾馆里，通过宾馆内部电话拉客。如果客人有意向，她们就会叮咚地按门铃，进房与客人成交。第四类是以洗头、按摩或洗脚为名，在各个发廊、桑拿浴或洗脚屋等地方执业。这几类都是比较高收入的阶层，基本上囊括了这一行业的……”

“哇，想不到你这么有研究，是不是玩过不少女人？”

“不不，我都是理论。我是说，她们的办公地点基本上都不在家里，又能获得优厚的薪水。”

“哦，我知道了，你是叫我出去干活。你他妈的别跟我来这一套，外面多危险你知不知道！我刚被抓住局里蹲了几天你懂吗？你们每个臭男人都不安好心，看着我倒霉你们就开心了是不是？你倒是想得挺美，只准你在这里干我就不允许别人干我，你有种就跟我到街上去干。吃了我的豆腐还卖乖……”

我没想到这么快就捅了马蜂窝，灰溜溜地回到房间里。在钱浅面前我连败两阵，不能不说我倒霉的日子还没到头。其实我完全可以不理她，但我有一种感觉，我已经和这个女人较上劲了，我已经和她有挣不脱的关系。好像不赢她一把，我就永远不会有好日子来。

5

更糟糕的是，我自己的计划进展得极不顺利。我想找一个老同学当合伙人，因为这种事情一个人单枪匹马很难干。我找出同学通讯录，不知道打了多少个电话，他们基本上都对我的想法嗤之以鼻，认为这是个体小商贩干的事情，他们有钱也不会来投资这个。他们一个劲地跟我谈投资股票，买房占地，向我炫耀理想宏图。最有合作可能的是王大伟，他是我当年的老搭档，学生会副主席，我们俩有过无数次配合得丝丝入扣的活动。最著名的一次，我们俩成功地扼杀了一次游行活动，当时有几个中文系活跃分子准备好旗帜、标语、喇叭等物什，只等某日早上从主楼开始游行，准备绕学校三周卷起一批学生再往校外进发。王大伟及时发觉了他们的意图，和我商量之后果断地偷走游行器具，然后分头做一些学生的思想工作。最后联系了校派出所，凌晨守在主楼，那些积极分子一聚集，马上被带走。那次破坏活动进行得丝丝入扣，天衣无缝，我们受到系、校领导的嘉奖。我俩在电话里谈起往事，无不有英雄惺惺相惜之感。王大伟说开饭馆的事他考虑考虑，过几天再具体谈一次。我想毕竟是同一战壕里待过的，感情就是不一样。后来他请我吃了一次饭，说他是很想跟我合作，可是钱都掌握在新婚不久的老婆手里，他老婆的意思是要做长线股，所以只好对不起了。我安慰老同学说，没关系，我还可以考虑其他合伙人。王大伟最后说，你要是实在找不到事情干，就到我们杂志社当校对算了，工资虽然不高，但总算有口饭吃。我嘴巴里推辞，心里不由极为愤怒：要这么着我还大老远跑北京来干什么！

一连串的失败使我情绪糟糕到极点。与王大伟合作的流产使我创业的意志彻底崩溃了，我躺在屋里，脑袋空空如也，一种迷惘、空虚和极度衰弱的情绪笼罩着我，我觉得自己像一个已经摔破的坛子。钱浅还是在她的屋里疯狂地赚钱，她的手机一响客人就来了，她叉开双腿，坐收渔利。没有客人的时候，我会死皮赖脸地说：“钱浅，请客吧！”

钱浅对我的变化极为满意，她觉得她已经把我同化了，这是她的胜利。有时候她会跑过来跟我做爱，我做得很疯狂，是低落的情绪中唯一兴奋的时刻。她若无其事，对她来说，做爱比吃饭更平常了。我为她做力所能及的事，倒月经纸、做饭、买护翼卫生巾。我要上超市的时候，她就在窗口喊：带一袋安尔乐回来！我就只差没帮她拉皮条了。我干了她，又没付钱，总得帮她一些忙，这是天经地义的事。时值北京金色的秋天，阳光像一匹金黄的绸缎，大地上布满火红的树林，空气中充满热烈的气息，所有的一切都欣欣向荣、热情洋溢。我在北京与一个妓女成为知己，过着无所事事的糜烂生活。

“我多么希望我也是一个女的，跟你一起干。”我终于向钱浅说了一句心里话，这也说明我已经崩溃到极点，毫无男人的自尊心。我的自尊心被谁抹杀了？

“其实男人也可以干，做鸭子也很赚钱的，不过你要对付的都是上了年纪的女人，会很恶心的。”

“你对付那些男人就不恶心吗？我看有的太糟糕了，像个狗熊。”

“当然恶心了，没有不恶心的。我都闭着眼睛，反正脑子里想的都是钱，想着花花绿绿的钞票，我就会忘记他们扭曲的脸，丑陋的器官。我恨死他们了，有时候会碰上变态的，你看，这就是被变态咬的。”她指了指肩上的一块伤痕，“可是有什么办法呢，我爱他们的钱。你知道吗，为了报复，有时候我反过来弄他们，把他们弄了一遍又一遍，我想把他弄到阳痿为止。”

我沉默了。钱浅说出她的心里话，使我感到沉重，好像我对这个婊子有了一丝怜悯，或者惺惺相惜。也许是在这偌大的北京，只有她一个人是我的知心朋友，是天涯沦落人。

“你到底想不想当鸭子？想的话我帮你联系客人。”钱浅问。她真是个仗义的女孩。

“再说吧。”我脑子里乱极了。我想我是会的，我有破罐子破摔的欲望，我还想摧残一下自己，为什么这么多年来不学无术、误入歧途，年纪轻轻就在办公室喝茶看报纸打发时光？现在肯定要报复自己。我只是在调整从学生会主席、单位团支部书记到鸭子的心理落差。

一个阳光灿烂的日子，我陪钱浅去了一趟医院。她的下身痒得厉害，想来是得了性病。我们走出院子大门的时候，老太太盯着我们看，我知道凡是她好奇的事情都要刨根揭底。

钱浅讨好地向她打招呼："大妈，吃了吗？这是我男朋友。"

老太太狐疑地看着我，我朝她苦笑了一下。估计笑容比苦瓜还难看。

果然是得了性病，一种很怪的名字，花里胡哨的。钱浅和我一样，对性病知识一无所知，只是一味地问医生："严重吗，能不能很快治好？"

医生说："没什么关系，但以后要注意性卫生。这很容易病变成梅毒，如果不及时治疗会很危险的。"

出来后钱浅很高兴，她原来担心会是艾滋病。我们去吃了烧烤，然后进天坛公园。我躺在草地上，阳光热烈地烫着我的全身，我才发觉自己已经在屋子里待了很久了，已经很久没有感受大自然的拥抱了。我发霉的心情此刻也变得好了起来。钱浅也很快乐，每一个人在这秋高气爽中都会很快乐。来来往往的人谁也不知道她是一个妓女，得了性病的妓女；谁也不知道我是一个倒霉的失业者，一个正试图当鸭子的人。我们昂首挺胸地穿过人群，看起来像一对家庭幸福事业有成的恋人，很多人朝我们投来羡慕的目光。我在众人的瞩目中也想起自己堕落的生活，心中掠过一点点惭愧。在阳光的照耀下，我们谁也不知道彼此的生活，可是我们都向往有阳光的生活。

6

因为钱浅还在治病，暂时不能工作，在家休养生息。我每日浮想联翩，可能是秋日的阳光又激发了我的雄心。我突然为自己想当鸭子感到惭愧，我想我是应该做点光明磊落的事业的。

钱浅成为我唯一可倾诉的对象，即使是一个泼辣的风尘女子，也有可爱的一面。我突然对她产生了一种责任感，一个长此以往的妓女，她的将来肯定是很悲惨的。

“有没有想过，将来怎么样？”我跟她谈起了人生的问题，一下子又露出我的本性。

“有什么好想的，趁着还年轻，先赚一笔钱再说。你呢，还没决定做不做鸭子？”

“如果这次你得的是艾滋病，那怎么办？”

“那有什么办法，就算我倒霉啦。”

“虽然你得的不是艾滋病，但这样下去，你的身体肯定要完蛋，别说不能生育，就是很多性病，也会留下后遗症，你的下半辈子也就完了。”

“你今天到底怎么了，我既然干这一行，就不想那么多了。你是不是又想劝我什么了？”

“我是想你应该金盆洗手，不要干了，我这是为你着想。”

“不要干，你以为我喜欢干？不要干我吃什么呀？”

“其实我们可以合伙干点别的，比如说开个饭馆，开个发廊什么的，自己当老板，不是比这个强吗？”

“这个，我倒没想过，恐怕我干不了。”

“没关系，还有我呢，我们一人凑一部分钱，慢慢做，就能做大了，再说当老板总比当妓女当鸭子要强得多！”

我开始为我的这个想法每天怂恿钱浅。我的第一目的是想找个合伙人，同时也可以把钱浅从堕落中解救出来，从此开始崭新的生活。我为我的想法振奋不已，救人一命，胜造七级浮屠，把一个妓女改造成一个对社会有用的纳税人，功绩大概也不亚于此。我向钱浅描绘了未来的美好蓝图，渐渐地她的心有些动了。毕竟这是她以前从未想过的生活，远远高于目前的生活。我们决定每人出十万，先弄一间比较小的店面，做湘菜馆。钱浅说她的资金还不够，我怂恿她去亲戚朋友那儿挪一部分。有了这个目标，我们都热情洋溢，美好的生活在向我们招手。她的性病也好得快多了，热情的理想也是可以驱散疾病的。我在报纸上寻找店面招租转让的信息，忙着跟租主联系，看店面，砍价，生活像一锅沸腾的水。两个在底层堕落许久的人终于要挣扎出来了。

一天我到西直门看了一家店面，跟店主初步谈好了价格。当我兴冲冲地回到家时，突然又听到久违的熟悉的声音——钱浅又在工作了。SHIT，昨天刚跟我说性病好了今天又干上了，狗改不了吃屎。我恶狠狠地把门砰地关上，希望能使这对狗男女惊醒。他们居然毫不为之所动，做爱的声音越来越大，这是我充满希望的生活中不和谐的声音。我在怀疑，是不是钱浅迷上了干这一行。

客人刚走，我就忍不住咆哮了："你他妈是不是一辈子想把皮肉操下去？我们不是说好了开饭馆，你要是不想开就早点跟我说一声，别让我瞎忙活！"

"谁说不想开，我不是想再多赚一点儿钱投资吗，你明明知道我钱不够嘛。再说饭馆又没开张，一开张谁还干这个。"

"好的，你差的钱我补上，我们股份还是平分。我只求你不要再干了，你知道再沾上性病会把你一辈子毁了的，你知不知道我这是在救你。"

"你为什么要救我？"

"你知道吗，发迹的人都不会帮助我们的，包括我的那些同学。我们都是被遗弃的人，我们要自己救自己，我们总不能永远干偷偷摸摸的行当，我们要做一点儿正事让别人看看，看看我们的能耐你懂不懂！"

"好的，我知道了，你不要生气了，我只不过想多赚一点儿钱。"

次日，是个起风的日子，金黄的树叶被风卷起，又如天女散花，砸在大地之上。风口之处如雄狮在怒吼。上午，我去跟一个湘菜厨师联系聘用事宜，回来时心里惴惴不安，我想我是担心钱浅又重操旧业了。一阵风眯了我的眼睛，我心里一阵恐慌，马上打的回来。上帝保佑，我担心的事情没有发生，钱浅还在沉睡，她就要在我的感召下改邪归正啦。午后，风止了，阳光从窗口掠过，似乎给我带来希望的讯息。灿烂的北京，我很快就要在这里有一份自己的事业了。我满怀喜悦地在纸上给钱浅画餐馆布置图，我要用自己有限的绘画知识，设计出别具匠心的创意，我要让客人来一次就记住这个特殊的餐馆、特别的服务、特色的菜肴。

突然，钱浅的手机响了，我有一种不祥的预感。钱浅到房间里听了一会儿手机，然后走出来吞吞吐吐地对我说："真不好意思，有一个客人要来，我们是昨天已经约好的。"

我有一种无奈的感觉，就像一个老师碰到一个屡教不改的学生一样。

"你到底想做到什么时候？你想做一辈子？"

"请相信我，这是最后一次，要不是我昨天约好了，今天就不会做了。"

"你要我怎么才能够相信你？"

钱浅掏出一把水果刀，递给我，郑重其事地说："我向你发誓，这是最后一次。如果再犯，你就用这把刀把我手给砍了，我说的是真的。"

我接过她的刀，刺进一颗苹果的心脏，说："以后你若再干，这颗苹果就是你的下场，我可是说得出做得到的。明天是国庆节，你跟我到天安门去宣誓，你以后再也不做妓女了！"

"好的，我明天就去天安门宣誓，我再也不做妓女了，拉钩。"

我狠狠地钩了她的手，决定相信她这一次。是的，如果她不当妓女，我的好运可能也就要来临了。因为一到北京，我就与她结上了纠缠不清的关系。

于是我躲在房间里静静地听着钱浅最后的告别战。我听到钱浅的声音异常激动，嘴里粗话连篇，我相信她正把那男人骑在身下，狠狠地折磨。她把对嫖客的一辈子的怨恨都发泄在这最后一战了。上帝保佑，从此以后就让世间的福祉如这北京金秋的阳光降临到我们头上吧。

就在我神智迷糊间，一阵急促的撞门声传来。我睁开眼睛，就看见几个穿制服的人已经撞进来。他们也以同样的速度撞开钱浅的门，看见了赤身裸体骑在客人身上的钱浅。我的脑门轰的一声炸响，我意识到挥之不去的厄运已经像乌云一样压来了。最后我看见看门的老太太从人缝中挤进来，指着我们几个人说："这个是拉皮条的，这个是妓女，这个是嫖客，秋季扫黄，把他们全扫光！"她还特意指着我的鼻子说："你一进来我就知道你不是什么好东西，想吃这碗饭，现在先到局子里去关几年再说。"

于是，在一切都已成熟的金秋时节，我们被戴上手铐，押上警车，呼啸着由长安街向东驶去。

找对象

1

二月的一天我接到一封磨损得像已经拆过的信，这封信从北京发到福州我原来的单位又转到北京我现在单位，布满了惨不忍睹的邮戳。两天后我和这封信的作者在北师大东门有了第一次约会，约会的内容包括吃饭、登香山、互相聊一些自己的经历，中间夹杂着文学的话题。五天后她冒着沙尘暴来到我家吃饭睡觉，成了我的新女朋友。她叫兀秋花，我嫌她的名字难听，叫她小兀。

约会之前我刚从医院出来。我的同事、医生以及我都怀疑我的脑袋有问题，在住院的十几天里，医生给我做了全面的检查、诱导，用各种问题来试验我，结果发现我不仅没有任何问题，而且智商比常人要高。这个结果使我与医生成了朋友，出院时医生送我出来，鼓励我说，好好干，不论你是做生意还是搞科研，都会很有前途的。我握着他的手说，你是我见过最棒的医生。出来后我把这次约会当成一次试验，看看我的脑袋是不是真的能经受现实的检验。事实证明，这是一次史无前例的成功的约会，通过几个资料可以说明：我和她见面到上床只花了五天时间，碰了两次头花了不到二百块钱，省略了以前常用的鲜花、情书、挑逗电话、泡吧等等烦琐的细节。当然，这次经历并不能证明我在经商或搞科研上一定能成功，但至少说明我在恋爱上确实是高智商的。这就够了，朋友们，样样都出色会遭到天谴的。

我的同事们没有想到我会从被女友甩掉的悲痛中抽身而出，以迅雷不及掩耳之势找到新女友。他们得知这个消息时，幸灾乐祸的表情还没褪去，又增加了诧异或酸溜等表情，脸上的肌肉相当难看，像堆积在纸篓里的卫生纸。许那那让我说说新女友和旧女友有何不同，这是个一言难尽的问题，我只能在细节上略加比较，比如说，小兀的鼻梁比邓丽丽的要高。孙巍巍插话说，李有钱，你要完蛋了，鼻梁高的女孩那个能力强，邓丽丽你都对付不了，还敢要个鼻梁更高的。许那那说，你不要自己不行就说别人也不行。孙巍巍说，你怎么知道我不行，是不是试过？许那那厌烦地说，你别老用这一套占便宜了，一看你那肉乎乎的样子，就知道是个软蛋。田恬说，你们不要吵了，听李有钱继续说下去。我说，小兀的三围也比邓丽丽要棒，个儿也高一点儿，还有，脾气好像也要好。田恬说，别老说好的吧，说说比邓丽丽差的。我说，小兀叫兀秋花，名字比邓丽丽更俗。田恬说，名字又不能当饭吃，俗一点儿算不了什么，还有呢？我说，小兀的皮肤要黑一点儿，但她一直在擦美白药品，已经有很大改善。孙巍巍说，不会也是个研究生吧？我说，小兀究竟什么学历我也不知道，好像没上过大学。孙巍巍说，你看，这个就差一大截了。我说，差个屁，学历又不能给你做饭陪你睡觉，我才不在乎呢。中午我请同事们吃饭，席间有孙巍巍、许那那、田恬、毛大发。周小悦上次跟我吵过，所以没请。本来也要请主编林建设，顺便跟他说一声我的脑袋没问题，可以继续工作，但许那那说，主编对你的私生活很有意见，早就想找个机会训你一顿，你这不是找骂吗！所以林建设也没请。席间同事们将我的新女友与旧女友进行了综合评比，发现没有什么进步且有倒退的嫌疑后，大家的情绪都好转起来，争着跟我干杯，恭喜我的一米八大床又有了用途。

2

不可避免的，我和小兀的生活将从日常细节开始，这样有助于我对她的了解，也有助于满足读者朋友们的窥私欲。比如说星期六，我们醒来的时候，阳光透进窗帘，把我的大床晒得很舒服，这是难得的好天气。我说，你看看几点了。她把桌上的电子钟转过头来，说，差一刻12点。我说，起床吧。她唔了一声。我闭上眼睛，打算等她起床后再起床。但等了几分钟，发现她没有起床的迹象，我睁开眼睛，看见她又睡着了，但睡得不深，我碰一碰她的睫毛就醒了。我说，起床吧，多睡会发胖的。她说，唔，就起来。又说，我又不胖，多睡一会儿也没关系。我摸摸她腰上的肉，说，就一周时间，你腰上的肉已经多一圈了。她说，胖是胖了一点点，但没有你说的那么吓人，一圈是什么概念，一个汽车轮胎？我抓了一把她腰上的肉，说，都抓在我手里了你还感觉不出来，不是汽车轮胎，至少也是自行车轮胎，我刚认识你的时候这儿一点儿肉也抓不起来。她想了想说，你是不是因为我身材好才喜欢我？我又一次抓了抓她腰上的肉，说，你认为你这个身材好吗？她说，不是现在，是我们刚认识的时候，你不是说那时候我腰上一点儿肉都没有？我说，我没有说过我喜欢你。她说，你应该说过吧。我说，我真的没有说过，我从二十岁开始就不用这个词了。你想想，我在哪个地方说过？她说，我也想不起来了，但是你喜欢我吗？我说，你不要问这种很复杂的问题，说我喜欢你吧，好像不是，我不喜欢你，更不是，我总觉得喜欢这个词不准确，和我内心的感受有偏差，所以我不爱用。她说，那你喜欢用哪些词。我说，没有什么特别喜欢用的，只要能准确地表达，我就用，比如说你第一次到我这儿来，我说我要你，这是比较含蓄的表达，但意思基本上到了，到了床上，我说我要干你，这个就比较准确到位了。

她坐起来时，肩膀和胸部裸露着，我怕她感冒了，拿了件外衣将她兜住。她说，你如果不喜欢我，怎么会和我上床。我摇了摇头，说，这个不构成因果关系，相反，如果我喜欢一个人，可能就不会去干她，而是好好保护她不让任何人干她。当然，我这只是一种假设，这个假设也并不能说明我不喜欢你，只是喜欢这个词不太准确而已。她若有所思地看着我，说，你越说我越不明白了，喜欢她又不去干她，这是什么心理，我犯糊涂了。我说，所以我们以后就不要讨论这么复杂这么深奥的问题，人的很多心理是不能用语言表达的，一表达就有误差，甚至就完全错了，只有你的第一感觉最正确，感觉到了就去做，这就对了。

她对着阳光打了个哈欠，待了一会儿，用手摸摸我的下体，问，我们昨晚是不是没做。我说，是呀，我太累了。她说，我不想起床，我想做。我说，今天晚上吧。她说，我现在想。我说，你看我们上次是星期四做的，你总要让我休息两个晚上吧，我不是西门庆，我只是李有钱。她有点扫兴，把手从我那里抽开，说，真没用。我等她手一拿开，就站起来穿裤子，说，你不要把男人想象得太厉害了，美国人比我们强壮吧，人家一周也才弄两到三次，这是很严格的调查资料，你不要不相信，我觉得我已经很不错了。

我的牙缝里夹着一根青菜的纤维，昨晚就发现了，但我想今天早上一定要刷出来。我用的是佳洁士的波浪形牙刷，但那根纤维太细了，根本没法弄出来。我不得不用一根牙签来抠。那根又细又硬的牙签接触到牙床的时候，牙床全都痒了起来，牙齿的每一个缝隙都希望牙签去捅一捅。自从有一次在饭局上学着剔牙以后，牙齿上的洞一个比一个大，有一天我照镜子发现牙齿像溶洞，我知道一口好牙就这样毁了，剔牙也成为饭局的必要步骤。现在我用牙签将每个洞都捅一遍，在左侧一个洞里还掏出一小堆未被发觉的肉末，放在鼻子下闻，会有一种腐烂的异味，这种异味让我有一种庆幸的喜悦。当你把一堆恶心的东西从身体里排除掉，都会得到这种喜悦的，比如说掏出一块耳屎、一堆鼻屎，拉下一泡恶臭的大便，等等，类似的事情很多，只要你细心观察，你就能发现这些会给生活带来不可思议的乐趣。最后我把那根青菜纤维也弄出来了，它没有异味，但我将它放在掌心里细细观察，也有相当的满足感。大概花了二十分钟，我把口腔清理干净，全身上下都清爽起来。我走到房间把窗帘拉开，阳光迫不及待地扑到小兀身上。她斜躺着，还没有起来的意思，大概还没有从被我拒绝的不快中缓过来。我说，起来吧，早晨都从中午开始了。她眨了眨眼睛，问，这句话很熟，好像是哪个作家说的。我宽容地嘲笑她，亏你还是文学青年，这是个叫路遥的说的。她说，对了，路遥是我最喜欢的作家，你觉得他怎么样？我说，不怎么样，就是个写得呕心沥血但没写出什么东西的人。小兀说，什么叫没写出什么东西，你觉得《平凡的世界》不好吗？我说，不好，一点儿都不好，只要你肯干，你也能干出一部《平凡的世界》。她说，我不这样认为，我没有路遥那个才气。我说，不是才气的问题，我觉得那是个苦力活，只要能吃苦，就能干出来。小兀眨着眼睛说，那你说谁的小说最好？我说，没有谁最好吧，有时候我觉得我应该是最好的，但没写出来。小兀说，我觉得你有自恋倾向。我说，大概有吧。小兀说，所以你不能够客观地评价别人。我说，你说得对，我从来都是很主观的，因为我不是上帝，我只代表我自己。小兀说，所以你说的话都是放屁。我说，你把它当成屁我完全没意见。小兀说，还好你承认了你是放屁，否则我以为我想的都是错的。我说，你没有错，我也没错，错的是你总去认同别人，或者总想让别人认同你。

在争论中小兀觉得自己开始占了上风，情绪逐渐好转起来。她把身子从被窝里拔出来，站在床上欣赏自己的裸体。她双手拚着腰问，你觉得我胖了，到底胖了多少？我退后一步，以便能够看清体型，同时看见她的阴毛在阳光下熠熠生辉。我说，摸起来是胖了很多，但看起来也没胖多少。她得意地说，所以你尽是胡扯淡，现在我总算认识你了，你说的话里有60%以上是放屁。我说，你知道就好，以后就不会轻易相信别人了。

她在床上摆弄着腰肢，为自己的体型没有报废感到庆幸。我踮起脚想跟她接个吻，她推开我的头说，你的嘴好脏的。我说，是不是有片菜叶，我已经抠掉了。我张开嘴给她看，她说，是抠掉了，可是你知不知道它在你牙齿里待了几天了？我说，不是昨天晚上吃饭弄上去的吗？她说，屁，至少是前天的。我说，你早知道为什么不告诉我呢？她说，这还要别人告诉，你又不是三岁小孩，个人卫生都不会搞，你要是屁股擦不干净也要我提醒？我分辩说，嘴巴和屁股是不一样的，嘴巴不干净别人会看见，屁股别人看不见，你可以不提醒我屁股，但你不能不提醒我嘴巴。她说，我看你嘴巴和屁股是一样的，因为你嘴巴尽是放屁。我说，就算我嘴巴放屁，可是现在我的嘴巴已经很干净了，你到底让不让我吻？她说，你的嘴巴是永远不会干净的，你看你牙齿里面堆了多少黄色的黑色的污垢。我说，人无完人，牙齿肯定也不会那么完美，如果你看到一个人的牙齿都没有污垢，肯定是假牙。小兀说，那我宁可跟装假牙的人接吻。我抱住了她的臀部，吻了吻她的阴毛，她马上挣脱了我，开始穿衣服，说，又不跟我做爱，又要勾引我，简直是虐待狂。

我的工作不算忙，但能够像周六这样糟蹋时间的日子不多。等我们吃过中饭，已经下午三点多了，这是个很尴尬的时间，想干点什么事总觉得没什么干头，去凑饭局又太早。由于两餐凑成一餐，吃得有些过饱，血液涌上脑袋，一时晕乎乎的，我和小兀对着狼藉的桌面发呆。过了一会儿小兀说，真累呀。我怕她说完拔腿就走，我说，你洗一下碗吧。小兀说，菜是我炒的，碗归你洗，这是规矩。我说，这是谁的规矩？她说，以前我跟男朋友在一起都是这样的。我说，你不要把前男朋友的规矩放在我头上，你以为天底下的男人都一样吗？小兀说，即使不一样，你应该比他更绅士一点儿才对，你不会比他更差吧！我说，你不要把我和他比，我不想和任何男人比，我也不会把你和我以前的女友比，虽然以前炒菜洗碗都归她，你知道人与人根本没有可比性。小兀说，我不比了，可是我们总得把活儿分开干，你是不是认为女人就应该做家务？我说，我根本没有这么歧视女性，我一向是讲男女平等的。你想想，菜是你炒的，可是是我洗的，哪个工作量大？按照工作量来平均，碗是不是应该归你洗？

小兀睁大眼睛，说，亏你还懂得这么算，你是不是个男人？我说，这跟我是不是个男人有什么关系，是你说的要把活儿分开，我当然要分清楚一点儿，我是不是男人可以在床上证明给你看。小兀说，操，真无聊，我要睡觉了。她跑到房间倒头就躺在床上，两脚张开，一副欠操的样子。我想我不能去洗碗，这样以后会形成习惯的。我打了个长长的哈欠，也躺在床上，我觉得不躺下来会失去男性的自尊。我们眯着眼睛睡了个十分钟的短觉，这种觉是由脑充血而不是真正的疲倦引起的，很浅，眯一会儿就很清醒了。小兀转过头来挑衅地说，你不是说你要在床上证明你是男人吗？我说，你想你就直说，我随时都可以证明。此刻我也有了情绪，我们就开始做了，做了五分钟我的手机响了。小兀说，不要接不要接。我听了她的话，没有接手机，而是认真地做，直到她舌间发凉，手心浮起一团氤氲的湿气。

3

我看了看未接的电话，原来是老黄的，叫我去参加一个饭局。老黄一年大概要传百来个饭局，包括他自己做东和帮别人传，参加饭局的人五花八门，以媒体和文艺圈的人居多。在老黄的饭局上，有的男人找到了理想的妞，有的女人泡到了满意的仔，有的人谈成了交易，有的人开始大名远扬。也就是说，老黄是某个圈的枢纽。我还可以向你介绍一下我和老黄的交往。老黄其实不老，也就比我大十岁，属兔，当他的门牙露出来后确实很像一只兔子，但是合上嘴巴却有一张老成的面孔，叫他老黄可能是因为他老成吧。老黄在人们叫他小黄的时候曾经是一个文学青年兼出版社编辑，叫老黄时他已经是一个成功的书商，做过几本红得发紫的书，这几本书最后成为媚俗的象征。有一个阶段老黄也叫阿黄，当他在某一天结束了六年半的婚姻生活时，就再也没人叫他阿黄了，此时老黄多了一辆大奔，少了一个老婆。

我在福州的时候就崇拜过老黄，不是因为他写过什么牛逼的作品，而是他能把书做得很牛逼，能把一个默默无闻的写作者变得四海皆知。对于想通过写作名扬天下的人来说，老黄无异于麦加圣地，我当时恰恰就是有这种情结的文学青年。我把自己手书的十几万字寄给老黄，在信中恭恭敬敬地写道：老黄老师，文学是我唯一的理想，你是我心目中指引理想的明灯，我的未来就在你的手上。我的信写得毕恭毕敬又可怜巴巴，想博得老黄的同情，也足见我对老黄的信任。老黄对我也不含糊，他特意打长途电话回复我，先是说我文章的优点，然后是缺点，总体看还没达到出版水平，但潜力还是很大，最后问我，想不想到北京，想的话可以到他手下干。老黄虽然没能实现我一鸣惊人的梦想，但我已经很激动了，最后我决心到北京来不能说与他无关。

我到北京后不但没到老黄手下干，而且把他对我的评价当成狗屎。但他那狗屎般的论断也不影响我和他成为朋友，现在他在我眼里就是个对文学一窍不通但很热爱文学的朋友。和老黄交往之后，我才发觉他不仅仅做书，还做许多我不知道也不想了解的勾当，反正什么能赚钱他就做什么，在我看来，正是对文学的一窍不通造就了他敏锐的市场感觉，应了鱼和熊掌不可兼得的老话。到了北京之后，老黄和我有过几次文学的争论，争得面红耳赤，老黄争执的目的是为了保持他在我心目中的权威形象，我的目的是为了说明他不出我的书是错误的，争到索然无味的时候，老黄就再也不和我谈文学了，和我谈赚钱之道和女人。这样好，这样我们就成了更好的哥们了。

老黄的这次饭局纯粹是凑乐的饭局，虽然有个引子，是为了欢迎一个来自兰州的写作朋友，这个朋友名叫李德惯，口音很重，自我介绍时我听成李大管。我说真是个好名字，他忙问我好在哪里，我说敢称自己是大管的男人不多呀。他又跟我解释了好多遍，说他确实不叫大管，更没有自我炫耀那个很大的意思。他越解释大家就越认为李大管比李德惯要好听得多，所以一致决定以后李德惯这个名字就消失了，叫李大管。李德惯盛情难却，说感谢各位的厚爱，我就恭敬不如从命了，不过这是你们叫的，可不要嘲笑我名不副实。老黄说，是不是名不副实抖出来看看就知道了。大家觉得终于找到乐子了，都兴奋起来喊，李大管，快抖出来看看。李大管脸本来是古铜色，喝了几杯酒后，变成猪肝色，现在听说要脱裤子，急了，由猪肝色再变成快要发臭的猪肝的颜色。他说，不行不行，这里有女同志，再说我那个确实不大，没什么好看的。饭局上只有一个女同志，是小毛猴的女朋友。小毛猴对她说，你先出去一会儿，让他脱。女朋友说，我去一趟洗手间，可要让他快点脱。

女朋友出去后，小毛猴就去扒李大管的裤子，李大管死死地按住腰带，一根牦牛皮做成的粗带子，说，真的没什么好看的，大家都差不多，有什么好看呢！小毛猴说，什么差不多，你这就没文化了，这玩意儿，西北人应该最大，其次是东北人，南方人最小，所以这里应该是你和老黄的最大，我和老何的其次，像李有钱的就不值一看了。我说，狗日的，你先别说别人，把自己的露出来看看。小毛猴说，好，我先抖出来看看，完了就到李大管了。说完就站到椅子上，解了半天皮带，把裤子扒到膝上又迅速拉上去，除了一把黑乎乎的毛其他什么也看不见。小毛猴要李大管跟着脱，李大管还是不肯，他说，不要看了，我的很丑的，可能还没你的大。小毛猴说，你不要谦虚了，我听说西北人的跟牦牛的似的，很壮观的，像我充其量也就跟毛驴一样。我讽刺他说，是阉割的毛驴吧，我刚才可是什么也没看见。小毛猴反击道，你就不要嫉妒了，我们都不想看你的。我说，你当然不想看了，你是怕被我的吓着。小毛猴说，是呀，我经常会被黄豆那么大的东西给吓着。我着急了，说，你丫不信，把屁股凑过来试试。老黄这时也来给小毛猴帮腔，说，李有钱这是你的弱项，你就不要勉为其难了。我说，老黄你也敢小看我，你他妈的才14厘米，还没达到及格水平呢。老黄胸有成竹地说，这个东西不是看有多长，而是看有多粗，你看你没经验了是不是。

我们说话的当儿，小毛猴的女朋友就进来了，她说，李大管脱了没有，还没有呀，这回我可不出去了。李大管见她进来，也松了一口气，说，不脱了不脱了，你坐吧。老黄说，李大管，既然你没脱，就表演一个其他节目来代替吧。有人提议让他学狗叫，又有人叫他学狼叫，但狗叫和狼叫我们都听过，很快就被否决了。小毛猴说，学驴叫吧。我说，驴叫谁没听过，你自己叫就可以了，还是学骆驼叫。小毛猴说，骆驼是不叫的，你让他怎么叫。老何不同意，他说骆驼会叫的，说着老何就叫了一声，我没听过骆驼叫，也不知是真是假。小毛猴说，既然老何叫过了，就更不应该让李大管叫。争来争去，最后决定不学动物叫了，主意是小毛猴的女友提出来的，让李大管唱个十八摸。我在大学期间只听过一个同学唱前面的几摸，觉得该摸的都摸了，后面的十几摸一直让我耿耿于怀，所以我对这个提议极力赞同。李大管用西北方言唱，果然唱得极具特色，有的听不懂，但也很有味道。唱完了，大家还沉浸其中，回忆自己经常用哪几摸，有哪几摸根本就没用过，一边流露出遗憾，一边又有跃跃欲试的神色。

老黄突然来了灵感，问我，下午我打你手机你没接，是不是在摸女人？我诚实地点了点头。老黄说，谁呢？你不是刚和女朋友分手吗？我说，是新的，新女朋友。老黄又得寸进尺地问，我打你手机的时候，你在摸哪里？我说，我不知道。老黄说，怎么会不知道，就在十八摸里找嘛。我说，我确实忘了。老黄已经有点喝高了，两眼发直说，你骗我，是你摸又不是别人摸，怎么会忘。我说，我根本就没去记，因为当时我还不知道十八摸。老黄说，好，你下次把你新女朋友带来，我来问她。我点了点头。一般在饭局的后半段，我们都要让着老黄一点儿，他酒量一般，但不喝高他是不会回去的。饭局到老黄醉眼蒙眬，也就差不多了，他不能醉倒，一醉倒就没人买单了。这个老黄也很自觉，他是不会喝到看不清钞票的。另外老黄还要开车，一拨人中就老黄有车，老黄和老何有驾照，但老何拿驾照完全是为了老黄，如果没有老何，老黄的交通事故估计不比饭局少。

4

回来我把老黄的话告诉小兀，小兀说这有什么，下次就告诉他，你在摸我这里，还告诉他这儿有颗痣，我就不信他能流氓到哪里去。我说其实老黄也不是耍流氓，他酒后就这德行，三句话离不开下三路，其实不止老黄，这一拨人也全这德行，你要是跟着混也会混成这样。小兀说，我知道，北京人就这样，说得起劲，就是没胆子干。我不由对小兀刮目相看，她到北京不到两年居然就知道北京大老爷们的最大特点，小兀说，这个特点是和公司的小头目们一起吃饭时发现的，他们说得大言不惭，但一接到老婆的电话就像吓着的老鼠了。

聊到这里我才知道小兀在一家叫“沙尘暴”的网络公司当文秘。我问她文秘跟小蜜有没有关系，小兀讲了一句很有道理的话，说文秘可以变成小蜜，但小蜜绝对不去当文秘。但一个月后，小兀突然对我说她不干了，原因是公司的头儿有非礼她的倾向。我说这正是成为小蜜的大好时机，不能轻易放弃。小兀生气地说，你以为我是那种女人吗，如果我肯那样早就有车有房了。我说你不要那么夸张，如果你肯当妓女也不会是收入很高的那一种。

辞职后小兀干起了这个年头最负盛名的职业，自由撰稿人，英文叫SOHO，就是待在家里想干吗就干吗的意思。这个头衔可以轻而易举地获得，但能不能靠文字换稿费却不是一厢情愿的。不可否认的是，小兀是个聪明的女孩，但还没聪明到一出手就能抓到报刊的脉搏。她和《知音》的一个编辑熟，曾应邀写了个长稿，但死活就是不到位，最后那个编辑同意了但还是不能通过终审。小兀一怒之下说不搞这些玩意儿了，要搞长篇小说。我吓了一跳，劝说她要有自知之明。她反驳说，你不是说过，只要肯干，我也能弄出一本《平凡的世界》吗？我说，我只不过说说而已，再说你要是在八十年代搞一本《平凡的世界》也成，现在都二十一世纪了，没人稀罕那么平凡的东西了。小兀说，我不管，反正你说过我行，我就要试一试，你说我不行，也不一定不行，你基本上是在放屁。

小兀从写长篇小说的第一个字开始，就当自己是职业作家了。中午12点起床，案头放着咖啡，听轻音乐，抽摩尔，赤脚，穿睡衣坐在计算机前，拔掉电话线。我下班后不准在家里唱歌、吼叫，不准在她写作时间要求做爱。我见过一些职业作家，基本上都把自己搞得很神圣，好像是上帝派他来告诉人类一点儿真理。小兀在写长篇之前还将我当成老师，开写之后也就神起来，完全把我当成仆人、业余作者，从事各种各样的体力劳动和边角料工作。比如说，她写着写着就说脚冷，要我烧壶水烫脚，烟没了，要我去买，还要多买几盒，我要写点稿子还要看她肯不肯把计算机让一让。要换前几年我早就揍她一顿了，现在不了，这几年我逐渐了解了女人这个东西，并学会了适应，我就像一个硬邦邦的青苹果，变成棉花般松软的红苹果，成熟了。成熟是建立在忍耐的基础上的。我给她洗脚、点烟、买月经纸，买月经纸时超市的女收银员都要先看看我的脸部，再看看我的裆部，她肯定很想知道我是不是做了变性手术。在经期我还帮她洗衣服，我自己用的是白猫洗衣粉，给她洗内裤要用奥妙或雕牌。我这么小心翼翼，目的只有一个，我想过几天平静的、不鸡飞狗跳的生活。

过了一段黑白颠倒的日子，小兀又有了些想法。她说想去做中医美容，她的脸上本来有长痘痘的习惯，由于连续吃了几天火锅，痘痘更多了。我说买瓶去痘的药不就可以了，用得着什么中医吗？小兀说，去痘痘还不是最主要的，最主要的是增白，一个疗程后皮肤可以像刚出生的婴儿。而且，她想增白的原因很阴险，就是我平时老说她皮肤黑。我是说过她皮肤黑，可从来没想过要她去美容，既然她想去，就去吧。小兀说，一个疗程再加护理一共是两千八，我可以去办一张三千块的卡，还可以打折，我现在手头上有五百块钱，你给我两千五凑一凑。我吓了一跳说，这么贵只有二奶才消费得起，你现在又不是二奶，还是想想便宜点的办法吧。小兀说，你真是个大老粗，这是最便宜的一种，贵的上万都有，我只要你两千五又不是两万五。我说，你知道我都没有存钱的习惯，要二百五还有，一下子拿两千五我没有呀。小兀像不认识一样看着我，说，两千五都拿不起，你根本就不爱我。我正色说，小兀，你又不讲理了，如果钱多就表示爱得深的话，这个世界上最爱你的人就是比尔·盖茨。小兀说，你又在说屁话了，每天晚上陪你睡觉的人是谁，被你抱着的人是谁？是我呀，我只要你两千五又不是要你的命，你不给就说一声，就当成考验考验你，到底在你心里我值个什么价。我说，小兀，你又犯傻了，你现在是我女朋友不是我包的二奶，你陪我睡就是我陪你睡，我抱你就是你抱我，咱们是平等的，跟值什么价没关系的！小兀说，对呀，你把我当成女朋友，那你的钱也就是我的钱，我花一点儿就不能啦？我说，你的逻辑在感情上是对的，我也愿意给你钱，但宽限几天好不好，再过五天我就发薪水了。

于是，从我发薪的那天起，小兀有两件事可以干了，一是搞长篇，二是上美容院。那个美容院在京客隆商场旁边，离住处不到十分钟，想来小兀是到京客隆时发现的，平时我以为那是挂羊头卖狗肉的鸡窝。第一次陪小兀去我就看见一个女人走出来，脸上白得一塌糊涂，脖子却是黑的，脸像假的。我对小兀说，这就是你要追求的效果吗？小兀争辩道，我的脖子哪有那么黑，我就是脸黑。小兀到那儿每做一次面膜，脸上就起一层皮，是老皮，听说是被中药活生生扯起来的。脸紧绷绷的，一说话就疼。这样很好，她基本不说话了，能一句话说完决不说两句，这时候她最可爱。我的一个看法，话少的女孩比话多的可爱。一个疗程做了八次，小兀的脸像蛇蜕掉一层皮，但新皮并不尽如人意，红通通的，果然像刚出生的婴儿，但谁会喜欢婴儿的皮肤呢。我以为一个疗程就告一段落了，但美容院的小姐告诉小兀，还要每周来定期护理，因为粉刺的根还没拔掉，新皮也没完全长出来，否则有可能前功尽弃。我说，护理还要钱吗？小兀说，你怎么会这么傻，天下哪有免费的午餐。我说，我明白了，你被卷进去了，只要你口袋里还有钱，你这辈子就得进美容院。小兀说，你才明白，本来这就是一辈子的事，一朝一夕是漂亮不起来的。

我说，你有那么多钱往里堆吗，你要记住你的身份，你现在只是一个穷人的女儿，一个打工仔的女朋友。小兀说，你不要这么自卑好不好，我知道我的身份，所以我才做最低价位的护理嘛。她指的最低价位就是每周去做一次面膜护理，其余时间在家里做，她买了香蕉、奶粉、西红柿，和在一种药粉里调成糊状，白色，涂在脸上，只露出三个洞，即眼睛和嘴巴，这鬼样子要吓死人。我是个有神论者，怕的是鬼魅妖怪，小兀的样子恰好是最恐怖的形象，还要保持一个小时。我说，小兀，算了吧，人贵在长得自然，不要这样折磨自己了，皮肤黑点儿没关系，你看宁静皮肤黑吧，但也是个美人，非洲人黑吧，但非洲也有美人，黑牡丹还是稀有品种，总之黑并不可怕，可怕的是人工斧凿痕迹太多。你知道麦克尔·杰克逊吧，他全身都漂白了又能怎么样，还不是人不人鬼不鬼的。小兀反击道，当初嫌我黑的也是你，现在说黑漂亮的也是你，你放屁有完没完！我诚恳地说，就算我当初说错了，但不管怎么错，你也不能弄成这副样子来吓我，你也知道我心脏不好，你照照镜子就知道了，会把你自己吓昏的。小兀说，你去美容院看看吧，所有的人都是这副样子，都没事，就你被吓着，你像不像个男人，我皮肤紧，不跟你说话了。

现在我对美容深恶痛绝，没有什么原因，就是小兀的美容经历使我对它深恶痛绝，女人的美容就跟手淫一样，只不过手淫是为了自己舒服，美容是为了别人舒服，所以也可以认为美容就是假手淫。我认为小兀的假手淫完全是因为生活空虚，你想想，一个年纪轻轻的姑娘躲在家里当职业作家，那纯粹是懒散的借口，懒散的人必然生活空虚。后来我才知道，小兀所在的那家网络公司倒闭了，在倒闭之前当然是先裁员，所以上司对小兀非礼等等纯属子虚乌有。我在听过的种种谎言中，少女的谎言最容易识破，其次是要小聪明的人，她们在撒谎时不把谎言当成阴谋，只当成小把戏，她们的谎言幼稚到让你不忍揭穿。

还不止于此，小兀对打发无聊还有更天才的构思。有一天我回到家里发现多了一只狗，个儿虽小，脾气却大，一照面就对我怒吼不止，好像它是这里的主人而我才是一条狗。我喊道，谁家的狗东西，滚出去！小兀从房间里冲出来说，你瞎嚷嚷什么，别吓着小花。我才知道是小兀搞的，问，从哪里捡来的？小兀把小花抱在怀里，说，什么捡来的，在东直门宠物市场买的，人家见小花喜欢我，就半买半送了。我说，你是不是太闲了，自己都养不活，还养狗？小兀反击道，我不养狗养什么？养你呀，我看你连狗都不如，小花见了我都懂得亲一亲，你见了我只知道瞎嚷嚷，不过我本来是想买一只猫，到了那儿才发觉狗更通人性。你不要吓唬它，过几天它就会当你是爹地了。我没好气地说，我才不会生狗杂种呢!

这只叫小花的小公狗给我的生活带来了无尽的烦恼,白天我出门了,不知道它怎么跟小兀鬼混,夜里就爱睡在我和小兀之间,小兀经常用亲过狗的嘴来亲我,这一点让我忍无可忍。我屡次跟她说,你要是和狗亲,就不要和我亲。小兀嘴里说,我宁可跟小花亲也不会和你亲。但一做爱她就忘了这句话,做到激动时她总爱把舌头强行塞进我的嘴巴,而我总觉得是狗的舌头跑到我嘴里了。而且,这只对性出奇敏感的狗常常干扰我们做爱,它很委屈地盯着被我干的小兀,好像我在干它的女朋友,有一次它在我屁股上咬了一口,害得我只好去打防疫针。更要命的是,它根本不知道我烦它,有时候亲完了小兀还来亲我的脸,我一把推开,对它喊道,别恶心好不好,我不是同性恋!小兀就给它帮腔说,你不要这么凶嘛,人家表示友好,你也礼貌一点儿好不好,说人不如狗就是人不如狗!小花看见小兀在责怪我,就呜呜地饮泣,好像真的受了委屈!我拍了拍它的脑袋训斥道,你到底是公狗还是娘儿们,别这么会作秀!它更委屈地把头伸到小兀的双乳之间,两只爪子搭在乳房上,完全是一个色情狂。

我对小兀说,你觉得被一只狗蹂躏有意思吗!小兀说,我喜欢。我说,你信不信它迟早有一天会强奸你!小兀说,我喜欢。我说,你不觉得这是对人的尊严的扼杀吗!小兀说,我喜欢。她说话时双手梳理着小花的长毛,我不知道她喜欢它什么。小花的脸小小的,像狐狸的脸,但毛却蓬松,娘得要命,完全是个变态的家伙,我对狗的研究不多,不知道它是产自哪里的杂种。如果知道产地,我倒是要到这个混账地方走一走,肯定能找出很多恶心的玩意儿。大学时我一个湖北的同学脑袋总缺少一根筋,搞出很多匪夷所思的事,我在一个暑假到他家乡大别山腹地去考察,找到很多白痴,有老白痴、大白痴和小白痴,小白痴们刚刚学会走路,一群一群的,聚集在井的周围玩白痴游戏,对陌生人倒是非常友好，呵呵傻笑，口水像拉面一挂一挂地甩出来。这一带非常封闭，口粮自给自足，女人也是自产自销，近亲结婚特别多，有的白痴是几代延续近亲的产物，是白痴中的白痴，根据负负得正，可能已经成为天才了。我的这个同学虽然不承认自己是白痴，也不承认他父母是近亲，但根据物以类聚的原则，他身上还是有白痴的气味。

扯得远了，一扯就扯到忧国忧民，还是回到那只恶心的小花，不知道是不是它的肺活量特别大，晚上睡觉时腹腔里会发出雷鸣的轰响，我是个神经衰弱加五脏不好的人，长年处于亚健康状态，床头必备安神补脑丸、六味地黄丸，间或用伟哥，我怎能忍受一只动物睡在身边骚扰！我提醒小兀，按理说猫睡得闹狗睡得静，但小花睡得跟猫似的，是不是有病？小兀反驳我说，看来你还真是没文化，这种狗不是一般的狗，它的祖先就有猫的基因，这种基因的组合最容易产生优良的品种，你不要以为人人都跟你一样平庸！我说，我才不要了解什么狗文化，总之你以后不要让小花睡床上，腹腔跟音箱似的，谁受得了！小兀说，你宽容一点儿好不好，你以为你的睡态好吗？口水跟蚯蚓一样爬来爬去，小花都没有嫌你。我说，这是我的床不是小花的床，如果是小花的床那我宁可打地铺！小兀说，你的床有什么了不起，这个床这么大，小花才睡多大地儿，这么一点儿地方都不让人睡，你还算不算男人！这样的争吵有过好几次，每次小花都可怜巴巴望着小兀，整个一吃软饭的家伙！我宁可希望它不是一条狗而是一个活生生的第三者，我们单挑，谁不行谁滚出去。但这只软蛋毫无气节，小兀睡着时我把它扔到床下，它不找我算账，而是把小兀搞醒，眼泪汪汪地哭诉。还好它是狗，如果它是人那绝对是个天生的面首！拉锯战后，我只好打地铺睡，我承认对付一个鸡巴软蛋我是不行的。

小兀从来没有给我买过牛奶，也没有为她自己买过，她不用买，我买。她到超市逛一圈买的是狗粮、狗专用浴液、狗咬胶，狗粮吃厌了还要吃香肠，还买他妈的狗专用钙粉做营养添加剂，回到家里还问我，牛奶怎么又没了，下次买多一点儿。我愤怒得想把小花送到狗肉城，我对小兀说，你他妈的上辈子肯定是只母狗，而且还欠公狗一大笔债！

小花的左下腹鸡巴附近得了一块皮癣，黄黄的，小兀就跑到超市去，说要投诉狗沐浴液有问题。人家一再向她解释那是真货，没有质量问题，看看皮癣是不是通过其他渠道传染的，小兀就怀疑是我传染的。因为我得过一次皮肤病猫癣，但用了一支二十几块钱的消炎软膏就好了。我把剩下的软膏涂在小花的鸡巴旁边，如果小花的病是我传染的，这种药绝对有效。但小花的皮癣显然是狗特有的，很可能是狗中的梅毒，那支软膏只是减缓了皮癣扩散的速度。我很希望皮癣能致小花于死地，但小兀很果断就抱它到宠物医院，医院对这块皮癣的收费是，挂号费 5 元，涂抹和洗澡的药 40 元，打一针 10 元，而且要连打四针，每次都要挂号，七七八八最后差不多 200 元。我对这些账目一目了然，因为是从我口袋里掏出去的。我想起去年我父亲得了重感冒，我才花了不到 100 元，父亲已觉得是很腐败的待遇了，我还想给他买点营养药，父亲说要是再花下去感冒治好心脏病就要来了，因为心疼呀。可他妈的小花根本就没有哪怕一点点我父亲那样的自觉，你说这是不是一个狗日的时代！

5

有一天听到动物爪子挠门的声音，我打来门发现一只黑白相间的京巴狗闯进来。小花听到它的声音，从房间里窜出，不客气地呜呜叫，显然对它强行入侵极为不满。京巴狗不为所动，对小花很亲昵，加上个头力气都大，很快就把小花俘虏了。我怀疑这是只骚母狗，而且到徐娘半老的份上了。这个怀疑得到小兀的确认，小兀说它是三楼住户的，叫蒙娜丽莎，遛弯时和小花混熟，在搞姐弟恋。说得好听是姐弟恋，如果按照严格的狗龄算，应该是老阿姨泡小嫩仔。

要命的是，老蒙娜丽莎泡上小花后，就时不时地来，有时早上还没起床就来敲门。边遛弯边谈情说爱还不够，还喜欢在房间里搞，蒙娜丽莎喜欢在我的地铺上搞，这只情场老狗可能闻到我的床上有比较强烈的男性荷尔蒙气味，搞得我床上尽是狗毛和骚味。我对小兀抱怨说，你看蒙娜丽莎的主人也不管一管，整天往这里跑，还吃这里的狗粮，你是不是该跟人家说一说。小兀说，现在我们和人家是狗联谊，人家对我们很放心，再说蒙娜丽莎这一段时间是发情期，老挂念着小花，主人要看也看不住。我说，你如果真的爱小花，也该为它着想着想，小花才多大，还没到青春期呢，蒙娜丽莎是如狼似虎的年龄，小花怎么受得了，我看再这样下去小花要吃汇仁肾宝。小兀分辩道，你怎么知道小花还没到青春期，你以为谁都发育得像你那么晚？我回击道，我怎么晚了？我小学五年级开始手淫怎么晚了？小兀接过话茬说，你看你小学五年级就手淫，那小花现在怎么不能搞朋友？再说它们也不一定真的干，就谈情说爱而已！我说，最好就谈情说爱，反正你别把我床头的肾药给小花吃。

现在我出去时就带着一身狗味，不知情的跟我聊天总是不到五分钟就借故离开，那是一种比狐臭更难闻的气味，确实让人受不了。有一次我在小饭馆吃饭，一只狗老冲我嚎叫，可能以为我是吃狗肉长大的。我对老板说，你们怎么养一只这么不礼貌的狗！老板说，平时都挺好的，今天可能是吃错药，你不要介意，狗嘛，到底不如人懂事。我对狗喊道，你再叫，我就点你这道菜！老板对狗说，趁着现在人家还不想吃你，快跑吧！狗恋恋不舍地跑出去，老板对我说，你还别说，这只狗有时候感觉特别灵敏，上一次冲一个人叫，结果那人就是小偷，正在拎包呢，它一叫，当场就逮住了。我说，那你就是说我有问题啦？老板忙解释道，不是不是，我是在说狗，不是说你。

我觉得一切的尴尬都是蒙娜丽莎造成的，很想买包老鼠药给修理了。

但有一天我看见了蒙娜丽莎的主人，是个老太太，而且确实是老了，肉异常松弛，在重力的作用下耷拉着，比如说，脸上的肉集中到下巴以下，我还能感觉到两个老乳房也耷拉到腹部，甚至成了腹部的一部分。我看到她牵着蒙娜丽莎，脚因为要负担全身的重量而十分缓慢，实际上是蒙娜丽莎在牵着她走。人老了，连地球也欺负她，我在刹那间收回了修理蒙娜丽莎的念头。虽然她风骚，勾引小花并影响我的生活，但和老太太在一起时，毕竟很实在地陪伴着一个人的老年生活。

那天有个老太太敲门进来，我以为是蒙娜丽莎的主人，后来发现不是，要瘦一点儿，精神一点儿。她问，你们家是不是有只小花狗，还没有登记是不是？我不知道要登记什么，只是摇头说，我们家的狗不用登记。老太太瞪圆了眼睛，瞳孔更细更小了，她严肃地说，谁说不用登记，难道你们家的狗有绿卡？我被说蒙了，忙请求她解释。她说，看来虽然你养了狗，但对狗的法律法规是一窍不通，唉，我又要解释一遍了，你们年轻人为什么就不关心国家政策呢！听清楚啦，根据《北京市严格限制养犬规定》，养狗的居民必须办养犬证，每条狗第一年必须交办证管理费 5000 元，以后每年再交注册费 2000 元，不然你家的狗就是黑户，你要养黑户狗就是犯法的。

我大吃一惊，没想到一只狗引出这么多问题，光从经济上来说，养一只狗的费用够我泡多少个妞！当然，泡妞有我的智力因素在内，就是没有一点儿智力因素叫小姐，差一点儿的 200 元一炮，一只狗一年顶得上 25 炮，就算再高级一点儿，每炮 500 元，也有 10 炮，但一只狗能给我带来 10 炮的快乐吗？不可能！脑袋进行高速运算之后，我对老太太说，这样的费用我实在交不起，就让它当个黑户吧，我不会在乎狗的身份！老太太沉下脸说，你是外地人吧，你暂住证做了吗？没有吧，你看连你自己都是黑户，当然不会在乎狗的身份，可这是关系到北京市民安全的问题，很多人都是被无证犬、匿养犬咬的，非法养犬于法不容，你现在不登记将来也要罚款！老太太说到这里，我就意识到小花像一把鼻涕沾到我身上，甩也甩不掉了。我对老太太哀求道，可是我现在实在拿不出这笔钱，请求你不要缠我了，今晚我就炖狗汤喝行了吧！老太太大惊失色，退后一步说，不行，狗是无辜的，你不能为了这笔钱滥杀无辜！再说这次我不是来收钱的，我只是来初步统计，星期天派出所的同志会在小区门口收费，到时候你去跟他们说吧。她精瘦的手指抓着一支笔，想在本上记下我的门牌，我一把握住她的手，说，你先不要登记，狗是我一个朋友寄养在这儿的，明天我就送回去。老太太边挣扎边厉声说道，这个你也去跟派出所的同志说，我现在看见你家里有狗，就要登记，不能因为你是个穷小伙子我就以权谋私！

老太太登记时小兀刚好不在家，否则肯定吵架。小花不知好歹，还冲老太太叫，好像知道她干的不是好事。我觉得该把小花处理掉了，悄无声息地处理掉，否则就要遭殃。这件事我必须当成阴谋来搞，而搞阴谋对我来说也是易如反掌，问题是我从来没有对一只狗搞过阴谋。用最聪明的脑细胞来对付一只狗，有点大动干戈，但同志们要注意，在这种环境下，狗会让你倾家荡产，狗也会让你身陷牢笼，总之你不能小看狗的问题。这个阴谋说起来也简单，我先往家里打电话，确信没人接的情况下，进来把小花装进一个纸盒子，快速上门口的出租车。于是，我的同事田恬成了小花的新主人。

公狗小花在我怀里挣扎，放在田恬怀里时顿时安静下来，这个畜生知道田恬比小兀更漂亮。田恬知道小花是只小公狗后，问有没有女朋友。我说有一个老女朋友，叫蒙娜丽莎，不过太老了，甩了也好。这个话题使我想起另一个话题，就是田恬的利物浦男友想把田恬搞出国，到底搞得怎么样了。田恬对这个话题没做详尽的解答，只是说网上交的朋友不一定要当真，然后她叹了口气说，其实要结婚还是找本国的男人，老外根本没法沟通。我是个见风使舵的家伙，特别是在女人面前，所以我就打住谈外国男人，谈起国内的男人。不知从什么时候起，中国的女人就喜欢上了西方的男人，她们认为老外比同胞大，块头大，阳具大，钱包也大，虽然有的女人被非洲农民骗去过上牛马不如的生活，但并无杀一儆百的效果。田恬是崇洋媚外的典型，连她都对老外感到失望，说明老外的败类确实可恶，也表明国内的同胞有机会操到田恬这样的尤物了。

我问田恬找对象的标准，田恬说，还是不讲吧，讲了你会觉得我俗气！我说，怎么可能呢，你说说看，说不准我有合适的朋友。田恬说，首先要有房子吧！我附和道，这一点不过分，没房子人家以为你在街上拉客呢！田恬接着说，车肯定也要有，你想北京这么大，没个车怎么生活。我说你指单车还是小车？田恬说当然是小车了，单车谁没有！我说这就对了，要是单车你的要求就太低了。田恬说，也不一定要太高档，大奔就行了，要不然开个拉达多丢脸。我点头说，以你的相貌气质，大奔绝对不过分，还有呢？田恬说，长得要说得过去，不能让人一看就不舒服！个头也要比我高吧，年龄呢，要比我大，因为我不喜欢比我小的男人！我说，那也要有个上限，50岁的你不会要的。田恬说，30来岁吧，不要高于40岁。我问，离婚男人考虑吗？田恬说，可以考虑，但要看具体情况！我说，我有个朋友叫老黄，其实人并不老，基本上符合你的要求，我把他当作替补队员，等你正式队员都用完了我再派他上场。

你们有没有见过这样一种男人，他弄不到那个女人，就为那个女人去介绍对象。如果你们没见过，现在就算大开眼界了，因为我就是这样的男人。如果你在现场，你还可以看到我对田恬献媚的模样，不要呕吐，还有更恶心的，那就是我一边献媚一边还在想，如果老黄真的搞到田恬，我一定也要让老黄给我搞个女孩作为精神补偿。一个人很容易意识到别人恶心，却不容易看到自己的恶心，我就是有这么一特异功能的人。作为一个人渣，我时常回顾自己恶心的表现，嘴角挂着冷笑，就如看着自己拉下的一堆屎，很满足，很愉快，很自以为是。

6

该回过头来看看小兀的表现了。这个“沙尘暴”网络公司的下岗工人失去一只小狗犹如失去一个爱人，这个爱人还不是我这一级别，比我高级得多，类似朱丽叶失去罗密欧。这种作态太贵族太夸张，反而激不起我的同情。她打印了几十张寻狗启事，彩色的，其中有小花的扫描照片，要我一起到处张贴。内容说小花走失，使她万分悲痛，茶饭不思，如有发现归还者，定有重谢云云。我提醒她城管现在正到处抓贴小广告的，不要自投罗网。她见我不合作，马上就怀疑是不是我把小花给处理了，我对着厕所发誓，如果小花是我干掉的，我就变成一堆屎，掉进马桶永世不得翻身！

她还是不答应，一定要我陪她贴寻狗启事。我只好趁着北风呼啸的夜晚摸黑把启事贴满了小区周围的电线杆和墙角。真是不贴不知道，一贴吓一跳，那些地方贴的广告真叫多，简直就是了解社会的一面窗口。就我的记忆力所及，有这么几类，一是性病妇科广告，包括淋病、梅毒、阴道炎、孢疹、阳痿、早泄、前列腺问题等。二是招聘广告，除了一般的招聘保安、服务员、保姆之外，还有月收入达两三万之高的男女公关，括号注明男的需身强体壮、精力旺盛，女的需身材好、脸蛋漂亮，能吃苦。三是寻宠物启事，包括猫、狗、刺猬、猫头鹰、鸽子，最好玩的是还有找乌龟的，乌龟怎么会丢呢，丢了应该去下水道找才对。四是性用品广告，有伟哥，括号注明男用，助勃、延时、坚挺，立竿见影，即刻有效，无依赖性无副作用；伟姐，括号注明女用，即西班牙苍蝇水、忘情水等，液体，无色无味，可溶饮料、酒中，即刻有性欲，产生渴望感觉，无依赖性无副作用；仿真男女生殖器，括号注明选用进口软胶制作，外形手感很逼真，有说话、震动、扭动、伸缩等功能，是理想性满足器具及送礼佳品，特大号字写质量保证免费送货。五是各种违法广告，因涉及政治问题，引用太多有助其宣传的副作用，不便赘引。看完这些，我为自己月黑风高的举动感到后怕，如果我当场被城管抓住，以为我贴色情广告骗局广告，要坐大牢的。就算都没这些问题，以污染市容罪处理，也肯定要罚我一笔钱。想到这里，我的脊梁冒出冷汗，对小兀突然生出一股愤怒。

我说，以后别在我面前提小花！小兀反击道，你又发什么疯了，我提小花关你什么事。我说，你要看清楚你是什么人，你还没高雅到整天为一只狗的命运伤心落泪的地步，那是他妈的衣食无忧的二奶干的事，你还是想想怎么活下去吧！小兀冷笑道，你不要小看我，我的长篇小说就快出来了，到时候我不会再花你的，再说你这么小气，花你的也难受。我说，你不要说没边的事，谁会出你的书？小兀继续冷笑，说，你当然不知道了，是老黄，老黄对我的书很有信心，我都快跟他签协议了。我说，你什么时候跟老黄勾搭上了，你要小心点，这个流氓没有几句是实话。小兀说，不要说得那么难听，也不要老诽谤别人，老黄挺好的，真的，至少要比你好。

老黄和小兀第一次也是在饭局上见的面，我带着小兀。我和小兀一直在等着回答老黄那个下流的问题，但老黄没有再提，而是文质彬彬地向小兀问好。这使我再一次认识到老黄就是那种撒酒疯撒完就忘了的人。那次小兀刚做完美容不久，老黄一直夸小兀皮肤白，天生丽质，白里透红，像出水的芙蓉等等，老黄当过几年文学青年，形容词挺多的，像唾沫星子一个个往外蹦。小兀很不好意思，但还是很高兴，对老黄的印象很好。我不知道他们什么时候谈到出书的事儿。根据对小兀的了解，我知道她是个见人粘，带她去几个饭局，结果连我不交往的人她都有联系。如果有条件，她可以成为一个交际花，她是个不适于居家过日子但很容易在公关上大施拳脚的女人。这个条件指的是如果她长得再大方漂亮点，有个叱咤风云的丈夫，家庭有点背景等等，只要有一点，她就能够去闯上海滩。可惜的是，她现在只能在家里闯，只能指望混个美女作家的头衔。从这点来说，我觉得我很不应该，觉得不该泡她，应该让一个能发挥她特长的人来泡。但话说回来，遇人不淑是很经常的事，绝配的人能够走到一块儿的却是少之又少。

小兀很喜欢跟我泡饭局，一是她整天待在家特烦，二是她本是个爱热闹的人，还有倾诉欲，三句话就跟人混熟开始倾诉，如果说她还是有点写作才能的话，这个才能就是倾诉欲造就的。我不喜欢带她出去，她的表现很容易让人觉得我对她性虐待，压抑她。小兀跟我处朋友的过程中，我带她出去泡了三次饭局，两次在小花丢失之前，第三次是在小花丢失之后。在第三次饭局上，她坐在老黄身边，我坐在一个来自湖南的电视搞笑节目的女主持人身边，我忘了这个女主持人叫什么，反正是一个很常见又很容易忘记的名字。我和女主持人一直在搞笑，很愉快，她是那种很 OPEN 甚至让你觉得很烂的女人，什么玩笑都能开。她的左腮有一个酒窝，右边没有，就做了一个，即使是做的，也好看，我一直逗她笑，她一笑我就欣赏酒窝，这样周而复始地快乐着，腮部肌肉快乐得疼。我偶尔没笑的时候，就会注意到小兀在对老黄倾诉失去小花的悲痛，以及探讨丢失的原因。这种气氛本来非常好，各取其乐，也能消磨一个晚上。但小兀在倾诉完毕后发现我和女主持人还在继续玩笑，她就有点不满意了，她冲着我喊，李有钱，你说清楚小花是不是你搞丢的？

当时我正在说一个段子，说一个男了下面出了毛病，去看医生，他脱下裤子给医生看，医生说，你怎么没那玩意儿？说到这里就被小兀打断了，我和女主持人的笑容都在刹那间僵硬下来，我有点生气地说，我不是跟你说过不关我的事了吗？小兀说，门关得好好的，如果不是你搞的鬼，小花根本不可能出事。我说，现在我不跟你说这事，现在大家在喝酒，你别搅和行不行！小兀执拗地说，我现在就要问个清楚，要不回了家你死也不承认！女主持人被我们的吵架声搞得兴致索然，原来还指望吵两句后我能把段子继续讲下去，现在已经不指望了，正准备和另一边的一个书商找话题聊。我终于火了，冲着小兀喊，你不要败兴好不好，臭三八！小兀恼了，操起老黄的打火机扔过来，正砸在我脑门上，啪的一声十分清脆。老黄一把抓住她的手，一边责怪我说，李有钱，你怎么这样说话，哪一点像爱着人家！我堆积在心头的怒火一时冒起，狠狠地说，我根本就没爱过她！

小兀哇的一声站起来，像只暴怒的母狼冲出门去，老黄朝我看了一眼，跟出门去。除了女主持人，在座的人都劝我出去追，我没有应声，只是把杯里的酒喝干净，再倒一杯喝。我的酒量不好，一是喝多了胃就疼，二是越喝脚越重但脑袋会更兴奋，难以入睡，这是我晚上不敢喝酒的原因。但现在我忘了这些禁忌，下意识地拿起杯子就喝，不喝就会手足无措。在我快喝完第三杯的时候，老黄进来了，两手空空，大家都紧张地问小兀怎么啦！老黄说没事没事，在我车上，又叫我出去安慰她。我没有应声，喝完第三杯酒后，脑袋都大了，本来想把那个段子继续讲完，但女主持人正在听书商的段子，一时无趣起来。老黄大声说，李有钱，你这个鸟人，你他妈的到底去不去安慰她？我转过头去对老黄吼道，你愿意安慰就去安慰，关我什么事！你叽叽歪歪烦不烦！老黄说，你他妈的不是人！我挺直了脖子说，你还不知道，我就是一畜生，我不像你假惺惺地当人！老黄说，好，我假惺惺，是你叫我假惺惺的，可不要后悔！我说，我后悔个屁，你不就是有根鸡巴吗，你能怎么样？

我们的嗓门很高，使在座的都停止了讲话。女主持人对我说，你是不是喝醉了，生那么大的气！我说，没有醉，等会儿我还要把段子给你讲完。饭局进行到此，大家都觉得索然无味了，纷纷叫散局散局，起来穿衣服。我和女主持人在饭局上早就约好到CD酒吧听地下摇滚，这时她问我还去不去，我说走吧走吧，带着她到门口打的，看见小兀埋头坐在老黄的车上，背一抽一抽的，好像还在哭，至少在装哭。我已经烦了她夸张的一套，只看了一眼就再也不想看第二眼了，并同时用力抓住了女主持人的手。我在讨厌一个女人时总是会加倍地喜欢另一个女人，不知道朋友们有没有这种感觉，如果大家都有的话，可能是根据此消彼长的原理。如果真的有这个原理的话，大家就可以心安理得地拥有这种感觉，比如说对老婆厌烦了包个二奶，对二奶厌烦了再换个二奶，对包女人这种形式厌烦了再去谈个恋爱，对本地女人厌烦了泡个外地的，对黑发女人厌烦了泡金发的，对丝瓜奶女人厌烦了泡球形奶，处女搞烦了搞个徐娘，风尘女搞腻了搞个演员，演员没意思可以搞导演，歌星搞腻了换个美女作家，美女作家不过瘾可以搞德高望重的作家，女作家搞完了搞男作家，还可以搞时评家、诗评家、酷评家、政治评论家、经济观察员、二十世纪九十年代最具影响力的学者型诗人、散文家和小说家、大地上最后一个行吟者，诸如此类，大家可以心安理得地搞。我说了这么多，但我一个人肯定是搞不动的，大家要分着搞，慢慢搞，今晚我只想搞搞女主持人。我是有点喝醉了，但说的不是胡话，我是想搞，心安理得地搞。

到 CD 酒吧时演出还没开始，我们要了两个啤酒，混在人堆里喝。两个黄头发的洋妞在吧台朝我抛媚眼，虽然我分不清楚是朝我抛还是朝我身后的哥们抛，但这个媚眼增强了我的兴奋，在第一支乐队演唱第一首声嘶力竭的《我们的祖国是花园》的时候，我伸手去拍女主持人抖动的臀部，她的臀部虽然不大，但很满很紧，像可以用于世锦赛的排球。她的排球越拍跳动得越厉害，我激动得想把酒瓶子咬碎吞下去，我还想把她吞下去。我在喧嚣的人群里想拍她胸前的排球，她不让，好几次把我的爪子掰下来。直到演唱结束，我还是只能搞她的屁股，她全身的欲望都集中在屁股上。出来的时候，我想和她一起走，她不让，跟我打了个响指就钻到的士里溜了。

朋友们，我终究没搞到她，搞女主持人太困难了。虽然没搞到床上，但我还是可以和朋友们分享一把搞她屁股的感觉，不大不小的屁股，东方的屁股，具有中国特色的屁股，没有俄罗斯女人的屁股那么大，也没有古巴女人的那么翘，换个文人的说法，既没有泰山那么雄伟，也没有华山那么挺拔，既没有太平洋那么浩大，也没有北冰洋那么酷，它只是一个平凡的屁股，在改革开放中成长的屁股，被不止一个排的人摸过的排球，我只能隔靴搔痒感觉到弹性，我得不到的屁股，我难以忘记的屁股，整个晚上被我意淫的屁股，被我感叹的屁股，被我赋比兴的屁股，未来的《诗经》中的屁股，被我当成夜宵与朋友们分享的屁股，够了，朋友们，对一个屁股牢骚太多你们会有意见的。

当我对屁股意淫完毕时我的胃疼就发作了，我躺在床上睡不着，必须斜靠着，把腹部的肉挤成一堆才能制止胃痉挛，后来我在书包的角落里找到几颗吗丁啉，这个在广告中被称为胃动力的家伙确实让我的胃好受了一会儿。感谢医学的发达，让有着一个破胃的人在凌晨可以睡着。还要感谢挂念着小兀的朋友们，虽然我对她毫无感觉甚至厌烦了，但毕竟当过我的女朋友，毕竟给我带来欢乐和痛苦，带来性高潮和性虐待，带来一段难以言表的生活经历，所以在这节小说结束前我一定要告诉大家她的下落。她在当天晚上没有回来，鬼知道老黄带她去哪里了，也许是在车上过了一夜，也许是在老黄家，反正这个是他们的自由，我也不去猜测。这倒不是说我无情，也不是说我不把女人当女人，比如说女人如衣裳这句话我是绝对不敢说，也不会说，说这话的人肯定没挨过女权主义者的扁。我倒有一个与之相反的观点，我认为女人是天使，就是上帝拉下的屎，在男人看来当然是很神圣的东西，不但不臭而且是香的，历史上很多人都赞叹过女人的芳香，但和天使相处久了，男人们就会意识到虽然很香，虽然是来自天上，但毕竟是一堆屎，和自己差距不大。更要命的是，由狗屎变成的男人在这个父系社会里自我感觉越来越良好，经常把自己当上帝，很快就认为女人是自己的附属物。实际上我的观点就是，狗屎和天使在本质上是一样的，都是自然世界里多余的东西，但天使毕竟来自天上，有自由的天性，她爱跟哪堆狗屎就跟哪堆狗屎，所以我应该给小兀自由。

第二天中午我去上班，到晚上才回来，小兀也没在，但我可以看出她下午回来过的痕迹。我尊重天使是自由的这一原则，我不必到处打听她的下落。出于安全考虑，我在这几天经常看晚报中的社会新闻，看看有没有女子跳水跳楼被民工强奸等消息，这也是我多余的行为，小兀的性格是自爱的，我了解这一点。三天后，我给老黄打电话，问他知不知道小兀的行踪，老黄说不知道，还责怪我那天晚上极大地伤害了她的自尊心。我跟老黄说不要谈这些了，每个人都有说实话的权利。一周后老黄打电话告诉我，小兀给他打过电话了，想去他那儿，问我怎么办。我舒了一口气，主要是为小兀的安全而感到庆幸，我说，随她便吧。我又问，小兀的胯下有颗黑痣，你见过吗？老黄迟疑了一会儿，说，嗯！我说，那就行了，以后她想干吗你就不用问我了。老黄小声问，我们还是朋友吗？我毫不犹豫地回答，当然了，我们会成为更好的朋友。

7

田恬因为找对象的事和我推心置腹地聊了多次，她约过的男人已有十几个人，每次的第一个节目都是吃完饭就去买水果，看看男人的出手大方程度。田恬是个水果饕餮者，喜欢水果喜欢到变态的地步，一整天可以不吃饭水果吃个不停，而且还特别喜欢美国提子美国橙什么的，一买就几百块。当然被淘汰的男人一般都不是买水果时被淘汰的，你即使是大象的食量一般男人还是买得起的，一般被淘汰的男人要么没房子，有房子也是老房子，要么就没车。有个男人还是从公司开了辆车来凑数，田恬和他同居了半个月才知道底细。那个男的本来想生米煮成熟饭再说，但没想到田恬很有原则，还是掰了。

田恬知道我和小兀分手了，约我吃饭安慰我。我对这种安慰很不适应，我对田恬说，你真的不用安慰我，我一点儿也不难过，男人和女人还是不一样的。田恬说，是吗，最好是这样，但我还是看出你瘦了。我告诉她我瘦主要是因为最近胃疼发作，又有虚火上升，导致胃口极其不好。田恬不懂中医，一直不理解虚火是什么意思，我解释了半天她还没听懂，她没有过虚火的症状。我有点不耐烦，说还是别谈我，谈谈你找对象的事吧。田恬又跟我讲了最近处的那个人，那个人是开公司的，做耐火装饰材料买卖，房子和车都没问题，而且人长得高大，是个猛男，四十出头，离过婚，离婚的原因是男子性欲太强和前妻性冷淡。田恬觉得各方面都不错，很快就进入了试婚阶段，说是试婚，其实也就是每个周末陪田恬玩，上他家住。其他的时间他称工作忙，晚上有应酬，田恬也有自己的工作，除了打打电话，没有其他联系。在试婚的一个月时间里，田恬感受到那个男人强有力的性生活，很大，干得很爽，同时也相信了他离婚的理由。但正因为他强烈的性欲，让田恬觉得他是个不安全的男人，主要原因有两点，一是田恬觉得以他的性欲，一周中不止周末有性生活；二是每次晚上打电话，他身边总有女人的声音。以一个女人的感觉，田恬确定他是个危险的男人，在田恬几次追问下，两人对对方都失去了兴趣，自然而然就没来往了。

田恬讲完了这个男人，我刚好把一碗米饭吃完，开始剔牙。田恬问，上次你说的那个老黄怎么样？我有点被她说蒙了，好半天才反应过来，我把牙签从嘴里抽出来说，那个老黄呀，后来我考虑了半天，还是不介绍给你好，物质条件倒是还行，但最近发现他品德不太好，比你刚才说的那个男人好不到哪里去，介绍给你只会增加一段痛苦的经历。我还没说完，田恬的脸上浮起失望乃至绝望的神色，感叹一声，骂道，他妈的，这个世界上是不是没有好男人了！我慌忙安慰道，好男人是不多，但肯定还是有的，你不能灰心，你想中国这么多男人，别说中国了，就说北京，豪宅那么多，高级小车挤得跟便秘似的，符合标准的男人还是很多的，但他藏在哪个楼里你不知道，也许他也在找你呢，你要有耐心，找着了就是缘分到了，找不着就是缘分还没到。就像我这根牙签，它在找牙缝里的那块肉渣，可我的牙缝太多了，一时三刻找不着，可我只要耐心地捅，把每个牙缝都捅过，最终肯定会捅到的，这就是缘分。田恬边听我说边观察我千疮百孔的牙床，恶狠狠地说，好，我就相信一回他妈的缘分吧！

南昌记

1

小丁是我为数不多的朋友之一。他比我小六岁，是北邮的学生，在我们报社实习。长期以来我习惯和比我年纪小的人交往，小丁是唯一生于八十年代的朋友。在刚交往之前我把他看成一个小孩，现在不了，现在他在我眼里是个色情高手，他跟女孩套近乎的熟练手段让我自叹不如。在某些场合，我觉得应该是他比我大六岁才对。不过话说回来，年龄这玩意儿实在说明不了什么，特别是在这种新思维新事物层出不穷的年代。现在我的座右铭是，向更年轻的同志学习。小丁的女朋友一共有多少我不太清楚，就我所知的有四个，武汉一个，是网恋女友；上海复旦大学一个，是网友加文友；南昌大学一个，是从中学开始拍拖的女友，最正宗的一个；还有一个是北京北太平庄醒醉轩饭馆的服务员，是在一次酒后认识的被小丁称为萍水相逢的女友。从以上四个来看，小丁的胃口真的很大，什么样的女孩都能消化，这一点正是我佩服的地方。

小丁来报社实习的时候，网恋正处于白热化状态，他的计算机上开了无数个聊天窗口，和全国各地的美眉调情。有时候我想，他要是在床上能这样以一当十的话，我就更应该向他学习了。当然，仅仅网上的交流是不够的，根据我上网的经验，网聊只是一种意淫，发展到煲电话粥，就有手淫的味道了，最后如果能见面上床，网恋就算修成正果了。小丁很快从意淫发展到手淫，上班时间泡在网上，下班时间握着电话。一个月下来，他的那部电话费用猛增两千块钱，基本上是去上海和武汉的长途。小丁被财务罚了两千块钱以后，网恋的积极性遭到打击，再也不像以前那样一收到传呼就跟着了火似的了。这期间刚好报社因整顿休一个月的假，脑袋转得似风车快的小丁一下子从闷闷不乐中兴奋起来，对我说，去南方走走怎么样，看看女孩。我马上就答应了，放了假，我也是闲人一个。我说，去哪儿呢？他说去南昌。我说为什么去南昌，没听说过南昌有美女。小丁认真地说，有的，真的有，只是宣传得不够而已，如果南昌看不够，我们还可以转到杭州。我突然想起小丁的女朋友在南昌大学，看来这个问题就不必问了。这小子不论做什么事情都离不开一个中心，就是女孩子。我说，那就去南昌吧，不过最好我能带一个女孩去。

本来我是不想带女孩去的，去南方本来就是看女孩的，但是一想小丁到了南昌之后就有女朋友陪了，而我对当灯泡这个角色已经非常恐惧了。带什么女孩去比较合适呢，去南昌之前我一直在为这个问题苦恼。来到北京之后我的第一个女友邓丽丽已经掰了，第二个女友小兀已经成为我的朋友老黄的女友了，在第三个女友到来之前我能找谁呢。我想不起哪个女孩和我有暧昧关系，也想不起谁有可能和我发展成暧昧关系，想到这里我的心就凉了，去南昌的兴致也冷了下来。那天晚上小丁打电话过来问我找到一块儿去的人没有，我说没有，我都不想去了。小丁说，那就算了吧，我们老师正要我留下来写论文呢。

取消南昌之行的当天晚上，北京的气温突然升高，春天在刹那间来了，桃花在一夜之间爆开。天一暖我的心就躁动不安，总想干点什么，这是我从中学开始就养成的习惯。我想这时候南方应该更暖了，即使没有漂亮的女孩看，看看风景也不错，我又有一点儿后悔。燥热的夜晚让我浮想联翩，我想起我的初恋就是在桃花绽放的时候发生的，第一次性生活也在这个时候，甚至第一次通奸也在此时，而现在我只是在这个季节怀旧。我走出房间，在花江狗肉城附近溜了一圈，以前狗肉城门口总是聚集着一大堆妓女，不论美丑，都是200块钱打一炮，前一个月刚抓走了一批，现在门口已经非常冷清了。有几个女人在路边走动，我不能确定她们是不是妓女，我也不能确定今晚要不要叫一个打一炮，这种高温的夜晚让人迟疑不定，很容易失去主见。

2

第二天小丁又打了个电话，说他还是想去，因为他的女友已经在南昌给他租了住房了，是在南昌大学附近，更重要的是他的女朋友听说他不去就哭了。接电话的时候我正躺在床上，接完电话我穿上衣服，不到12点，我们就登上了开往南昌的1453次列车。

一进车厢，我和小丁就不约而同地希望邻座会有一两个女孩，打发旅途的无聊。遗憾的是这截车厢基本上都是民工，我和小丁眼睛来来回回扫射几遍也没看见一个入眼的女孩。坐在我对面的是一对民工夫妇，男的短小精瘦，女的很胖，下巴都垂下来了。他们一到座位上，我就叹了一口气，接着小丁也叹了一口气。我说，你叹什么？小丁说，你还不清楚吗，咱们巧遇美女的计划落空了。我说，我叹气还情有可原，你有什么好叹气的，你一到南昌就有女朋友了。小丁说，那你也不要叹气，到南昌我会给你弄一个的。我说，现在还是先想想怎么打发车上的时间吧。

列车开动后，车上的人都和瘟鸡一样默不作声了，可能是浑浊的空气使人陷入短暂的疲倦状态。斜对座上有个短须男人开始抽烟，抽了两口之后就开始海聊，周围三个农民模样的人在认真地听，对短须男子的见多识广表示由衷的好奇。这时乘务员经过这里，对短须男子说，不要在这里抽烟，要抽到门口去抽。短须男子把烟摁在果壳盘里，但并没有掐灭，等乘务员一走，又重新抽起来。三个农民模样的人露出敬佩的笑容。短须男子也为自己的聪明折服，又很兴奋地给三个人讲一个段子，说公共汽车上有一个年轻的女人提着一袋牛奶，她说你们不要挤了，我的奶都流出来了。旁边的人问，是谁的奶呀？女人说，是我的奶，你看都流出来了。短须男子还没讲完就哈哈大笑起来，三个农民脑子不灵，还没反应过来，一脸茫然地看着他。短须男子没想到只有他一个人笑，只好又解释了一遍，那三人才笑起来。也许是觉得反应太慢对不起短须男子，他们笑得格外夸张格外豪放。笑声停下来以后，这四个人又亲近了一步，觉得很有共同语言。其中有一个拔出烟盒，每个人都发了一根，车厢里的烟味立马浓起来。我站起来说，你们到门口去抽好不好，车厢里不准吸烟。那三个农民模样的人不知怎么回事，都看着短须男子，可能在征求他的意见。短须男子朝车顶喷了一口，慢条斯理地说，我们抽完这一根就不抽了。他的老油条的态度让我无所适从，我只好坐下来等着他们抽完。三个农民模样的人见状，又很放松地吸了，脸上带着有恃无恐的安全感。小丁说，你要是受不了，就去叫乘务员吧。我犹豫了一下，说，算了吧，等他们抽完算了。我闭上眼睛，脑袋里老是浮现出他们抽烟的样子，这种感觉让我坐立不安，特别是他们有说有笑吞云吐雾的时候。

车到河南的时候，火车上来了个叫卖手工艺品的人，有个河南汉子拿着指甲刀、耳勺和小葫芦三件一串在叫卖，这些实用的玩意儿引起了对面胖女人的注意，她本来伏在她瘦小的丈夫肩上睡觉，在打了个很夸张很舒适的呵欠后，她专心致志地挑起小东西。她对河南汉子说，八毛钱一串，卖不卖？河南汉子可能从没遇见过这样讨价的，他激动起来说，我这一串才赚一毛五，八毛卖给你我还要倒贴五分，你怎么能这样讨价还价？胖女人说，哪有卖东西不能还价的，我就是在西单王府井也要还价，到你这儿就不能还价了？河南汉子说，这么便宜的东西还怎么还价，西单王府井有一块钱的东西吗？胖女人说，怎么没有，你看我脚上这双袜子就是一块钱，在西单劝业场买的呢。河南汉子急了，说，你到底买不买，不买就算了！一直在沉默的她的丈夫从口袋里抽出一块钱，说，来一个吧。胖女人选了一个最漂亮的，开始用指甲刀来剪指甲，并且把剪下来的指甲放在一张包蛋糕的纸上。有的指甲被她一剪，飞起来四处乱弹。修完指甲，她开始掏耳屎，最初掏出两块大的，米黄色，放在指甲堆里，随后掏出的全是小的，但她很有耐心，一点儿一点儿地掏，好像要把这辈子的耳屎挖得一干二净。自从上火车后，我脑袋就在一点儿一点儿地晕，直到现在进入昏沉的状态。在这种状态下我看胖女人的举动，只觉得恶心，但并没有精力去阻止她。也许我可以跟她说，很恶心，你不要把耳屎放在桌上。但她也可以说，你恶心关我什么事，我又不是用你的耳勺。这样我就有可能要跟她没完没了地争吵下去，所以我没有勇气去阻止她。我只希望她能快点把耳屎掏完，扔到垃圾堆去。但从她享受的样子可以看出，她已经把挖耳屎当成一项娱乐了，只要她有精力，她可以一直这样娱乐下去，而她深不可测的耳洞里也可以源源不断地出耳屎。

我没想到这趟旅行的兴致先被烟味和耳屎给败坏了，这比我预想的要差得多。我原来的计划是在火车上来个艳遇，旅途非常愉快，到了南昌就可以不必再找女孩了。现在我只后悔没买卧铺票，以前坐卧铺我经常能碰到美女，即使不是美女也可以作为谈心的朋友，很容易打发时间。而现在，艳遇绝对已经泡汤了，我还得忍受一个女人在对面挖耳屎。但还不够，还有更恶心的在后面。胖女人的丈夫，那个一直在打瞌睡的瘦男人突然间抬起了头，闭着眼睛，五官挤作一团，这种表情维持了三秒之后，他打了一个巨大的喷嚏。强大的气流把桌上的纸张掀起，指甲屑和耳屎被抛向空中，抛向坐在对面的我们的脸上。我再也忍受不了了，我骂了声操，然后冲向盥洗室。但无论我怎么洗，总觉得洗不干净了，因为我觉得她的耳屎曾喷到我的嘴里，漱了多少次口后，我老觉得嘴里留着她的耳屎。小丁跟在我后面，说，应该洗干净了吧。我说，我怀疑吞下她的耳屎了，喉咙老觉得难受。小丁说，不会吧，最多也就喷到你脸上，要不，吃个苹果吧，这样嘴巴就舒服了。我说，吃了会更恶心的，我还是呕吐一下吧。说着，我就把指头放在喉咙里抠，吐出两次，只吐出一点儿稀稀的痰，心里觉得舒服点了。我说，真把揍那个胖女人一拳。小丁说，揍也没用，她有挖耳屎的习惯，你揍她还是会挖的，唯一的办法就是让她把手停下来。

我们回到座位上，胖女人仍在舞弄耳勺，这回她让嘴巴鼓满了气，然后逼迫气流从耳洞里出去，这样就能发觉哪个耳洞还有残留物。这种实验我以前也做过，所以我一看到她的表情就知道了。我偷偷对小丁说，她还要继续挖下去。小丁的身子突然朝他们凑过去，我以为小丁要教训他们了，不由把双手握紧。没想到小丁说，你们要不要打牌？胖女人的注意力集中在耳屎上，过了一会儿才发觉小丁在和她说话，她问，打什么？小丁说，打牌，打拖拉机。胖女人说，会呀。她推了推正在看列车时刻表的瘦丈夫，说，把牌拿出来吧。瘦丈夫动作比较迟缓，属于做事比较沉稳的类型，他放下列车时刻表，伸手到座位底下的一个蛇皮袋里摸，摸了好一阵子，才摸出一副旧牌。胖女人边洗牌边说，这副牌从春节打到现在了，旧是旧了点，但越来越顺手了。

我和胖女人对家，开头几把胖女人手气好，打得天衣无缝，脸上喜滋滋的。她手头灵活，但嘴巴不灵活，可能是周围肉太多的缘故，说话时总有流口水的感觉。后来她手气不好，但仍然有出奇制胜的表现，而我的牌一直很糟糕，水平又不怎么样，一直是陪着她打。这样一来，我对她的厌恶就渐渐消了，甚至觉得她童心未泯，有可爱的地方。我多看她两眼，才发觉她没有我先前觉得的那么丑。瘦男人与她相反，好牌差牌都不动声色，属于忍辱负重型，一直在执着地追赶，打牌使气氛和谐起来。这时斜对面一个比较老的农民把烟分给三个人，四缕烟又冒了起来，在他们头顶绕了一圈后，就转到我这边来了。我用眼睛盯着他们，他们就假装没看见我。有一个乘务员走过来，四个人不约而同地把烟藏在桌子下，乘务员竟然没发现，匆匆地就从他们身边过去了。我站起来对短须男子说，你把烟掐了好不好，我头晕。短须男子看了我一眼，很不情愿地往车厢交接处走，旁边两个人跟着他出去了，只剩下那个老农民坐在位子上，犹豫片刻，把烟头在铁盘上掐了，剩下半截放在烟盒里，他脸上充满困惑，好像在说我抽的是自己的烟，关你什么事呢！

牌一打就打到天黑，餐车最后一次经过的时候，我们打完了两轮。胖女人和她的丈夫买了两盒快餐，迫不及待地吃。打完牌，我精神多了，开始听列车上的广播。先是播了一首那英的歌，然后播音员说，现在是点歌时间，需要给亲戚朋友点歌的同志请到五号播音室来，下面是 8 号车厢的张国庆先生要给 8 号车厢的乘务员王艳小姐点播一首《山不转水转》，张先生祝王艳小姐生活愉快美满幸福。小丁说，你看，有人开始泡乘务员小姐了，我就说过，南昌有漂亮的女孩了。小丁之所以说这话，是因为我们车厢的南昌籍乘务员很难看，并且我由此断定南昌没有美女。我说，点首歌也说明不了什么，也许那个张国庆是逃票的，点首歌为了讨好乘务员。《山不转水转》播完后，张国庆又点了两首《雾里看花》和《真的好想你》，这次是祝王艳小姐越长越漂亮。张先生这么疯狂地点歌，让小丁认为王艳小姐肯定是个尤物。但我对像张国庆这种人的审美极不信任，以点歌来讨好小姐，基本上是大老粗的品位。我们争执了一会儿，决定去 8 号车厢看看王艳小姐，其实我更想看的是张国庆先生，在我看来他是个厚颜无耻的暴发户，我想去确证一下这种感觉。但我们到刚到 6 号车厢就被乘务员拦住了，她不让我们去打扰卧铺乘客的休息。她是个扁鼻子的女孩，脸上骨架峥嵘，相貌奇特，她的丑陋进一步激发了我想看看王艳小姐的决心。我说，我要找 8 号车厢的乘务员王艳小姐。她说，你找她有什么事，跟我说就可以了。我说，我有点私事，我要见她。她冷笑了一声，说，你不要耍什么伎俩了，你们是想混到卧铺去找地方睡觉吧，像你们这种人我见得多了。她趁我们不注意，飞快地关上过道的玻璃门。我隔着玻璃对她说，你的服务态度很不好。她说，我是不好，你又能拿我怎么样！小丁对我说，算了算了，还是回去吧，到了南昌你就知道有没有漂亮的女孩了。我走了两步，有点不甘心，又折回来隔着玻璃门问，你告诉我王艳漂不漂亮？她两眼盯着我，像斗鸡，然后压低声音对我喊，我告诉你吧，她很骚！

3

回来后我又打了一圈牌，凌晨两点我在没见到王艳和张国庆的遗憾中睡着了。七点差一刻火车到了南昌，正赶上下雨，我衣服没带够，冷飕飕的。这冷天气也把我踏春寻花的愿望给掐了，我一下车就不知所措了。按计划我们下车后应该到南昌大学，小丁的女友蒋飞飞会在宿舍等我们，带我们去租的住所。在路上我往蒋飞飞的宿舍打了多次电话，没人接，我们断定电话线被拔了。经常拔电话线的女生宿舍肯定是因为有很多男士来骚扰，从而可以断定这个宿舍的女生相当有魅力。我向小丁征询这一推理时，他不说话，冷静地摇了摇头。他已经接触过蒋飞飞宿舍的女孩。我不由得愤慨起来，说，又不漂亮，又拔电话线，不是装骚吗！小丁说，不是，她们宿舍的人都很勤奋，这时候都应该去上课了，可能不是拔电话线。我们来到女生楼门口，门房有个看上去很干净的中年女人用手势阻止我们进去，显然她把我们当成寻花问柳之徒并不屑于说话了。小丁说，我要找 321 室的蒋飞飞，你能给我传呼一下吗？中年女人查了查一个本子，找到蒋飞飞这个名字，然后伸出三根指头。小丁说，对，是三楼。中年女人摇了摇头，小丁说，你是不是要三块钱？女人又摇头，然后轻轻地说，三毛。中年女人要了小丁三毛钱，上了一趟三楼，回来说，321的都去上课了，门锁着。我们只好去教室里找蒋飞飞，当时八点不到，还没开始上课，找了五六个教室也没找到。我说，还是先去吃早饭吧。

由于蒋飞飞突然失踪，我们一时找不到落脚的地方，这个在我旅行中并不重要的人物突然变得重要起来。我们在南昌大学对面的一家大排档坐下来之后，就开始研究蒋飞飞的去向。老板娘问我们吃什么，小丁说，两碗稀饭，八个包子。老板娘伸出指头又问了一遍，是八个吗？小丁说，是呀，不吃八个怎么吃得饱。但她把八个包子端过来后，我们都大吃一惊，每个包子都有碗口那么大。我说，不好意思，就来四个吧，我不知道南昌包子有这么大。老板娘得意地拿走四个，她仅仅用几个包子就让两个外地人吓一跳了。实际上最后我们只吃掉两个包子，我们心怀愧疚地把剩下两个退还给她，并答应下次还来吃，她始终微笑着，好像我们所有的举动都在预料之中。她的宽怀大度使我在这个阴冷的早晨感到一点儿温暖，我很想和她多聊几句，但除了包子，我确实找不到可聊的话题了。吃饭期间，小丁抽空把传呼接收转到南昌，并查询了寻呼台，得知几分钟前曾有个南昌的传呼，小丁打过去时已经没人接了，估计是IC卡公用电话。根据那个电话号码，我们估计是蒋飞飞在火车站打的。我抱怨小丁说不应该让她去接我们。小丁说，我跟她说过不要去接了，谁知道她还是去了。小丁又得意地补充了一句说，她太爱我了。我说，我宁可看见你嘴里吐出狗屎也不想听你嘴里吐出“爱”字，让我牙根发酸。小丁争辩说，就是爱嘛，她恨不得早点见到我。

由于早上的一系列遭遇让我烦闷，我只好借攻击小丁来发泄，我说，你他妈鸟毛还没长齐，懂什么爱，你跟你女朋友不就是性冲动吗！小丁说，当然不只是性冲动，性冲动她会去火车站接我吗，她应该在床上接我才对。我说，去火车站是因为她太欠操了。小丁的脸上有点挂不住，说，你他妈别这样说好不好！我说，有什么不能说的，就是欠操嘛，回头你赶紧多操几下。郁闷之气排泄出去之后，我们都有些索然无味了，不说话，在雨中又走到女生楼下等，我们就这样等了两个多小时，期间我还出去买了一份《体坛周报》来打发时间，而且我们一度还否定了她去接站的可能，因为她接不到我们，这时候也应该回来了。等到后来，小丁也抱怨了，即使是爱他，也不该用这种神出鬼没的招数。为了打发无聊，小丁一直让我看来来往往的女生，品头论足，但无论多漂亮的女生，也不能提起我的兴致。我的运动鞋里灌了水，湿漉漉的，脚指头基本上麻木了，此刻我只想找一个地方歇歇，脱下鞋子看看我起白皮的脚。

十点半的时候，小丁的女友蒋飞飞出现了，她像一只翅膀有点受伤的鸟一样从一辆人力三轮车上飞过来，飞得不高，很快就扑到小丁的怀抱里了。那个车夫大叫起来，钱还没给呢。小丁马上付了钱，用九江话和蒋飞飞快地聊起来（他们都是九江人），根据表情来猜测，不外乎就是解释为什么让我们等这么久。因为很快就可以找到一个地方休息了，我积郁了几个小时的忧闷也暂时消了。蒋飞飞解释完之后还是被小丁抱怨了一顿，这个稚气未脱的女孩脸上有些不高兴，说，一见面就挨你骂了。我说，不要骂了，快点带我们去住的地方吧。蒋飞飞从小丁怀里拔出身来，到楼上拿钥匙了。原来蒋飞飞本来约好在宿舍等，起床后发现下雨了，就给小丁的传呼上留了言，说在火车站出口接我们（但小丁的传呼根本收不到），她带了两把雨伞来，却没接到我们，最关键的一点是，她身上只带了一块钱坐车去，等回来时却没钱坐车了，打小丁的传呼也没有回，只好从火车站走回来。走了一个多小时，到校门口实在走不动了，才叫了辆人力车进来。

我们租的房子是两间，最里面还有一个小卫生间，一个月才200块，小丁认为比住旅馆便宜而且安全。一进来，小丁放下包袱就抓紧时间和蒋飞飞做爱，他在外间，我住在里间，即使我要上厕所也不会打扰他。蒋飞飞上次曾到过一趟北京，和小丁住了一周，但离现在已经有几个月了。在这几个月里小丁只能靠网上聊天和煲电话粥来排泄力比多，差不多要憋坏了，他的性生活属于暴饮暴食型，有则山珍海味，无则餐风露宿，所以我能理解他迫不及待的心情。我脱下袜子，脚指头被雨水泡成白色，像泡沫塑料做成的，我用一块毛巾包起来，放进被窝取暖。南方一下雨，空气就湿冷湿冷的，我钻进被窝就像钻进了冰窖，入睡之前，我听到小丁和蒋飞飞激烈的叫唤声，但蒋飞飞的声音一会儿就没了，她早上没吃饭去接站，回到学校又走了好几里路，现在已经是强弩之末了，但愿小丁别把她折磨垮了。一觉醒来，已经是下午了，觉得浑身舒坦，肚子很空，恨不得立马放一头烤乳猪进去。我催小丁起来吃饭，小丁在床上磨磨蹭蹭，嘴巴说就起来，可过了很久还是没有起床的迹象。我说，你有完没完，晚上还可以再干！

吃完饭后，小雨还在下，像一个话多的人没完没了叽叽歪歪让人心烦。我觉得再回那个简陋阴冷的房间里听小丁和蒋飞飞的亲热声会发疯的，我说去什么地方走走吧，蒋飞飞说附近有个湖，可以转悠转悠。但我发现湖水是臭的，湖边堆满了垃圾，在湖边走的时候，车从坑坑洼洼的路边呼啸而过，一不小心就溅我一裤子。我很疑惑，虽然他们比我小了五六岁，想法有差异，但也不能超前到把臭水沟当成风景呀。蒋飞飞说，走一段就好了。但扔满垃圾的湖边永远走不完，我极度沮丧。不能不交代，让我沮丧的不仅是没有风景可看，更是那种当灯泡的感觉。他们两个搂在一块儿，用九江话谈天说地，我跟在后面，无聊至极，如果垃圾会说话我可能还会跟垃圾聊聊。我是个极情绪化的人，我的情绪可以在一刹那间糟糕透顶，此刻确实跌落到最低点，所以我只想回来。关于电灯泡，我也是经常当的，最漫长的一次是在由北京开往福州的火车上，和一对大学同学坐了 42 个小时（那时火车还没提速），当时最难受的就是他们跟我聊天的间歇会不时亲一下嘴，他们一亲嘴我的脸上就会浮起难看的笑容。我看不见自己的笑容，但我知道很难看，因为在那一瞬间我必须是一个观众，我不想看到这幕演出，但演出已经开始，我必须用笑容表明我是观众。如果我没有笑容，而是恼怒的表情，那就有争风吃醋的嫌疑甚至我也成为表演中的角色了。我对当灯泡的心得就是，我必须保持一个观众的笑容。但现在在小丁和蒋飞飞的演出中，我连观众的地位也被剥夺了，他们或接吻或搂抱或调情，完全无视我的存在，他们把我当成空气了。但我自以为我是一名游客，而且是一名结伴而行的游客，应该有人兴致勃勃地交谈。我的心理落差很大。来之前小丁的一个同学就对我说，你知道吗，小丁一见了女孩就什么都忘了。当时我不在意，现在深深领悟。当然，我这么说并没有对小丁心怀怨恨，当我烦他时，就当他是不更事的少年，这样有利于我们长久来往。我只是说小丁的行为奠定了我低落的情绪，而这种情绪又贯穿以后的整个旅程，这是应该交代的。

于是我愤怒地对他们喊，难道南昌就这么一个破地方吗？蒋飞飞想了一会儿，就提议去滕王阁。对我来说，去什么地方都无所谓了，只要能脱离泥水四溅的湖边，脱离无所适从的氛围。我把一辆野马般呼啸前进的出租车拦下来，既要让司机知道我们打车，又不让泥水溅到裤子上，需要相当的技巧。在去滕王阁的路上，我问司机南昌还有什么地方可玩，司机说，没有，根本就没有，你要旅游怎么会来南昌呢，你要参加革命来南昌还差不多！八一大桥有两只猫你倒可以看一看，一只白猫，一只黑猫，那是革命的象征。那个司机三十来岁，瘦子，说话玩世不恭，像个愤青，他把出租车开得像 F1 赛车，还一边给我讲两只猫的段子，说当时建八一大桥的时候，江西省省长打电话告诉小平同志，小平说，有桥标吗？省长说，冇。冇就是南昌话里没有的意思。小平说，猫呀，好呀，不管白猫黑猫，能抓老鼠都是好猫。这样，八一大桥两边就多了两只猫。为了这个段子，我特意去八一大桥看了看，两只花岗岩大猫虎虎生威，立在桥边，让人看了极不舒服。什么叫生搬硬套，这两只猫就是。临下车时，我问司机南昌的女孩怎么样，司机好像对我的智商极不信任，他盯了我两眼，狠狠地说，你到底来南昌干什么，全国有多少地方任你跑呢，你跑南昌看！

我本来以为滕王阁是在山清水秀的郊外，不料还是在城区，还要买几十块钱的门票，我也就不进去了。我对历史上声明远扬的地方有恶感，它们往往名不副实，乘兴而去扫兴而归是常有的事。再说有人兴起“文化苦旅”之后，我对有文化积淀的地方产生了排斥感，关于滕王阁，我知道是唐代王勃写了篇《滕王阁序》出名的，那是很夸张的一篇文章，充满了文人写作的种种恶习，至少对我写作的影响是很恶劣的。现在我在门外想起《滕王阁序》某些铺陈浮夸的句子，我越感觉到这是个水分很多的地方，就这么一个靠一篇破文章浪得虚名的地方还要收门票，我有些愤愤不平。我们走进门旁的一个工艺品商店，一个四十岁左右的风韵犹存的女人从柜台里迎出来，像老鸨对待嫖客一样热情地招呼我们。她指着一堆景泰蓝手镯对我和小丁说，你要是买给女朋友呢，就应该买这一种，60 块一个；要是买给一般的女孩呢，就这一种，20 块一个；但你如果买 20 块的给女朋友，你就太小气了，这说明你不够爱她；但你如果买了 60 块的给女朋友，也买 60 块的给其他女孩，那也不对，这说明你花心，你就应该买 120 块的给女朋友，但 120 块的现在已经脱销，过两天才有；我看你的样子也不是花钱大手大脚的人，其实买个 60 块的就行了，这玩意儿漂亮，什么女孩都喜欢，这就叫花小钱办大事。我趁她一口气接不上来的间隙，接过话茬解释道，阿姨，我没有女朋友。她做出惊讶的表情说，你不会骗我吧，你这么帅，怎么会没有女朋友呢？我诚恳地说，阿姨，你认为我帅我很高兴，但我确实没有女朋友。她马上为我愤愤不平，说，有眼无珠的女孩太多了，不过，也许是你没去追吧，驴不打就不转磨，女孩子就是要人追，我看你买几个，将来会很有用的。我说，我现在不想追。她马上变了脸，好像我犯了天条，说，你这么年轻，没有理由说这话，我要是能变得像你这么年轻，我也想谈几次恋爱呢，不瞒你说，我儿子才十八岁，已经谈了三次，我打心里是不愿意他这样，你猜他说什么，他说这是个恋爱的季节，孤独的人是可耻的，这是什么新思想，你是大学生应该知道吧。我说，我和你儿子一样，也谈过三次，现在不想谈了。她恍然大悟说，原来是谈得太多了，不过你一定会再谈下去的，男人身边没个女人是不行的。

由于一路上没人聊天，我变得饶舌起来，说，阿姨，如果你晚生十来年，我下一个肯定会追你的。她肌肉松弛的脸上突然闪过羞涩的笑容，在一刹那我竟窥见了她当年的俊俏模样，她说，你不要嘲笑我了，我都快成老太婆了。我又一次真诚地说，阿姨，我不是嘲笑你，你是我在南昌见到的最可爱的人，你能不能告诉我，你当年是不是很漂亮呀？她说，漂亮不敢说，不过追我的人也有一打呀。说着哈哈大笑起来，已经很放松很豪放了。我问，阿姨，你有女儿吗？她说，怎么啦？我说，你要是有女儿我想见一面。她抱歉地说，哎呀，我就一个宝贝儿子，本来想生个女儿的，可政府不让呀。我说，没关系，不能为了我违反政策规定。我又问，你在这儿上班是不是很寂寞？她说，对呀，现在是旅游淡季，没什么人来参观，我这一坐就是一天，没什么人聊呀。她让我舒服，我和小丁买了很多大大小小的工艺品。我没想到南昌的中年女人这么棒，我们聊了很长时间，只因她风韵犹存，很养眼。有她在，滕王阁可以拆掉了。

4

去庐山是当天晚上决定的，第二天一早就去，我在南昌已经没法待了。临行前小丁和蒋飞飞想物色一个女孩陪我玩，先是叫来蒋飞飞的一个同学，娃娃脸，还没发育完毕，据说很聪明，连续跳级，才在上中学的年龄上了大学。她坐在床边跟我聊天，我老觉得她坐在摇篮里，因为那张娃娃脸太娃娃脸了。但我没有挑剔，我的要求很低，只要一个人甚至一只猴子，能在路上逗一逗，让我忘记自己是一个灯泡。天才娃娃在和我们吃饭时说可以考虑一起去，但到了晚上就拒绝了，她说明天虽然没课，但有个大扫除活动，她已经缺席了两次活动，这次再不去，今年入党的计划就要泡汤了。我说，你真热爱党呀。她说，不是热爱，说白了也是一块敲门砖，将来找工作很重要的。我赞扬道，你真是个天才。

最终陪我们去的是蒋飞飞的一个中学同学，在南昌上班。她很想上庐山玩，又怕旷工，她在晚上骂了一通同事们如何嫉妒她的聪明漂亮以及上司如何指责她之后，就下狠心骗上司一回。早晨我们在南昌站等待去庐山的火车，她就在候车室公用电话里向上司请假，她说她生病了，正在医院里，不料候车室里的高音喇叭突然响起来，说厦门到西安的列车已经到站，要去九江、庐山的乘客请排队进站，吓得她慌慌张张就放下电话，一路上一直担心被上司听出破绽。我怕她惶恐的情绪影响了兴致，只好在火车上安慰她，安慰着安慰着她的情绪就好起来了。

这时天气也好了，窗外是成片成片的油菜花，黄得一塌糊涂，春天就黄起来了。我在车上撒了两泡尿后，车就到庐山站了，地上还有湿湿的雨迹，但太阳已经出来，空气把肺洗了一遍，爽呀！车站外有很多人呼啦啦地围过来，都是小客车的司机，七嘴八舌地要送我们到庐山上，每个人说着相差不大的价钱。小丁领着我们冲出包围圈，坚决要到汽车站去坐车，那些司机们在后面喊，汽车站早就没车了。到了汽车站一问，果然上庐山的车只有两趟，上午一趟已经在九点开走，下午一趟要四点才开。

一个在一旁窥视良久的年轻人过来，告诉我们可以坐他的车去，车站车票是十块，他多五块。我们只好同意，在路边等了几分钟，他不知从哪个角落里开来一辆破得像参加过二战的吉普车来，还好里面并没有我想象的那么破，只是担心有没有足够的马力上山。

说说随行的女孩，叫程芬芳，一米五八到一米六之间，长得甜，甜得有点俗气，身材不太好，属于身长腿短那一类，说得难听点像蒙古矮种马，但程芬芳没这么典型，这样说很冤枉她。如果不从严格的肢体比例来看，她看上去还是很舒服的。穿红毛衣，蹦蹦跳跳，话多。我要感谢她和我聊我根本不想聊的话题，她让我知道不想聊的话题也可以聊起来。从我们相见的那一刻，到最后我离开南昌，我们聊过的话题上百，这并不是说她见识广博，也不是说我见识广博，而是她好奇，什么都想知道，什么都可以产生烦恼，什么也都可以产生快乐。但真正的快乐她并不想知道，比如说我们从没聊过性话题，忘了说一句，她只有 20 岁，是个处女。下文中我会讲到过夜，我会告诉你怎么知道她是处女。她什么都问，我就什么都答，不会答也会牵强附会，所以我们的话题涵盖日常生活。感谢她的好奇，让我从无聊中杀出一条血路，感谢她是没有性意识的处女，让我没在庐山犯下罪行。

路上的情形是，我和程芬芳走在前面，手没有拉手，身体之间没有接触，只是在爬某个山坡时拉了她两把，小丁和蒋飞飞走在后面，两人始终搂在一起，夹杂着接吻、摸、掏等等小丁所能想到的动作。如果吉尼斯纪录中有不间断搂抱这一项，小丁就可以去申请了。但不管如何，有程芬芳在，我们四人总算可以相处得比较和谐了。车到庐山顶售票处，我们下车，在旁边的厕所撒完尿后，小丁就率先带着我们沿厕所边的小路走，决定绕过售票处进去。这次旅行的资金不多，小丁借了几百块钱，我身上带了不到两千块，逃票四人就能省下两百了。不到半个小时，我们的计划就得逞了，向一个叫三宝树的地方挺进。过了三宝树，我们就往更高的牯牛岭，听说那儿是个很热闹的山中集市，那条繁华的街叫中心街。路上有个穿西装西裤但裆部拉链没关好的中年人一直怂恿我们晚上住他的旅馆，我提醒他白内裤露出来了，他丝毫没当回事，只是把西装扣起来，遮住裆部，看来拉链早就坏了。我还没决定晚上住不住，没答应他，他就陪着我们走，说住他那儿一个人只要八块钱。这个价钱让我们大吃一惊，但我还是没有答应他，因为他对裤裆的态度令我失望。如果他的旅馆也像裤裆一样不清楚，倒贴八块我也不住的。

实际上晚上是住在一对姓刘的姐妹开的旅馆里，姐姐比妹妹长得差些，不知道叫什么名，妹妹叫刘玲，不到三十岁，偏瘦，脸蛋和身材均有骨感，不算漂亮，但是是我此行见过最有气质的女人。坏拉链的男人带我们到牯牛岭中心街时，两姐妹正在一辆面包车上拉客，刘玲坐在驾驶座上，姐姐坐在旁边织毛衣。她们热情邀请我们坐她们的车去游一线风景，我很快被她们的音质所迷，坐上车，甩掉了坏拉链男人。所谓一线风景主要就是仙人洞，由于“天生一个仙人洞”在坊间被当成色情语句流传，所以我对这个洞挺好奇的，但见到这个洞却令我很失望，主要是太浅了，浅得不像洞，像避雨的屋檐。我相信很多同志跟我一样，走过仙人洞都有不过瘾的感觉。

很快我们又坐上刘玲的车回中心街，路上刘玲的姐姐说那个男人的旅馆在山上，走上去很不方便，而她的旅馆在街边，晚上还可以出来逛街，虽然贵一点儿，但环境好，还有热水可以洗澡。于是我们经过一番讨价还价，以每位十五元住进了凤凰旅馆。由于是旅游淡季，绝少人住，服务员到旁边的发廊兼做理发师了，她从仓库里给我们搬来了电视，但房间总算像个房间，临窗能依次看到垃圾堆、山中建筑和远山。被子硬邦邦的，棉花结块了，被罩上有“1982 年 ×××× 赠”的模糊字样，像古董。但服务态度太好了，刘玲的姐姐临走时还对我们说，你们爱怎么睡就怎么睡，没人会来查房的。和她姐姐相比，刘玲的话少，但给我印象深，确切地讲，一开始我就有点暗恋她，因为有气质，声音脆而有磁性，她不太说话，气质就更明显了。显然，我的暗恋是基于一种单调的环境所致，这种环境包括在异乡、孤独、周围没有女人（蒋飞飞和程芬芳只是两个女孩，还闻不到女人味），没有感情的介质，等等。也就是说，放在日常生活中，刘玲可能不会有什么引人注目的，但在旅程里，刘玲很容易成为我释放感情的一个洞。下车的时候，刘玲对我说，你们商量一下明天的行程，看看要不要用车，晚上我到你们房间。这使我下决心和刘玲搞搞感情。

我们订了两个双人间，程芬芳要和蒋飞飞一个房间，但小丁不同意，小丁趁程芬芳不注意，砰地关上门，反锁，和蒋飞飞就搞起来。程芬芳只好可怜巴巴来到我的房间。这时才是傍晚，我洗了把脸，和程芬芳聊了一会儿，就去敲小丁的门一块儿吃饭。但小丁正睡得起劲，又使出那一招，嘴里叫起来起来，身子没有动。几天来，我已经对他这一招烦透了，等一个女人情有可原，等一个男人叫人恶心。程芬芳说，小丁怎么这样子呀！我说，你不知道吧，他性冲动。等我们上了一趟街，再回来敲门的时候，小丁和蒋飞飞才起来，我破口大骂，说，还有一整个晚上的时间，够你干的，为什么就争这点吃饭的时间呢！蒋飞飞解释说，她已经起来了，但小丁抱着不让起来。由于这个小插曲，我们晚饭吃得不太愉快，但也就是在吃饭时程芬芳答应小丁不和蒋飞飞住一个房间，程芬芳说，算了，谁叫你们这么亲热呢！为了去掉不愉快的气氛，吃完饭我们就去逛街，街不长，但两边商店里有很多新奇玩意儿，逛完一条街，已经快十点了，我想起刘玲，急急忙忙催着他们往回走。程芬芳被很多小工艺品迷住了，说，着什么急，明天又不用上班。我说，明天还要玩呢，早点儿回去休息。

由于着急，我还带错了路，回到房间里相当疲劳。两个房间的热水器都不太能用，小丁还叫了服务员来摆弄，两天来他都在干，下半身已经脏兮兮了，急着清理一遍。小丁问我要不要弄热水器，我说不要，程芬芳也不要。我不要是想坐着等刘玲，程芬芳是觉得跟我在一个房间里洗澡不妥。我等了半个小时，都过了十点半了，刘玲还是没到，在这半个小时里我闷闷不乐，像一个心里藏着预谋的恶棍，让程芬芳有点恐慌，这一点是我后来感觉到的。我下楼到发廊里去一趟，小姐已经快打烊了，看见来了个客人，又打起精神，我问她刘玲有没有到这儿来过，她说来过，在这儿等我们，等不到就先走了，明天如果要用车可以打她电话。

回到房间里，我去掉一份心事，多了一份无聊，躺在床上看电视。程芬芳也和衣躺着，率先打破了沉默，问我女朋友漂不漂亮。我很快就明白了她的目的，她想通过谈我的女朋友，减少我的邪念。是聪明的女孩，但还没聪明到能看出我对她根本就没有邪念。为什么没有呢？举举例子就很简单了，比如说我见到叶玉卿，会想干，见到张曼玉，也会，见到巩俐，不会，赵薇呢，更不会，甚至一点儿想法都没有。举现实点的例子，见了刘玲，会，见了程芬芳，不会。没有什么特别的原因，就是看性感不性感，女人不女人，感觉舒服不舒服。其实他们在饭局上争论谁跟谁一个房间时，我根本就不介入，随便，但跟程芬芳一个房间会更愉快些，因为小丁十分性冲动，跟他一起总会有睡不安稳的感觉。

但是既然程芬芳认为我有邪念，我就有义务消除她的恐惧，毕竟我们才认识一天，现在就同处一室过夜，恐惧是可以理解的。我对她说我现在没有女朋友，但可以给你讲讲以前的恋爱史。于是我就像赵忠祥一样苍老而深情地讲刘畅、邓丽丽和兀秋花，这样会让她觉得我用情专一，回来后我称之为“庐山夜话”。接着是程芬芳讲男朋友，她说男朋友长得不怎么样，甚至有点土，但很能干，搞建筑设计，才中专毕业，但现在是公司的骨干。男朋友追她时，她没什么感觉，追得狠了，她就逐渐有感觉，然后就爱上他了，但陷入爱河后，男朋友就不怎么理她了，十天半个月不来电话，最近一次见面是在情人节，男朋友没有送玫瑰，送的康乃馨，说他们的关系还没发展到玫瑰的地步。实际情况是，她和他在一起从不拉手。也就是说，她还没拉过男孩子的手，因为这是她第一次恋爱。我就是从这里推断她是个处女，不但是处女，而且手也是处手，唇也是处唇，处得一塌糊涂。我凭直觉相信她的话，就如我相信自己的直觉。最长的一次她和男朋友一个月不通电话，其实有点考验男朋友的意思，但最终还是她打电话过去。一讲到这里，她就担心起来（我说过她是情绪来得特别快的女孩），说觉得男朋友看上去很老实，现在也说不定，男人很容易变坏的，他的应酬多，说不准现在也有别的女孩。说着说着就把对我的恐惧转移到男朋友身上了。我只好推心置腹地给她想主意，我说你应该把男朋友叫出来，问他要不要你，要就应该经常拉你吃吃饭，不要就拉倒。她说，我说过，可他总是说忙，干了两份工，我也没办法。我义愤填膺地说，忙是最无赖的借口，他在包厢里抱小姐也可以说忙，工作忙顶多一天八小时，难道他二十四小时都在工作，既然他的生活不需要你了，你就可以把他踹了。接下去我极力怂恿她把男朋友甩了，因为根据她的陈述，她的男朋友给我的印象是个阴险的家伙。程芬芳舍不得，毕竟是第一次掉进恋爱的茅坑里，没有搞臭是不肯出来的。她怯生生地问，如果是你女朋友，你会一个月都不联系吗？我斩钉截铁地说，不会，一个月不联系绝对是吹了。她问，如果你很忙呢？我说，忙也要联系，我要跟她睡觉呀，一个月不睡觉能行吗？她害羞地说，我们还没到睡觉的阶段呢。我说，恋爱总是要发展到睡觉的，他连发展的时间都抽不出来，说明根本就不想要你。最终她还是下不了决心，她说，我还要给他一次机会，看看这次回南昌会不会来接我。

我说，困了，睡觉吧。说着把房间的灯关了。她突然说，我们把电视开着睡觉好不好！我说，不行，开着我睡不着，明天别想玩了。她说，把声音关了。我说，声音关了我也不行，你看我这个床离电视这么近，扑闪扑闪的怎么睡得着。但在她没有同意之前，我还是不关电视，电视一关房间就黑咕隆咚了。我们就这样僵持着，也没有更好的主意。我问，你是不是怕我呀！她忙解释，不是不是，我是怕黑。我说，黑有什么可怕的，你眼睛闭上不就黑了吗！她说，我没有黑咕隆咚睡觉的习惯。我说，你不要解释了，肯定是怕我，我不会对你怎么样的。权衡了一会儿，我终于想出个主意，就是把卫生间的灯开着，门留个缝，房间里就有朦胧的灯光了。我躺在床上暗自好笑，和一个女孩同房度过一个授受不亲的夜晚倒是一件新奇的事。但谁也没有马上睡着，都在翻身，她翻得特别厉害，像床上着火。过了一会儿，她说，我穿着外裤很难受。原来她为了戒备我，竟穿着外裤睡觉。我火了，竟然自始至终把我当成色狼，虽然我也算是色狼，但她在我根本不想当色狼时当我是色狼了，这是不能容忍的。我说，你脱吧，我懒得看。我翻身背对着她，听她窸窸窣窣地脱裤子，好像在被窝里脱，我最烦这种自恋。虽然是处女，但也没理由自恋到这个地步。我气冲冲地睡着了。

第二天还没睡醒就有人敲门了，是刘玲，说车在门外等我们。她穿了件很贴身的咖啡色衬衫，乳房小，但很生动，在衬衫里静静地埋伏着，像两只很乖的小动物。黑色的有丝绸质感的裤子让她的腿更瘦更修长，她将骨感很轻易转化为性感了。她转身走的时候，肩上的胛骨现了出来，我就在这一刹那爱上了女人的骨头。如果女人真是骨头变的，那女人的骨头就是骨头中的骨头，是美得一塌糊涂的女人的核心。我相信从此小乳房的骨感女人将成为我追逐的目标。我的眼睛紧盯着刘玲包紧的小屁股，两条瘦腿聚拢的地方，潜伏的性欲像一只受伤的野猪冲出来。我厉声叫道，刘玲！刘玲在吧台处转过身来，侧身中小乳房的轮廓叫我目眩神迷，叫我想一把捏碎。她很有礼貌地问，有事？我说，你去哪儿？她说，我就在车上等你！我回到房间飞快地擦把脸，在小镜子里照了一下，把两团眼屎从眼角抠下来，提着行李就跑出去。程芬芳说，着什么急，我还没洗完呢！我边跑边说，你慢慢洗吧，我等你。

骨架性感的刘玲坐在驾驶室里像一只蜻蜓，她悠闲地微笑，像一只蜻蜓停在草尖上。我坐上副驾驶座时，就快要被她的微笑弄得神魂颠倒了，她微笑起来大嘴唇特像钟楚红，我少年时期性幻想的对象。我很快地坐下，不坐下裤子就要被老二撑起来了。我从来没有在这样一个风吹草暖的早晨被一个女人弄得如此情欲勃发，这么说来庐山真是个神奇的地方，要不然老毛是不会在1960年建造一万平方米的芦林一号别墅的，别墅肯定有别墅的道理，没住过别墅的人是难以猜测的。

刘玲说，昨晚我去你房间，你出去逛街了。我连忙向她解释，前言不搭后语地解释为什么我不在房间。她说，你不用说了，其实我就是确定一下你们要不要用车。说话间，不知不觉，我的爪子就搭上了她的大腿，性感得让人六亲不认的大腿，但只是很轻地滑过，在丝绸质感的裤子上像滑翔机掠过。她大腿抖动了一下，因为空间太小了，没法移开。她很惊诧地看着我，我说，有一只小蜘蛛，掉地上了。说着我就俯下身去，脸摩擦着她的裤子，鼻子能闻到芳香和骚臭混合的气味，带着体温，那是女人最性感的气息。她不动，看着我找，我在一刹那间又觉得小伎俩很无聊，不如玩点有实际意义的。我抬起头来对她说，你很漂亮！我的话说得太突兀了，她一下子难以反应过来，等反应过来时脸已经红了，她害羞地说，我不会漂亮的，你乱说。我很诚恳地说，你看起来不漂亮，实际上很漂亮，你第一眼看上去不漂亮，但耐看，越看越漂亮，比如说，我昨天看你还不漂亮，但今天看你就漂亮了，明天看你会更漂亮。她心里高兴，但嘴上仍说，你越说我越不明白了。我说，没有什么不明白的，你就是耐看，如果把你比作一双鞋子的话，你就是一双穿不破的鞋子，这个好理解吧。你知道香港的影星钟楚红吗，你特别像她，嘴唇最像，其次是脸的轮廓，所以你应该当影星！她哈哈笑起来，这是她第一次大笑，花枝乱颤，激起我内裤里的一阵骚动。她说，我怎么会当影星呢，我不会有这个命的。我说，我帮你看看手相，看你有没有这个命！看手相是追女仔用滥的一招，滥得让我脸红，但有时候用得最滥的招数恰恰是最有用的招数，女人最不能承受的就是死缠烂打，所以此刻我坚定地使用这一招。就在这时驾驶室的门被打开了，程芬芳吵吵嚷嚷着要坐副驾驶的位置，刘玲的手就在一瞬间像弹簧缩了回去。刘玲说，你就让她坐吧。程芬芳说，对呀，女士优先嘛。我说，你等一等行不行？程芬芳说，等什么？她不知道我的老二处于勃起状态，必须软下来才能下车。我闭上眼睛，在丹田深吸一口气，强行软着陆，缩着身子跳下车。程芬芳说，这样才有点绅士风度嘛！我没好气地骂道，绅士个鸡巴！

一路上程芬芳、小丁和蒋飞飞兴高采烈，像窝被捅掉的马蜂嗡嗡嗡个不停。我就在这种气氛下闷闷不乐起来，一刻钟之前还勃发的情欲此时已无影无踪，老二也软得感觉不到了。很久以前我和女朋友偷吃禁果时被一阵敲门声打断，忘了带讲义回家的语文老师闯进来，他是个一脸青胡子茬的家伙，我在他的臭骂下狼狈逃窜，我的女朋友被带回宿舍教育，怎么教育的我女朋友从不告诉我。当时沮丧的心情与现在如出一辙，让我沮丧的人现在变成程芬芳。现在看程芬芳肉乎乎的圆脸，恶心就会涌上心头。我无法理解自己对一个人的爱和恨，为什么会在一瞬间来临。

车先到含鄱口，眺望底下暧昧不清的云海，然后转到五老峰脚下，我们将从这里登上五个突兀峥嵘的老鸡巴峰，去看完三迭泉，大概要六个小时。刘玲说，六个小时后她的车将会在三迭泉停车场等我们。她交代了一些注意事项后，就开着车先回了。我有些失落，甚至不想爬那陡峭的阶梯。我真的没有游兴了，我真的想跟她回去，但没有，没有理由回去，因为我是个游客，而不是嫖客。这个“没有”让我后悔，也让我觉得对不起读者朋友们。你们已经快看完了，还是没有看到我和刘玲搞点什么，你们是不是很失望？你们的失望是有道理的，也是没道理的。有道理是因为每个人都想看热闹，而你们一直没看到我和刘玲的热闹；没道理是因为你们看的是小说，是一门艺术，它必须和生活贴肉，不是把枯燥的生活搞成戏剧性的生活，后者可以到《故事会》、《故事大王》、《童话大王》以及《今古传奇》等杂志中去找。有了这个原则，我就不会去瞎编和刘玲的情爱故事了。其实我比你们更急，我比你们更想和刘玲发生关系，作为读者，你们应该去感受我焦躁而失望的心情。如果你能了解小说作为一门语言的艺术，你就有理由继续看下去，我会把你当成知己的。如果你是女读者，如果你愿意，我们就有共同的基础搞一场恋爱，去弥补我和刘玲失之交臂带来的失望，这失望是你的，也是我的；如果你是男读者，我们也可以搞一场同性恋，但不要搞到床上了，我不喜欢跟男同志干。总的意思是，如果我们对文学的看法一致，我们就可以成为亲密的朋友。亲密的朋友们，让我们继续吧。

5

其实以下没什么可写的了，具体地写出来就会变成游记。我相信喜欢文学的朋友们都受过游记的伤害，我们就不要谈这恶心的两个字了。简单说说吧，我和程芬芳在前面走，小丁和蒋飞飞在后面走，远看就像两对恋人在旅游，前一对是通过介绍第一次认识的恋人，后一对是已经堕过三次胎的恋人。前一对恋人中男的对女的不太满意，还没确定是不是将她作为对象，不太主动；女的对男很满意，有着说不完的话。后一对虽然堕过三次胎，但现在还没找到种第四胎的场所，恨不得就在路边干起来。路上还有个叫人烦的是小丁的歌声，由于兴奋，他忍不住路上高歌，歌声像杀猪，但不像杀猪那么尖锐和有穿透力，含混不清，嗓门天生和音乐有仇。为了躲避他的羊拉屎般断断续续的歌声，我和程芬芳远远地在前面走，中间隔着歌声追不到的距离。走到一迭泉的一个小店里，我们停下来等，这时候不但看不见两个人，也听不见歌声了。我们等了半个小时之久，还是没等到，我们估计他们从后面一条岔路上走了。我用手机打小丁的传呼，但信号太弱了，能听见服务台小姐的声音，但小姐听不到我的声音。我们决定回到岔路上去追，刚从岔路上走了不到五米，一个土著女同志系着裤腰带从拐弯处走出来。我问她这条路能通到哪里，她说这里没有路，这里是厕所。果然是一个简易厕所。程芬芳说，看看有没有掉厕所里去。我进男厕，她进女厕，蹲坑很小，根本没有掉下去的可能性。

我站在一块石头上极目四望，小丁和蒋飞飞就这样凭空消失了，连同羊拉屎的歌声。在寻找小丁和蒋飞飞的过程中，我是多么想听到那跟音乐没一点儿关系的歌声。我们是沿着一条河过来的，现在是枯水期，河里遍布巨大的鹅卵石，以及由落差造成的岩壁。最有可能的是，他们站在某个石头上眺望风景时，双双掉到岩壁下了。一想到这里，我和程芬芳都有点恐慌，我们变得团结了，溯游而上边喊边找。如果两人都摔死了，我还要扛尸体，扛到停车场绝对要一个小时以上，这是我所不能承受的体力活；如果摔得半死不活，那更惨，这个地方叫救护车又叫不到，只能比扛尸体更麻烦。一想到整个旅途小丁老给我找麻烦，我觉得摔死了也省事，但问题是不要跟我在一起的时候摔死，这样我要负责任的。毕竟我比他年长，如果他家长质问我没有照顾好他，我总不能说他跟跳蚤似的谁能照顾好！这样我就只能希望他俩还活着了。我们对着山谷喊，小丁蒋飞飞，你们他妈的滚出来！就像某个诗人在山谷喊周总理，当然山谷没有回答他刚离去，而是回答他妈的滚出来滚出来。

最后我在一块巨石的缝隙间发现了两堆肉，没死，还会动，不但会动，而且是有规律地动。我怀着难以言表的复杂心情看到这两个狗日的在做爱，聚精会神地做，采取的是只有天才才会想出来的姿势。我站在巨石上看了30秒以上他们还是没有发觉。我走到程芬芳身边说，不要找了，在那边。程芬芳哭丧着脸问，真的死了？我说，你自己看吧。程芬芳战战兢兢地走到巨石上，我听见她惊奇地大叫，嘿，你们在干什么？然后程芬芳就跑过来了，我问他们在干什么，程芬芳红着脸说不知道。这时石缝间传来了小丁呵呵呵的傻笑声。我说，狗日的，我们往回走了，你们继续干吧。

因为三迭泉太远，门票又贵，我们早就决定不去了，沿着河边往回走。我和程芬芳走到一个卖云雾茶的地方，一个庐山汉子邀请我们品尝他的茶叶，并说不买也没关系。我们喝了他一杯茶，听他做了几分钟广告，聊了一会儿天，这时小丁和蒋飞飞屁颠屁颠地走来了。我说，怎么不继续干下去？小丁说，还不是被你们打断了。我无言以对，有女人的时候，我和小丁思维总不会想到一块儿去。我们告别了庐山汉子，在有巨石的河床上玩了一阵子，洗洗发臭的脚，晾了晾发臭的袜子，值得庆幸的是，这一天阳光很好。如果都没什么收获，那最后的收获就是晒了一天的庐山的阳光。小丁和蒋飞飞还没有干够，在岩石上抱成一团，模拟做爱。路上稀稀拉拉的行人纷纷驻足观看。

刘玲的车早就在停车场等我们了。但上车时程芬芳又跟我抢副驾驶座，我真后悔昨晚没把她强奸一遍。刘玲的车直接送我们到九江火车站，我们再坐庐山专列回南昌。此刻我又有一个犹豫不决的想法，就是我想在庐山多待一两天，和刘玲搞关系。但这个想法像口水一样到了嘴边又吞了下去。在此我想告诉朋友们一个生活的道理，虽然教人生活道理的人基本上都是傻逼，但我还是要忍不住做一次傻逼。这个道理就是，如果我们按照生活的惯性走，我们就会失去很多新奇的体验。比如说，在五老峰山脚下，我应该和刘玲一起回去，但没有；在这里，我也应该让小丁他们先回去，我在庐山再待一两天，也没有。之所以没有，就是因为生活的惯性，觉得生活中应该是这样，而不是那样。正确的做法应该是，当我发觉除了刘玲，庐山确实没什么好玩的时候，就应该把自己从一名游客转变为一名嫖客，即使不是嫖客，也应该是有职业素质的登徒子。在车上我又看了一眼刘玲的侧脸，光滑大气，我咽下一嘴的口水，咽下操她一顿的欲望。

本来我想第二天回北京，一个人走，小丁留在这边让他女朋友榨干，但小丁硬要和我一起走，我只好随他的意思多待一天。这两天南昌下雨，我大部分时间泡在网吧，小丁和蒋飞飞在房间里为所欲为。值得一提的是最后碰到的两个人，虽然不是女的，但让我舒服，所以我要写一写。

第一个是程芬芳的男朋友。他有一个很奇怪的名字，这个名字我记不得了，他让我觉得舒服，我就暂且叫他舒服吧。舒服在我回南昌的第二天中午打我手机，说我是程芬芳的男朋友，晚上想请你们吃饭。我大吃一惊，没想到他会给我打电话，我的第一个念头就是，程芬芳可能把“庐山夜话”告诉他了，也就是让程芬芳把他甩掉，他可能想找个机会修理我一顿。但小丁一听有饭局，早就不顾我的安危，他说，程芬芳其实挺好的，不会这么做，这个饭我们一定要吃，要不然对不起人家。晚上六点多，程芬芳先过来接我们，我揣了一把水果刀就跟着走。舒服果然很热情，请我们吃很地道的赣菜，他说，昨天他到火车站接程芬芳时，以为我们就是南昌人，没在意，后来才知道我们是从外地来的客人，所以一定要请吃饭，顺便谢谢我在庐山照顾程芬芳。他在说最后一句话时，我注意到他完全没有用反讽、隐喻、设问等等笑里藏刀的修辞手法，才把握着水果刀的手掏出来握住筷子，伸向一只肥胖的红烧鱼。程芬芳由于连续两天和男朋友一起吃饭，激动得脸红扑扑的。饭后舒服带着我们逛福州路、八一广场等，我、舒服、程芬芳走在前面，小丁和蒋飞飞以其永恒不变的搂抱方式走在后面。舒服拉着程芬芳的手，一边走一边向我介绍南昌，他是个得体的人，我完全没有当灯泡的感觉。程芬芳偷偷告诉我，这是她第一次和舒服这么亲密地拉手。我很高兴我的到来使他们的爱情前进了一步，虽然我觉得程芬芳和舒服就像一朵不怎么漂亮的鲜花插在看上去很美的牛粪上。

第二个是南昌诗人马策，他在网上得知我在南昌，就打手机邀请我吃饭。马策看上去像个小一号的古龙（我也不知道古龙有多高大，也许马策和古龙长得差不多大），身材粗矮，前额有点秃，但并不影响他后面的头发与胡子成水天一色，横无际涯。他说话利索，给我的整体感觉像起义时被遗忘在南昌的一颗秃头导弹。我喜欢长得像导弹一样的人，结实干净，就如我不喜欢长得高大英俊风流倜傥的人一样。更让我舒服的是，他请我吃我最喜欢吃的湘菜，其中有道菜是白椒鸡杂，我每局必点。因为喜欢吃鸡的人必然喜欢吃鸡杂，而喜欢吃鸡的人在吃不到鸡时就更喜欢吃鸡杂了。席间我们很庸俗地谈了谈文学问题，主要是诗歌问题，我不喜欢马策一篇诗论的气味，所以我们又很庸俗地争论了一番，因为最后没有达成一致意见，我们就相约以后在文字上交锋。吃完了饭，这颗在股市里已经赔了十几万的导弹又把自己发射到股市里去了。

离火车出发一个小时的时候，我才把小丁从被窝里拉起来，他已经憔悴得像清末的大烟鬼了。一到车上，小丁就长叹一声，说，真是累呀！我说，你他妈这一周到底干了多少次了？小丁愣了一会儿，脑袋里好像在运算，最后摇摇头说，数不清了。说着他就闭上眼睛靠在座位上，像一条完全没有水分的丝瓜干。我又一次想起刘玲，这一次想的问题是，她会想我吗？我跟她只有一面之缘，凭什么会想我？我长得并不出众，虽然我身高和小平有得一拼，但并没有小平的领袖风范；虽然和拿破仑也相差不大，但这和平年代哪有我建立丰功伟绩的机会！虽然我长得不算丑，但根本不存在让女人一见钟情的特征；虽然床上功夫不差，最长一次也能搞三个小时，但在把刘玲搞上床之前她又怎么知道我的能力！我还有什么呢，我还能写小说，但写小说对女人有什么好处，还不如一根鸡巴实在。这样想来，在中国的男人里，我确实算不上什么东西，更别提拿到国际上去比了。刘玲她没有理由会想起我，更没有理由想和我搞关系。如果我在庐山多待一两天，就能摸到她的小乳房的话，那每年去庐山的游客有多少，游客兼嫖客就有多少，那刘玲的小乳房岂不被磨损得凹下去。我的推断是有科学道理的，你想想，故宫大门上的铜钉都会被人摸没掉，更何况刘玲的肉体之躯。如果我再待一天刘玲就会跟我上床的话，那每年庐山上的比我帅的游客兼嫖客有多少，那刘玲一年就要和多少人干；如果刘玲肯这样干的话，那不如就改行当妓女，张腿就赚钱，何必当导游兼司机那么辛苦呢！这样想通了之后，我才觉得刘玲是个跟我毫无关系的女人，而我在她眼里，更是个毫无关系的男人。而所有发生在我脑里的关系，只不过是我当了多年文人留下的后遗症，也许可以叫狂想症，在病理上应该与疯狗病异曲同工。想通这个问题也累了，我像一根蔫了的茄子，脑袋搭在另一根丝瓜干上。

图书在版编目（CIP）数据

老人与酒 / 李师江著 . —济南：山东文艺出版社，2014.10

（身份共同体 · 70 后作家大系 / 孟繁华，张清华主编）

ISBN 978-7-5329-4721-8

Ⅰ . ①老… Ⅱ . ①李… Ⅲ . ①中篇小说 - 小说集 - 中国 - 当代 ②短篇小说 - 小说集 - 中国 - 当代 Ⅳ . ① I247.7

中国版本图书馆 CIP 数据核字 (2014) 第 137822 号

老人与酒

李师江 作品

主管部门 山东出版传媒股份有限公司

出版发行 山东文艺出版社

社　　址 山东省济南市英雄山路 189 号

邮　　编 250002

网　　址 www.sdwypress.com

读者服务 0531–82098776（总编室）

0531–82098775（发行部）

电子邮箱 sdwy@sdpress.com.cn

印　　刷 山东临沂新华印刷物流集团

开　　本 700 毫米 ×1000 毫米 16 开

印　　张 19.75 插页 /2

字　　数 238 千字

版　　次 2014 年 10 月第 1 版

印　　次 2014 年 10 月第 1 次印刷

书　　号 ISBN 978-7-5329-4721-8

定　　价 35.00 元